国家出版基金项目
NATIONAL PUBLICATION FOUNDATION

沈德潛全集

⑬

（清）沈德潛 編著
賀嚴 整理

鳳凰出版社

國朝詩別裁集卷八

長洲沈德潛歸愚纂評　男　種松校字

江陰翁　照霽堂　長洲周　準欽萊同輯

屈紹隆

字介子，更名大均。一字翁山，廣東番禺人。諸生，棄爲僧，名今種，字一靈，後復爲儒。著有《翁山詩外》。◯繆天自云：『詩有俚語，經顧寧人筆輒典；詩有庸語，入屈翁山手便超。』洵爲定論。◯翁山天分絶人，而又奔走塞垣，交結宇内奇士，故發而爲詩，隨所感觸，自有不可一世之概。欲覓一磊落怪偉之人對之，藝林諸公竟罕其匹。◯《詩外》中七言古以古律句互用，無浩氣健筆舉之，少一片清鏘金石聲也。七言律高渾兀奡，不事雕鏤。五言律如天半朱霞、雲中白鶴，令人望而難即。大家逸品，兼擅厥長。

贈朱士稚

神虬樂泥蟠，鴻鵠安紫荆。飛騰亦何難，所貴忘吾形。子房久破産，一身如浮萍。英雄不失路，何以成功名。高歌送君酒，詞采鬱縱横。神仙爾何愚，猶未齊死生。明月在滄海，光華虚復盈。無懷千載憂，酣放聊沉冥。天地一塵垢，吾心獨太清。『英雄不失路』二語，亦弔古，亦贈人，亦自道。

奈何帝歌

陳後主將亡國，鍾山群鳥翔鳴，曰奈何帝，奈何帝！

奈何帝，奈何帝，風流亡國亦足豪，美人相抱井中墜。可惜井中水不深，美人不死傷我心。淚痕化作臙脂痕，千秋漠漠苔花侵。苔花侵，美人墓在清溪陰。不死臙脂死清溪，可憐不作井中泥。國亡不恨恨惟此，山河不易一女子。竟説叔寶全無心肝，有何意味？妙以情語出之，使讀者轉見其可憐。

家園示弟妹

先人好種藥，遺我神農書。與子理常業，參苓帶雨鋤。道從多病入，力是耦耕餘。莫歎生涯拙，韓康此隱居。

攝山秋夕作

秋林無静樹，葉落鳥頻驚。一夜疑風雨，不知山月生。松門開積翠，潭水入空明。漸覺天雞曉，披衣念遠征。天機自流，豈關人力。

木末亭拜方正學先生像

宗臣遺像在，對越孝陵雲。《周禮》難爲國，姬公竟負君。龍蚍迷曠野，日月在孤墳。莫問三楊事，忠良道各分。重臣之迂、叔父之篡，二語道盡。結意辭雖婉曲，意嚴斧鉞，《春秋》之筆也。

靈谷探梅

幾樹傍朝陽，門名。猶承日月光。白頭宫監在，攀折薦高皇。上苑櫻桃盡，華林苜蓿長。春風空有意，先到獨龍岡。

雲州秋望

白草黄羊外，空聞觱篥哀。遥尋蘇武廟，不上李陵臺。風助群鷹擊，雲隨萬馬來。關前無數柳，一夜落龍堆。『風助』、『助』字有力。『雲隨萬馬來』，與謝茂秦『風生萬馬間』各極其勝。

魯連臺

一笑無秦帝，飄然向瀨東。誰能排大難，不屑計奇功。古戍三秋雁，高臺萬木風。從來天下士，只在布衣中。一起突兀；三、四，十字成句；五、六，寫臺；結語見自己抱負。一『只』字，不許他人共爲天下士也，有膽有力。

自白下至檇李與諸子約遊山陰

最恨秦淮柳，長條復短條。秋風吹落葉，一夜別南朝。范蠡湖邊客，相將蕩畫橈。言尋大禹穴，直渡浙江潮。

一氣神行，太白後無繼起者。此種詩，正以不著圈點爲高。

廣昌

此地蜚狐塞，神京一線通。長城帶天末，古戍接雲中。馬踏三秋雪，鷹呼萬里風。河流聲太苦，應爲客途窮。

杜曲謁杜工部祠

城南韋杜滈川濱，工部千秋廟貌新。一代悲歌成國史，二南風化在詩人。少陵原上花含日，皇子陂前鳥弄春。稷契平生空自許，誰知詞客有經綸。

少陵詩史，人皆知之；原本二南，作者獨拈出也。『詞客有經綸』，只救房琯一節，朱子深許之。

人日衡陽舟中

人日雪霏霏，孤舟上翠微。帆隨南嶽轉，雁背碧湘飛。知己惟長劍，還家復短衣。猿聲如送客，薄暮更依依。

弔雪菴和尚

一葉《離騷》酒一杯，灘聲空助故臣哀。金川自逐魚衣去，玉殿誰教燕子來。一姓終懷亡國恨，三仁難得遜荒才。君臣淚滴袈裟濕，悵望臺城日幾回。

望晉恭王園

襟帶河汾玉殿長，一朝弓劍委秋霜。將軍死戰哀寧武，帝子生降恨晉陽。馬首關山空落日，城中歌吹動清商。悲風處處吹松栢，誰到并州不斷腸。

蜀岡懷古和卓子任

玉檻珠簾總一丘，春魂多半在迷樓。蘼蕪亦愛雷塘路，十月青青不肯秋。

陳恭尹

字元孝，廣東順德人。著有《獨漉堂詩》。〇廣南三家，翁山擅長五律，藥亭擅長七古，幾無與抗行者。元孝自遜力量不及兩家，而諸體兼善，七律尤矯矯不群，詩名鼎立，不虛也。向從《明詩綜》入前代中，今考元孝之殁，在康熙中葉，仍三家並存。

日本刀歌

白日所出金鐵流，鐵之性剛金性柔。鑄爲寶刀能屈伸，屈以防身伸殺人。星飛電激光離合，日華四射曈曈濕。陰風夜半刮面來，百萬愁魂鞘中泣。中原歲歲飛白羽，世人見刀皆不顧。爲恩爲怨知是誰，寶刀何罪逢君怒。爲君晝盛威與儀，爲君夜伏魍與魑。水中有蛟貫其頤，山中有虎抉其皮。以殺止殺天下仁，寶刀所願從聖人。與藥亭作用意各别，而尊崇中國指歸略同，勿但賞其能作驚人語。

贈余鴻客

蜀犬不識日，群吠聲狺狺。越人賤章甫，不以易文身。中原龍戰二十載，萬事反覆如朝昏。我行驚懼伏草莽，舉國大笑爲愚人。何來年少金陵子，肯道相思滿人耳。三年覓我二樵間，一夕逢君五羊市。傾山倒海見胸臆，白日照耀肝腸裏。羇貧無酒留君歡，對坐江樓飢不起。是時積雨江上晴，丹楓亂落寒蟬鳴。長風駕浪作丘壑，蜃樓海市相峥嶸。趙佗朽骨爲黄土，陸賈詩書亦何補。朝臺空有漢家名，浩歎今人不如古。今人古人間容髮，舉足之分邈燕越。眼前得喪等雲煙，身後是非懸日月。怪君茂齡懷抱奇，嚴君風義兼能詩。曾窺一二每心折，安得天馬無龍駒。荒城氣黑落日短，强爲吾子停斯須。如君意氣復何道，所願故心終不渝。

柏舟行爲區母陳太君賦

《柏舟》兩髦猶可儀，陶嬰《黄鵠》曾雙飛。夫人爲婦已頭白，眼中未識君光輝。自言生長大夫女，經史胸襟炳如炬。父母有命兒有心，縱不言承已心許。心期頡頏同一林，天教殊絶同辰參。人生意氣貴一諾，妾寧負天不負心。妾父有男妾有姊，君家大夫只一子。有妻於俗得孤立，無妻爲殤終已矣。素車白馬入君門，繇來爲義非爲恩。身安分命甘若薺，半生衣枕無啼痕。當年十五今五十，嗣子成立皆有孫。嗚呼，男兒陷胸絶脰死容易，就義從容人所畏。青閨冉冉盛年徂，寸心一矢終不渝。千金之劍贈墓樹，至今談者猶區區。何況贈以千金軀，乃知未仕報韓者，古今所以爲丈夫。『負天不負心』，天指母氏，本共姜『母也天只』句。區大夫止一子，無妻不立後，則後絶矣。此陳太君能見大義處，詩中曲曲傳出。

邊草

勿論榮與悴，今古恨無窮。雪散燒痕上，青歸戰血中。天長垂大漠，地遠後東風。獨有明妃家，年年似漢宮。『青歸戰血中』，五字驚人。

秋戍

漢皇猶自將，率土敢言勞。共命惟良馬，餘生託寶刀。侵霜秋柝冷，占氣夜天高。未見功成日，還家已二毛。

蜀中

子規啼罷客天涯，蜀道如天古所嗟。諸葛威靈存八陣，漢朝終始在三巴。通牛峽路連雲棧，如馬瞿塘走浪花。擬酹昔賢魚水地，海棠開遍野人家。王漢王於巴、蜀、漢中，漢於此興。後主不能守蜀，而漢亡矣。四語可與論古。

鄴中

山河百戰鼎終分，歎息漳南日暮雲。亂世奸雄空復爾，一家詞賦最憐君。銅臺未散吹笙伎，石馬先傳出水文。七十二墳秋草遍，更無人表漢將軍。表揚才華，褫奪姦魄，論最平允。

隋宫

穀洛通淮日夜流，渚荷宫樹不曾秋。十年士女河邊骨，一笑君王鏡裏頭。月下虹蜺生水殿，天中絲管在迷樓。繁華往事邗溝外，風起楊花無那愁。

虎丘題壁

虎跡蒼茫霸業沉，古時山色尚陰陰。半樓月影千家笛，萬里天涯一夜砧。南國干戈征士淚，西風刀剪美人心。市中亦有吹篪客，乞食吴門秋又深。極熟題須一洗窠臼，此爲得之。

送姜山上人遊南岳

送師西去重低徊，曾上衡山絶頂來。夏帝碑蕪蟲篆徧，楚天峰斷雁行迴。燈前鬼芋穿沙出，霽後僧門鑿雪開。正是到時二三月，上方明月下方雷。奇景得奇句寫出。

發舟寄湛用喈鍾裴仙湛天石

扶胥古渡水淒淒，雨後移舟望轉迷。數口寄居秋草外，一身爲客楚雲西。家無兄弟依朋友，地夾河山畏鼓鼙。知己片言應不負，亂離妻女藉提携。如面訴友朋，宛轉關生，情文並至。

讀秦紀

謗聲易弭怨難除，秦法雖嚴亦甚疎。夜半橋邊呼孺子，人間猶有未燒書。

董道權

字秦雄，浙江鄞縣人。○秦雄詩工於言情，層出不窮，有長袖善舞之態。

雪中答李杲堂

鄮陵孝廉重然諾，約我今秋醉桑落。先人有友官并州，我欲從之客雁丘。高堂有母缺甘旨，負米何辭數千里。杲堂李子憂我閉門飢欲死，告以遠行爲色喜。酌我黄金罍，贈我青銅錢。低徊不忍别，此别須經年。袖君之錢醉我酒，城東城北頻回首。歸來兒女候柴門，笑指瓶中不盈斗。牽衣問我欲何之，今年豐熟仍苦飢。耶未出門共耶語，耶既出門啼向誰？示兒袖中錢，故人佐行李。移與易米薪，且以救妻子。量米數薪堪作數日食，買舟無資行不得。他日仍登李子堂，李子爲我作歌聲蒼涼。曳履依然守蓬蓽，得酒且與傾壺觴。昨夜雪花如掌大，草閣嚴寒只僵卧。

午餘日色照西窗，起把君詩讀幾過。窗前冰雪消有時，故人顔色長相思。友人贈錢爲遠行資，乃歸易薪米，仍守蓬華，貧士實有此苦也。仍復登友人堂，賦詩飲酒，絶無羞澀，猶見古人交道。

王麟友同宿客舍志感

廣陵城中夜擊柝，廣陵城頭啼烏鵲。爾我相逢語正繁，僮僕無情睡先著。微風忽起摇燈光，輕寒稍覺侵衣裳。鼓聲坎坎下三四，解衣滅燭眠匡床。與君展轉各無寐，細數年來不得志。爲惜天涯此日身，轉憶先人舊時事。君家曾祖大司空，清名文譽聞江東。神光兩朝焚諫草，燕齊百郡銘河功。聞訃朝廷倍惆悵，特命春官予祭葬。卮酒分出天府漿，墓道築就東園匠。此時萬國來車書，至尊別殿夢華胥。潼關烽火起倉卒，延秋龍鬭争欷歔。若翁司空冢孫子，自拜國恩心國恥。策馬請監丞相軍，守城遂同丞相死。此時君作懷中兒，何處尋來馬革尸。今踰二十善詞賦，《蓼莪》開卷徒傷悲。吾翁若翁交最好，吾翁賢書年獨早。七篇屢下南宫第，一裘敝盡長安道。負囊簪筆越王臺，角弓鐵騎吴山來。白眼世上誰共語，散髮江湖祇自哀。閉門著《易》忘暮年，把酒讀史呼蒼天。嗟我三十尚失意，山高著述何時傳？若翁遊魂歸未得，吾翁買土葬無力。相逢此地喜欲狂，相看今夜愁如織。披衣起坐聞荒雞，欃槍在天明月低。客舍相遭，追述累世交誼。忽悲忽喜，百感茫茫，自是意動神隨之候。

任元祥

字王谷，江南宜興人。諸生。○王谷與陳其年善，時其年著聲藝林，王谷規其詩有才無情，以倉卒取辦爲才。好何、李、雲間，而不師杜老。持論如此，不獨詩品之高，其直諒從可知矣。

善哉行

人生大難，車摧馬煩。今日相對，皆當盡歡。一解。泛舟五湖，風波萬端。上山采薇，虎視耽耽。二解。身受國恩，披髮佯狂。媿無豫讓，以報趙襄。三解。密雪閉門，飢寒苦侵。妻子相對，難與論心。四解。悲歌慷慨，惟有友朋。月落烏啼，旭日方升。五解。

寄侯朝宗

雪苑春陰度玉珂，大梁公子倚彫戈。市無朱亥經過少，客有於期忼慨多。落日千家翻白羽，桃花三月走黄河。風流江左遥相憶，潦倒尊前有放歌。可作羽聲讀。

侯開國 字大年，江南嘉定人。

吴條聞來自婁東同泛舟錦峰飲於瞿園小閣

乘興同移書畫船，名園步步許流連。松林礙日常疑雨，鳥道穿雲欲上天。山勢北來當小閣，湖波南望接平田。酒闌無限滄桑感，話著開元各泫然。

周在浚 字龍客，河南祥符人。著有《攝山園詩》。◯龍客系櫟園侍郎次子，繼述家學，惟恐不力時有『蘇瓌有子』之目。

送屈翁山返嶺南

先生奇絶處，直似李青蓮。心愛飛仙術，詩多游俠篇。千金輕一諾，孤劍歷三邊。歸隱羅浮頂，梅花伴醉眠。如遇翁山，并如遇太白。

將歸青齊先送雲巖兄返大梁

太行南接黃河岸，一片帆開古汴州。欲去空勞親串望，將歸翻使弟兄愁。亂雲磧裏驅羸馬，落日城邊擁敝裘。嘆息故園多難後，洪濤又報決商丘。

柳　文

字長在，四川遂寧人。

送施又黃還吴門

親老遊何遠，長安羡爾歸。西風悲落葉，征馬戀斜暉。詞賦無今古，煙霞少是非。淵明三逕菊，留待護柴扉。

夏熙臣

字無易，湖廣孝感人。

施州衛寄所親

環衛皆君長，東南盡筰卭。流官乘小駟，蠻婦織花賨。刀劒生睚眥，衣冠列附庸。不煩司馬檄，尺土亦王封。

蔣泩

字曙來，江南吴縣人。著有《三徑草堂稿》，文文肅序之，今並散佚，録扇頭所書一篇。

登岱

天門千丈立崔嵬，鐵削雙峰一徑開。山界魯齊盤地軸，禪隆秦漢剩仙臺。黄河北繞青丘出，碧海東依紫塞回。欲倩盧敖九節杖，晴披閶闔望蓬萊。

吴　炎

字赤溟，江南吴江人。○《擬明樂府》一卷，意欲追逐西涯，而《中丞舌》一章尤爲矯矯。

中丞舌

悲練子寧也。

成王走，周公帝，一二三孤臣死不避。願爲良臣，良臣安可爲；願爲忠臣，身亡赤族寧足悲。臣舌尚在天能嗤，臣舌雖割心難移。宫中尸，不可别。地上書，不可滅。金川玉屑留人間，何繇獨割中丞舌。

吴祖命

字鄰衣，江南吴江人。

詠史

天禄高然太乙藜，玉堂東畔石渠西。君王讀罷《賢臣頌》，偏遣王褒訪碧雞。譏不能用賢也。

詠史詩自應以議論行之。

姚文焱

字彥昭，江南桐城人。著有《楚遊詩》。

赤壁

天空木落石崔嵬，懷古憑軒倦眼開。山勢欲奔吞浪住，江光不斷抱城來。英雄氣盡三分業，詞客名高兩賦才。只有文章傳勝地，簫聲鶴夢總塵埃。

吴綺

字薗次，江南江都人。由選貢生官湖州知府。著有《林蕙堂集》。○薗次守湖州，擒治豪猾。喜賓客，四方名流過從，賦詩遊讌，無虚日，卒以是去官。梅村贈詩云：『官如殘夢短，客比亂山多。』可以想其風趣矣。

程益言邀飲虎丘酒樓

新晴春色滿漁汀，小憩黃罏畫槳停。七里水環花市緑，一樓山向酒人青。綺羅堆裏埋神劒，簫鼓聲中老客星。一曲高歌情不淺，吴姬莫惜倒銀瓶。三四語寫山塘，風景如畫。

贈趙蕁客

閩客浮家泖水湄，孤踪不許俗人知。春衣典盡緣沽酒，晨突無煙獨愛詩。晞髮未忘文信國，論心長憶鄭當時。何來忽作思鄉曲，擷采幽香絶妙詞。

見人扇頭是友沂絶句愴然和之

歌版當年出絳紗，緑腰紅袖盡鉛華。只今便面春風在，曾向章臺拂柳花。

入署

平明初下紫宸班，錦署無營晝掩關。閒拂案塵思往事，一杯涼雪祭椒山。兵部有椒山題名，故祭之。

友人納姬，戲爲催粧，姬汪姓，南人也

蛺蝶輕羅押蒜金，燈前小立倚瑤琴。桃花潭水兒家住，只問郎情深不深。

題畫

怪石頽雲勢不平，西風捲出大江聲。漁郎醉卧蘆花裏，笑指何人觸浪行。

黄　雲

字仙裳，江南泰州人。著有《悠然堂集》。〇仙裳負氣慷慨，人以俗語俗事相嬲，輒謾罵之，群目爲狂生。

江村春日

門前芳草路，春到有誰過。曙鳥喧寒樾，條風動緑波。性迂求世少，親健得天多。莫訝將强仕，猶然隱澗阿。

經落帆亭是癸巳春與陳澹仙先生别處

故交十載散浮萍，樵李風煙此再經。今日獨齎磨鏡具，當時相送落帆亭。東門蟻酒春猶緑，南浦絲楊晚更青。只有寢園生宿草，鷓鴣啼處不堪聽。

婁東修復前觀察馮留仙先生祠宇

憶昔驚心丙子年，誰將隻手獨扶天。舉朝半醉烏程酒，名士捹沉白馬淵。黨禍清時公又死，奸謀用後鼎俱遷。寧知宗社丘墟日，廟食東南肅几筵。明思宗朝烏程温體仁當國，戕虐善類，小人多附比之，社之所以屋也，三、四爲記實語。

梁谿舟宿聞吴歌

雞唱煙中亂槳鳴，夢回酒醒未天明。江南風景彫殘後，纔聽吴歌第一聲。

宗元鼎

字定九，江南揚州人。著有《芙蓉齋集》。○定九愛潔，不减倪高士，爲詩最重風調。而性情因之以出，非漫然語也。集中七言絶句尤近中晚唐人。

早秋

我行初出郭，新月似蛾眉。幾夕望舒圓，今復蟾兔虧。匪獨此朝夕，百歲亦如斯。懷情不能寐，徘徊向中墀。側聞草蟲鳴，仰望繁星垂。人言秋漏長，已覺衡漢移。千念未夜息，萬感與朝期。長卿恒有疾，子雲終何爲。引領還躑躅，淚濕衣裳緇。

題郊居

茶竈聲清響竹廊，小亭新構面横塘。漁夫晚唱煙生浦，桑婦遲歸月滿筐。一嶺山花燒杜宇，滿池春雨浴鴛鴦。籬邊犬吠何人過，不是詩僧是酒狂。

冬日過甘泉驛

記得當年來古驛，馬鞭帶雪繫樓前。雙柑香濺佳人手，半臂寒添酒客肩。忽見荒隄摧暮草，空傷衰榭没寒煙。風塵滿目深惆悵，却望誰家寄醉眠。記得、忽見，上下半篇自成章法。『雙柑』

一聯，漁洋謂似《才調集》中語。

百尺樓

素韈翩翩月一鈎，凌雲風致想高樓。江南歌舞尋常事，便遣曹彬下蔣州。連下章，用意遣詞神似玉溪絶句。

吴音曲

璧月庭花夜夜重，隋兵已斷曲阿衝。麗華膝上能多記，偏忘床前告急封。

留鄒訏士

新開蘭蕙正芳菲，初到鰣魚入饌肥。最好流光是三月，如何抛却渡江歸。

潘　高

字孟升，江南金壇人。著有《南村集》。◯南村詩古淡生新，絶無雕飾，而自然合度，金壇詩人無出其右者。◯《漁洋詩話》謂『陳其年與予書，云有潘高者，貧而工詩。久别，無可言者，止此一物奉獻。潘有寒食一絶，云「黄鵶穀穀雨踈踈」』云云。今讀其稿，格高者甚多，此篇止風調可聽，恐非上乘。

初春有述

我生無他長，所躭惟種樹。樹中尤愛梅，爲其能守素。守素有同心，相將老巖穴。花時犯清霜，坐到將殘月。家園興未足，尋梅過太湖。梅花如白雲，茫茫路欲無。入山不忍盡，下山元獨宿。鐘清何處寺，花隱誰家屋。願言寄吾友，一枝折寒林。微物何足貢，將此歲寒心。能守素，守此歲寒心也，一篇大旨如此。

送友人之中州，有懷同社，并陳子其年

臨觴送君發，正值榴花時。雨過風蕭然，空江浪遲遲。行行君所經，冉冉予所歷。若宿伊陽村，爲望嵩山月。致我平生友，寄我一行書。相看成契闊，鬢髮復何如。陳子未相識，相思亦已久。爲我一問之，知有南村否。歸雲帶雁飛，清霜點客衣。旦晚有題字，應報溪南扉。

憶幼子

少年會有役，辛苦何足言。四十今過二，向後多衰年。撥棄悠悠情，當從予所便。夜分偶感觸，顧影心悁悁。憶我去冬時，種麥來溪田。小兒纔五歲，叱叱揚耕鞭。隨我至溪畔，背我弄溪泉。日暮徐來歸，持鉏趨我前。今春忽假館，僻近西山偏。牽衣頻送我，正傍溪田邊。溪水亦活活，溪麥亦芊芊。自從別家來，歲月如流遷。麥今已可刈，兒今誰共憐。我意欲反櫂，遇事苦迍邅。懷鄉方竚立，東望惟雲煙。慈愛至情，委曲傳出。無心學陶，去陶公未遠。

晚上焦山絶頂至暮歸宿山莊

初日江荒荒，曉煙不可罷。稍行見青螺，漸次辨蘭若。人行穿鶻巢，路窄盤石罅。逾時攀險絶，早已驚衰謝。樹古巖就穿，樓高雲許藉。一盡巔崖趣，旋從別徑下。落木響蕭騷，寒潮勢奔瀉。欲歸路非遠，問渡風稍借。可憐江上月，先我在茅舍。酌酒勸影形，嗒然坐清夜。此首又近李頎、常建。本朝五言古，李杲堂每首刻峭，潘南村每首清真，求參立者，或難其人。

古意

跨馬塞北地，百戰封一侯。釣魚江南天，一竿占十洲。此事孰不知，大白爲我浮。醉起唱銅斗，此樂君知不。能存此樂，散人勝萬户侯矣。

留別

水落溪田出，霜清下種時。煙中送人早，雨外到村遲。松隔誰家屋，花明是處籬。君今荷篠者，吾亦在東菑。

寄梵川諸友

柳暗溪南路，柴門第幾灣。人隨春水遠，鳥帶夕陽還。緑過孤村雨，青浮隔縣山。徘徊芳草意，不盡暮雲閒。

雜感

陰山沙礫捲雲飛，戰罷秋風咽鼓鼙。隴上空歸都護馬，城南盡哭羽林妻。蕭關明月悲笳動，遼海孤煙雜部齊。遠戍議添新介胄，不知獵騎過安西。

秦淮曉渡

潮長波平岸，烏啼月滿街。一聲孤櫂響，殘夢落清淮。金陵詩社諸名流咸在，賦《秦淮曉渡》，争勝者多長篇累幅。南村曰：『我年老才竭，只二十字也。』出示，衆人皆斂手服。甚有袖詩不出者，金壇虞東皋云。

春感

江水悠悠泛畫橈，東風何處不魂銷。春歸萬里無消息，又過垂楊舊板橋。

寒食

黄鴉轂轂雨踈踈，燕麥風輕上鮆魚。記得去年寒食節，全家上冢泊船初。

惲日初 字仲升，江南武進人。

觀王石谷畫山水圖歌

琴川王郎年正少，放筆往往稱神妙。靈想寂與造化通，幽襟獨寫溪山照。看君得意時，意若旁無人。抽毫欲使群峰奔，躊躇顧盼久不下，素練忽破青山痕。誰剪羅浮煙，驚落華陰碧。勢偃研北松，欲墮壁上石。冉冉嵐氣蒸，轉目無留迹。謍丘洪谷不可攀，人間久矣無青山。此時窺圖發清賞，高興半落雲沙間。何處覓丹梯，何方種瑶草，煙霞四壁吾將老。援琴待掃十丈綃，坐我雲邊弄仙島。

方膏茂

字敦四，江南桐城人。

歸家

此身拚永别，那意得生還。征騎才門外，喧聲已户間。心含他日淚，眼認去時顔。嚙臂知非夢，今朝真入關。

喧聲已户間，即少陵『鄰人滿墻頭』意，工於脱化。

張宸

字青琱，江南華亭人。官部郎。〇汪鈍翁序青琱詩，謂其長於臺閣體，梅村先生推許之。然官不越郎署，年不及耄期，甚爲惋惜。今閲其稿，工穩者偏在愁苦之言，故舍彼取此。

送張翼西駙馬還京自注：時貴主已薨。

昨歲星霜共爾行，今年楊柳又嗁鶯。漳河銅雀淹新雨，燕市金臺赴曉旌。我醉但題《鸚鵡賦》，君歸重惜鳳凰聲。粧樓翠幙春無數，憔悴人間孫子荊。

楚中秋思

日落長沙楓樹紅，斷猿啼處暮雲空。可知昨夜鄉關夢，身在寒煙萬點中。

汪志道

字覺先，浙江錢塘人。諸生。

杜茶村留飲書齋時有故宮人在座

浣花溪上話殘春，詩句文章老更真。酒半一聲《河滿子》，不堪重見孟才人。與錢尚書《贈冬哥作》同一悽惋，而此於遺民席上見之，其情更深。

路鶴徵　字湘舞，江南華亭人。

籠中鸚鵡

縱有雲霄志，其如鎩羽何。語言徒自巧，文采累人多。隴坂關河杳，雕籠歲月過。翠衿渾短盡，愁絶少陵歌。『文采累人』，一篇主見。禰正平後，柳柳州、劉連州，皆其人也，故君子有取於夷白。

王懋忠　字思罔，江南婁縣人。邑諸生。

和宋既庭顧茂倫劉西翰沈石均滄浪亭詩

煙外吴山數點青，寒波渺渺抱空亭。國門尚奉將軍令，海徼方高處士星。豈悔鄒枚惟作賦，何妨中伏且專經。臨岐不作楊朱泣，漁父《滄浪曲》可聽。中四語酬贈四君子，而滄浪亭只於起訖見之，另成一體。○時圜城令未除，齊、婁二門間皆屯兵所，故三語及此。後巡撫韓公世琦奏請撤之。

贈柳較書

一卷新詞記囀鶯，重來曲巷共逢迎。挑燈莫唱開元曲，花落江南涕淚横。與『岐王宅裏』『崔九堂前』之作一種風神。

范　超

字同叔，江南上海人。

雪灘釣叟歌

雪灘釣叟人不識，持竿日坐灘頭石。渭水遭逢事有無，英雄老作江湖客。問爾垂綸定幾年，笑而不答鬚飄然。知君原乏求魚志，擊檝還吟《秋水篇》。垂虹橋門七十二，君家恰在橋邊住。

茆屋斜開白板扉，釣船横繫枯楊樹。日落沙頭增暮寒，江天風雪正漫漫。朝來凍合無魚釣，好脱簑衣當酒錢。此爲吴江顧茂倫作。

柴紹炳

字虎臣，浙江仁和人。◯《西泠十子詩選》，虎臣與毛稚黄爲主。惘詩教陵夷，而斟酌論次，以期力追淵雅也。虎臣詩營構精堅，時嫌過密，兹特取其清踈淡蕩者。

酬毘陵劉慶雲湖上見贈

劉生纔把臂，幾載客錢塘。一見如相識，重遊即故鄉。春陰桑葉白，日暖柳花香。未遂湖山興，高歌那斷腸。桑葉非白、柳花無香，然古語云『杏花盛，桑葉白』，太白云『風吹柳花滿店香』，詩人引用皆有所本。

喜陸大景宣歸河渚

征途幾歲竭歸來，庾信江南重可哀。春雨草連村市没，曉風花傍戰場開。我思賣藥仍無地，君定垂綸何處臺。總是他鄉成浪跡，故人相見且銜盃。

沈謙

字去矜，浙江仁和人。著有《東江集》。◯朱竹垞云：『去矜少喜温、李，後乃循漢魏之規榘，得初盛之風致。其意貞而不濫，其聲和而不流。』

引聲歌

外極莽蒼，内保精粹。至人不言，四時咸備。理不出身，道不在智。形體塊然，神明所寄。虚心實腹，抱道守真。大化迴薄，與仙者鄰。運斡圓象，敷匝廣輪。陰陽不害，庶得平均。可參『予欲無言章』及《老子》『守其環中』等意。

樵歌行自注：祖望自號西山樵夫，嘗以漁父詞贈予，故有此答。

西山樵夫方壯年，手持樵斧西山邊。朝向西山石上坐，暮向西山雲際眠。行人過者問樵夫，願君共坐語斯須。美髯如戟好身手，虎狼不顧千金軀。深林杳杳白日落，請君且去住城郭。豐貂錦衣不識寒，肥肉美酒供大嚼。暫時俯仰誰復嗤，恐隨霜露填溝壑。樵夫不答自微吟，東江漁者知我心。

送人之山東

君去遊齊魯，誰憐泣路隅。沙深埋馬足，風利斷人鬚。鼓楫河流隘，瞻雲嶽色孤。蘭陵多美酒，愁絶更須沽。

晚眺

川原望不極，孤客自登臺。落日大荒遠，平沙秋雨來。青門生事渺，白石壯心哀。歸思西風後，空憐作賦才。

送友人北上

嗟君此行役，把酒一沉吟。驅馬河冰滑，聽雞夜雨深。鼓鼙孤客淚，書札故人心。念母歸應早，天涯弗滯淫。

虞黄昊

字景明，浙江石門人。

楊柳枝辭

楊花如雪撲征衣，馬上征夫苦憶歸。曾向曲中回首望，而今真在路旁飛。清清淺淺，自足風神，此辭體也。

陸 圻

字麗京，浙江錢塘人。○《漁洋詩話》謂麗京晚年遠遊不歸，或云在嶺南爲僧，名今龍，而朱竹垞太史謂其入武當爲道士，終莫能定也。總之不知所終云。

七夕有感

萬里晴雲澹素秋，海天東望更生愁。黄姑鳷鵲通斜漢，明月嬋娟照戍樓。剖核誰當來阿母，吹笙何路問浮丘。可憐携手闌干淚，空擬歸來尚黑頭。

九日

衰颯秋風朔氣迴，中原何地可登臺。五湖極望層波渺，四野吹笳薄暮哀。江燕塞鴻紛自代，紫萸黄菊已徒開。最憐此日憑高處，短髮蕭蕭照酒杯。

與歌者陳郎

落日横江老白蘋，同鄉停問一相親。未嫌李尉翻新曲，偏喜何戡是舊人。玉管漫吹秋月白，紅牙曾按綺筵新。坐中恐有傷心客，莫唱伊涼水調頻。

送朱生之秣陵

華館張燈酒共斟，清霜朔雪晝陰陰。上方請劒高名著，廣柳容人俠氣深。醉後難忘公瑾曲，愁來獨抱蔡邕琴。秦淮渡口花争發，莫負當年桃葉吟。應是俠士而爲直臣者。

毛先舒

字稚黄，浙江仁和人。有《東苑詩鈔》。〇《漁洋詩話》：余喜毛稚黄《西施絶句》云『别有深恩酬不得，對君歌舞背君啼』，此意未經前人道過。

孔北海融述志

炎炎當路客，奕奕朱門開。雄雞無三號，冠蓋紛沓來。志士大所營，漂漂窮無依。結根在累世，安能灼餘輝。歷觀古俊民，功成道何微。子牙尚陰謀，管仲器小哉。人生履國步，周道自我夷。猛虎扼其項，何況狐與狸。此身勤君父，安得慕夷齊。曲士矜一節，度外寧所希。寧爲白玉碎，不爲長伏雌。北海目中直無曹瞞。經營國難，不慕夷齊，其素願然也。寧玉碎而不爲瓦全，故卒被禍。擬古詩須設身處地爲之。

裁衣曲

剪征衣，親手作。君身長短何須度，肥瘦定然不如昨。新衣爲君裁，舊淚爲君落。還將銅斗細熨灼，莫使衣上沾猩紅，君見淚痕不肯著。思路、音節，近接青丘，遠接文昌仲初。

張　丹

一名綱生，字祖望，浙江錢塘人。有《從野堂詩集》。○此西陵十子中矯矯者，向共推其七律，而五古生辣結轄，終以此體擅長。

白竹村

路盤白竹村，崎嶇探窮谷。居人八九家，林杪構破屋。下惟四柱立，亭亭不附木。仰視如鳥巢，夕暝梯雲宿。樓動晚風吹，萬竿如戛玉。已防虎豹害，復懼麋鹿觸。我行多彷徨，不敢岐路哭。從者俱飢色，清潭聊手掬。吾語勿苦飢，餐松毛羽足。寫竹屋荒陋如見。

涿州城

曉霜不在地，微白生牛背。遥望涿鹿城，巖然沙磧内。控緤走其下，壁立皆土塊。此地古范陽，甲兵天下最。側耳聞啼飢，傷心自我輩。野狼遇人嗥，蒼鷹攫雉碎。生涯底如此，浩歎兹行邁。天下之險，可使有飢民耶？誰謂山埜人不留心經國？

晏城

小小古晏城，西對華不注。昔之晉郤克，逐馬匝此處。我行實已嬾，解鞍歇薄暮。鵩梟嘯其群，老烏守枯樹。不見古人迹，斷碑委樵路。手摸苔蘚痕，字句讀未誤。平仲之采地，緬然起思慕。奈何千載後，蕪没如野戍。相望有遠山，恐是齊朝附。

登城西南隅次毛馳黄韻

野闊天高楓葉丹，鳳凰城上倚樓看。苔深玉馬秋逾静，露溼銅駝曉未乾。南浦雲屯千騎合，西陵木落萬家寒。愁來鼓角霜前動，莫聽征鴻去渺漫。

陸嘉淑

字氷修，浙江海寧人。

蕪城感舊

花影鶯聲句偶傳，無端真得玉人憐。劉郎前度身猶在，杜牧三生事惘然。銀燭夜闌分險韻，畫欄春半響麼絃。玉鈎斜外傷魂處，落盡桃花叫杜鵑。

郭襄圖

字皋旭，浙江平湖人。

贈鮑子韶即送別

看君心事欲凌雲，客裏悲歌日易曛。每笑成名皆豎子，翻因長揖重將軍。焦桐未盡留知己，白鳳時吞只賣文。憶向五羊同叱石，燕臺相見又離群。

顧萬祺

字庶其，江南吴江人。諸生。

鬭雞坡

紅粉宫中小隊齊，花痕凝碧草萋萋。一從孫武歸山後，不教三軍教鬭雞。武備不修意借鬭雞想出，可云濬發巧心。

盧元昌

字文子，江南華亭人。諸生。◯文子衡門兩版，下帷著書，選定古文，不脛而走。爲詩少懽娱之詞，多愁苦之言，由生平遭際使然。而頌法常在少陵，故憂傷感憤，不知其然而然也。上海陳生龍巖爲余述其梗概如此。

哭李在湄

汝書粘在壁，三載字依然。薄宦嗟無禄，投荒竟各天。老魂寄旅雪，客夢叫孤鳶。誤汝真升斗，泉臺恨肯捐。

薄宦天涯客，頻年幾箇回。挑燈搜鬼録，把酒話泉臺。後死青山在，餘生白髮催。羊城李少府，丹旐早歸來。第一章哭少府，此章痛逝者，而行自念也。

北塘晚棹

悠悠北塘棹，落日轉蓬科。留滯無安土，東南病把戈。江寒魚罟静，月上虎蹤多。去去勿復道，蒼生可奈何。第五語，經所云『三星在罶』也。

沈友聖妻歸述王維夏近況

雞林今罷市，玄晏亦停披。天下書誰讀，中原戰未夷。干戈留短褐，貧賤養鬚眉。我有千秋業，嘐嘐杜甫知。

登吴六益藻野閣次韻

憑欄極望思蒼茫，南北關山雁幾行。萬里故人偏海角，十年兄弟一匡床。欲謀土室真成狷，便哭窮途未是狂。愛爾灌園能樂志，樓前長種百株桑。故人海角，應指漢槎遠戍。

群忠祠

徐海樓船捲土來，角聲吹落暮雲哀。將軍卧鼓空城閉，國士搴旗戰壘開。五尺汪童能破賊，三千瓦氏浪銜枚。自注：明世廟徵瓦氏兵禦倭，甚暴。先朝祠宇還香火，蕭瑟寒鴉夕景催。此死倭寇之亂者。

次韻酬楚中楊長公學博，伊父曾殉甲申之難

先生本是關西子，不信而今我道窮。小草一官悲薄命，文章萬卷哭秋風。蕭蕭涿鹿雙蓬鬢，寂寂玄亭獨老翁。相對話殘嵇紹節，尊前淚滴夕陽紅。

哭箕兒

舉目伶仃欲斷魂，汝生惟此藐孤存。翻教衰祖爲嚴父，休道無兒幸有孫。白首未抛苦海累，黄昏孰問寢門温。床頭零落殘書卷，幾度青燈屋漏痕。

胡渭生 字朏明，浙江德清人。

吴山觀潮

扶桑東極水雲昏，溟漲連天入海門。白鷺千群沙際影，青螺數點雪中痕。石當羅刹聲偏走，

風折西陵勢益奔。徙倚伍胥祠下望，鴟夷信有未招魂。『白露千群』〔一〕，用枚乘語意。『青螺』句，即蘇詩所云『越山渾在浪花中』也。

吳殳

字修齡，江南崑山人。○修齡著《正錢録》，又著《圍鑪詩話》，揮斥諸家。所爲詩，摹倣西崑，然重重襞積，獺祭而未歸自然，與平日議論不相關照，所謂『責人斯無難者』也。存其佳者二章，以識大概。

秦

質子妖姬貨可居，六王未畢已丘墟。鞭橋東去無靈藥，驂乘西歸有鮑魚。黄犬淚中慙廢立，白虵醉裏報驅除。當時早爲秦非計，牧地爲封食有餘。

〔一〕露，應爲『鷺』。

蜀漢

季世唐虞只此時，泗亭天壞哲人違。三交城下波聲急，五丈原頭日色微。西國無煙生火井，東鄰有女落蟂磯。不關鍾鄧能緣險，黄皓譙周盡識幾。『落蟂磯』，『落』字未妥。

譚吉瑄

字舟石，浙江嘉興人。

弔戰場

祈連山下草，寂寞少人煙。魂魄千年後，還思渡酒泉。言故鬼猶不忘歸也。前人以『可憐無定河邊骨，猶是春閨夢裏人』爲善作苦語，此篇正復相似。

朱克生

字國楨，江南寶應人。太學生。著有《秋厓集》。〇王漁洋贈詩云『海内風騷調未孤，故人才筆妙珠湖』，即此可以想其詩品。

遲陳氷壑

非關長憶汝，舍汝欲誰親。天地餘殘臘，江湖剩幾人。一杯驅歲月，斗室傲冬春。自有千年在，何須歎苦辛。

一氣直下，千鈞筆力。

送陳子壽往河南

匹馬遊梁出帝鄉，贈鞭重集酒鑪旁。那堪旅舍逢離別，正值家園作戰場。汴水月明沙雁過，薊門霜動夜砧涼。傷心去住同摇落，不獨悲秋淚滿裳。

分寫河南、薊北，而末以一語總承，格律甚細。

俞南史

字無殊，江南吴江人。諸生。◯無殊，山人安期字羨長之子。羨長以博雅勝，無殊出以清空，父子各擅長也。

過顧茂倫邨居

境以居人重，情因遇故深。酌泉偏愛淡，看竹共分陰。草木山中歷，桑麻世外心。閒吟忘永夜，明月照披襟。

黄九河

字天濤，江南泰州人。

北上於袁浦發家書

丈夫志四方，不受兒女羈，苟懷萬里志，勞勩何足辭。昨發海陵城，今宿淮水湄。附書於送徒，援筆中心悲。親亡兩弟弱，支户惟中閨。水旱歲頻仍，全家常苦飢。官租宜早辦，西疇勤耘耔。幼弟學易荒，肅恭承明師。回首望螺山，先壟草離離。遠行戀所生，貧賤無歸期。苟能行直道，何懼路險巇。長安多親舊，音驛日夜馳。紙短苦意長，挑燈重封題。欠伸啓篷窗，月落邨鷄啼。直寫八行中語，歸到戀所生。行直道，即所云『明發不寐，蠻陌可行』也。

王孫晉

字左公，江南寶應人。

南闈

久客欲歸去，翻愁行路難。極天圍萬嶺，平地落千灘。水立驚蛟鬬，風腥哭虎殘。悲歌烽火夕，流落恨儒冠。

韓　畕

字經正，直隸宛平人。著有《天樵子集》。○朱太史竹垞序云：『石耕終身不娶，比之牧犢子。五言清穩，自足名家。』予轉取其七言，以其情韻纏綿，尤足動人也。

夜

出門寒輝看向圓，清宵白雲多在天。歸人已絶四鄰静，老樹葉隕風淒然。門前即是寒溪路，坦步徐吟過古渡。長橋立久人不知，明月相隨自來去。

九日登雞鳴山

聞道東籬菊已黄，無因移向酒尊旁。西風忽起野煙暮，落葉亂飛山樹蒼。雁帶寒聲歸渚急，江涵秋水與天長。浮雲遮盡登高眼，不許愁人望故鄉。

雨中送春

緑草踈籬映水濱，清溪寂寂四無鄰。一簾細雨仍飛燕，幾日殘花又送春。多病翻愁今夜酒，傷心如別故鄉人。明年寄跡知何處，早向天涯慰苦辛。第六語非古之傷心人不能道。

王邦畿

字説作，廣東番禺人。貢生。

春郊

閉門日以久，出郭尚鳴鶯。爲愛清溪色，春風百草生。雲低滄海樹，潮上夕陽城。何處山中叟，猶聞伐木聲。錢、劉遺韻。

過易水

地入幽州白日沈，寒雲莽莽水陰陰。亦知匕首無成事，只重荆軻一片心。劒術之踈、中心之義，盡於十四字中矣。《綱目》書荆軻爲盗，未爲平允。

梅磊 字杓司，江南宣城人。著有《響山齋集》。

秋日

秔稻朝初熟，荷花晚更香。螢飛過竹暗，牛飯就松涼。斯世多充隱，吾徒半醒狂。愛從田父飲，雜坐亦何妨。王漁洋見田家飯牛，中有所感，因賦「牛飯就松涼」句。

錢曾 字遵王，江南常熟人。○遵王注牧齋詩集，固博聞士也。詩流易有餘，不求警策，得牧齋一體。

蝶

曲廊迴處正斜曛，弄影隨風自作群。曾恃粉衣欺艷雪，幾緣香夢惹行雲。斜穿簾幕深深見，飛過池塘故故分。送得南園花草盡，正教愁殺杜司勛。

梅村先生枉駕相訪，酒間商搉《綏寇紀聞》，有感賦此

迢然影事未能忘，鄭重停車問草堂。借箸漫言山聚米，引杯兼笑海生桑。秦關鹿走當年火，吴苑烏啼此夜霜。指點舊京愁歷歷，爲公棖觸恨偏長。

湘靈先生移居詩

甲子遷訛昔夢中，維桑回首又春風。吟懷平捲三分月，儒行虛留一畝宫。莫訝孟郊家具少，翻嫌徐邈酒鎗空。往時文彩吾能記，容易人間著此翁。

吴物榮

字慎庵，江南吴縣人。諸生。著有《錦峰樵稿》。

山居

世事山居盡，衰年嬾更加。鳥啼方夢覺，酒熟正梅花。天地容雙鬢，漁樵共一家。溪邊聊晚

眺，倚杖數歸鴉。三語『方』字、四語『正』字，不鍊之鍊，是爲詩眼。

卓爾堪

字子任，江南江都人。○子任系靖難忠臣諱敬之後，代傳清白。壯歲南征閩逆，爲右軍前鋒。又嘗輯勝國逸民詩，成集。文武並嫻，遠近争高其行。

源口

旌旗源口出，萬馬度沙頭。山月開昏路，烽煙警素秋。前林圍已破，斷壑血能流。何日銷征伐，春原看牧牛。

國朝詩別裁集卷九

長洲沈德潛歸愚纂評　男　種松校字
江陰翁　照霽堂　長洲周　準欽萊同輯

黄　垍

字子厚，山東即墨人。康熙癸卯舉人。著有《夕霏亭詩》。

短歌行

龍蟠於泥，蚖其肆之。虎處於柙，爪牙安施。委巷之犬，吠聲如豹。厫倉之鼠，口厭粱稻。太行居後，孟門居前。僉夫之心，君子畏焉。方寸之中，乃有五嶽。磊砢欽崎，五丁焉鑿。精衛填海，愚公移山。爲之在人，成之在天。

送屺公周邑侯南歸

君從西郊來，旌旆光如電。父老遮道左，争欲識君面。君從西郊歸，雪壓荒丘樹。獨有春風發，送君千里路。不另下斷語，而世態物情，已盡於此。

嚴我斯

字就思，浙江歸安人。康熙甲辰賜進士第一人，官翰林學士。著有《尺五堂詩删》。

十峰草堂歌爲錢礎日作

九龍之山環九峰，一峰一態如一龍。興雲出雨氣磅礴，鱗甲欲動凌蒼空。别有一峰伏而起，神奇夭矯爲龍尾。世人咫尺不知名，古來畸士都如此。中有草堂繞煙蘿，峰峰迴薄青嵯峨。左圖右史安樂窩，猿啼鶴唳山之阿。草堂主人抱龍德，或潛或見人不識。時時掉臂弄雲霞，往往歌聲出金石。曠懷雅好遊名山，往來齊魯盡躋攀。有時夜半登日觀，雙騎白鹿青雲間。去年把臂歷山麓，清詩萬首酒百斛。今年欸段走長安，不使緇塵涴素服。手持尺幅字琳琅，乞我題詩寄草堂。予本風塵落拓者，青鞋布韈思徜徉。安得投簪尋泛宅，五湖之曲煙光白。與君拄杖聽鳴泉，夜向松窓讀《周易》。一起神來，以下便一筆掃去。

瞜水謡

瞜之水兮清且漣，使君堂上坐鳴絃。瞜之水兮清且漪，使君郊外多耕犂。使君官庖食無肉，長鬚編籬種野簌。使君侵晨寒無衣，老婢當窓織布機。使君寒，民五袴。使君飢，民含哺。升君之堂進君酒，有酒盈巵，有蔬盈豆。長老在前，稚子在後。俚語歌呼爲君壽。清畏人知兮，何人勿知。吁嗟今之人兮，廉吏可爲而不爲。雖不明指使君爲何人，然前後令瞜水者，非陸清獻公不足當之也。結句有慨乎其言之。

聞砧曲

長安八月秋風起，長安門巷秋如水。閨中思婦罷鳴箏，一夜傷心千萬里。前年蕩子去從軍，消息關山總不聞。黄龍塞上愁雲斷，丹鳳城邊落葉紛。平沙獵獵吹枯草，碣石霜飛寒信早。鐵衣銀磧苦思家，紅粉空房愁遠道。烏啼啞啞風淒淒，日暮寒砧到處迷。玉筯暗隨聲斷續，涼蟾故逐影高低。青漆樓頭雁初度，天寒夢斷金微路。龍堆戰士幾人還，馬革遊魂竟何處。城西一帶素車歸，白骨沙場半是非。昨夜深閨猶記憶，開箱還擣舊征衣。

送絜庵家少司農致政歸里

朝衣初脱拜君恩，歸去田園喜尚存。七澤雲深秋放艇，九峻花發夜開尊。毋勞清夢驚魚鑰，剩有閒身到鹿門。秖恐熙時問遺老，不容瓢笠住江村。

周　弘

字子重，江南無錫人。康熙甲辰賜進士第三人，官侍講學士。

道旁歎

三月四月麥未熟。餓夫扶攜領官粟。得粟村墟起爨煙，嫠婦何爲道旁哭。自言幼本名閨姝，父母衣我紅羅襦。十七嫁作儒家婦，足跡不出門中樞。夫亡十指難餬口，連歲凶荒斷升斗。

縣帖紛紛催欒輸，大兒枵腹披枷杻。小兒呱呱懷抱中，身死奚恤愁兒從。昨聞詔書發粟賑，匍匐哀告含羞容。安得有錢買胥吏，賑籍無名長官詈。躑躅中路不得歸，以此悲傷灑血淚。我聞斯語愁心神，彼司牧者獨何人？方看嫠婦泣東陌，又聽悲怨來西鄰。賑荒之弊，自昔而然，安得采風者陳之黼座？

己未二月二日午門聽宣岳州大捷遇雪恭紀

荊南奏凱達神京，曉闕天閶瑞雪明。朱鷺鐃歌翻郢曲，玉龍銀甲灑春城。貂裘尚憶軍前賜，鵞鴨曾喧夜半聲。自此江湖空戰壘，豐年有象課深耕。奏捷、遇雪，語語合寫。

湖南諸路大捷和寶坻杜相國韻

覆巢殘孽剩遺雛，坦腹緋衣合讖符。士行高牙麋子國，岳侯奇捷洞庭湖。烽煙一夜天兵掃，湯火頻年我後蘇。橘渚楓洲初戰定，關山片月笛中孤。

張　英

字敦復，江南桐城人。康熙丁未進士，官至大學士，謚文端。著有《存誠堂詩集》。○本朝應制詩共推文端，入詞館者，奉爲枕中秘，而風格性靈不係此也。特取高曠數篇，以著公之風概。

擬古田家詩

柴門擁溪水，溪響無朝昏。農夫荷鋤倦，獨倚秋樹根。顧我田疇好，念我桑麻繁。脉脉不能語，感兹風雨恩。風雨歲時熟，古俗今猶存。遥指煙生處，親戚滿前村。稚子驅雞犬，夜來忘閉門。何以疇清時，努力從田園。

昔愛誦《豳風》，亦常歌《小雅》。桑柘栖雞豚，結廬在中埜。春菑方扶犁，秋禾倏盈把。野老樂時和，高枕瓜棚下。田家老瓦盆，新醪月中瀉。擊鼓賽先農，調瑟娱方社。何必桃花源，此境足瀟灑。風塵久誤人，我豈悠悠者。

新晴土膏動，原上春草生。陂塘引磵壑，活活春水鳴。桑陰悦好鳥，布穀時一聲。夜來飽飯牛，朝來從耦耕。耦耕一畦畢，澹泊心無營。偶然召隣叟，索取壺觴傾。高談視天壤，把酒歡平生。面無憂喜色，胸無寵辱情。始知於陵子，灌園逃公卿。感風雨恩，忘寵辱念，尋常田父有此襟抱耶？題云《擬古田家詩》，公之寄託，蓋在陶處士一流人矣。

讀《漢書》

壯哉霍子孟，易置多英風。離席按劒時，發議驚群公。走馬杜鄠間，曾孫方困窮。手掔天子璽，授之咸陽宫。海枯石可爛，孰能訾其功。珠襦黄金匣，甫葬茂陵東。狐鳴尚冠里，妻子煙塵空。秺侯殺弄兒，累世亢其宗。子孟庇阿顯，九族罹憫凶。割愛與殉私，延促霄壤同。臣術惟敬慎，庶幾保厥終。博陸、秺侯，功業懸殊，而一則身後旋誅，一則賞延於世，由殉私與割愛異也。指出敬慎，以昭臣道，事君者其知所法誡焉。

讀元道州《賊退示官吏》詩慨然有作

我愛元次山，詩篇獨簡質。短章如長謡，仁心自洋溢。至欲委符節，甘心就魚麥。昔人志康濟，豈云躭暇逸。置身君民間，無能澹憂恤。汗顔拖長紳，不如腰帶銍。賢哲耻曠官，斯義久蕭瑟。誰無湖畔山，浩歌撫遺帙。次山之欲歸老江湖，非躭高隱，爲不能救時卹民，不得已而甘就魚麥也。康濟之心，特爲表出，近日司牧者尚敬聞此言。

嚴陵江

千嶂桐廬道，清風幾泝洄。不知天子貴，猶是故人來。垂釣本無意，披裘亦浪猜。翻嫌人好事，高築子陵臺。王貞白詩後，賦嚴陵者，俱落坑塹。此篇不着議論，籠罩一切，可以追蹤古人。

贈螺浮黄門次龔合肥韻

十年霜雪老黄門，抗疏群知國體尊。嶽鹿折來真有膽，山龍補處自無痕。漫言盤錯昭臣節，偏向風塵識主恩。親見閭閻凋敝甚，《鄭圖》還與繪千村。

曹禾

字頌嘉，江南江陰人。康熙甲辰進士，己未召試博學鴻詞，官至國子祭酒。

○余識其孫全倫，清門零落矣。既全倫旋没，訪其詩，不能多得，爲之憮然。

秋夜述懷

空林葉摵摵，野犬聲狺狺。傍徨忽四顧，中夜感古人。鴻濛詎不樂，烏用施經綸。才賢既當權，造化辭苦辛。雷雨亦待治，雲物非空陳。自有濟世功，千古勞其身。牽犢者誰子，高蹈遺斯民。君子出而用世，則造化以權付之，欲不勞其身不可得也。千古聖賢心事，昭然若揭。

送友人還金陵

屑瑟秋風送客裝，蕭條木落更神傷。滿天欲雪尊虛酒，昨夜初寒雁叫霜。馬足遠衝黃葉路，吟聲徐入白鷗鄉。江南景物關情甚，煙雨秦淮夢裏長。

勞之辨

字書升，浙江石門人。康熙甲辰進士，官至副都御史。著有《靜觀堂詩》。

眺玄武湖歌

雞鳴十廟衰草多，誌公遺塔高嵯峨。遠望大江千里之雪浪，近俯晴湖萬頃之煙波。湖形北向稱玄武，錦纜樓船鬭歌舞。結綺臨春跡已空，惟有澄泓一片無今古。聞説龍蟠王氣真，徐常偉伐圖麒麟。共球受日歸天府，户册登餘藏水濱。周遭沆漭中臺榭，瀺灂游魚通港汊。仁民愛物本相兼，罟於淵者罰無赦。自注：明初置黄册於其中，禁人遊玩。兔葵燕麥摇春風，細柳新蒲發故叢。鴛瓦已銷金碧外，漁歌時起荻蘆中。自古盛衰如轉燭，六朝興廢同棊局。君不見，鍾山陵樹來樵牧，射生收得銀牌鹿。今古盛衰之感，借題發出，見有德易以興，無德易以亡也。

趙士麟

字玉峰，雲南河陽人。康熙甲辰進士，官至吏部侍郎。◯雲南遠隔萬里，風詩難采，少宰詩亦不多見，故所收止此。

過安莊至鎮寧

帶綰輕裘上偃坡，棲霞尚近鬱嵯峨。名通上國由莊蹻，威鎮諸侯自伏波。溪谷至今多瘴癘，人煙到處雜藤蘿。爲欣氣候如秋杪，華蓋橋西試一過。

黔陽懷古

羅施聲教阻遐方，漢置牂牁達夜郎。天入炎荒時苦雨，途經泠驛夜無霜。馬鞍觀側藏雲塢，銅鼓山頭祀竹王。千古猶思丞相澤，祠堂松柏自蒼蒼。

盛符升

字珍示，江南崑山人。康熙甲辰進士，官御史。著有《誠齋詩集》。○侍御少從夏考功彝仲遊，與雲間諸先哲相切磨。既出王新城尚書門，所詣益進。徐司寇健庵評其詩，謂原本少陵，詩外別有事在，非溢分語。

河上雜言

久矣悲鴻燕，誰堪問麥秋。飄零隨遠道，涕淚入孤舟。璧馬年年事，河淮處處憂。却憐長筭少，民命倚陽侯。民倚波臣爲命，不堪問矣，爾時已然。

同阮亭先生遥和李侍郎讀《水經注》憶洞庭韻

聞説巴陵倚洞庭，君山如畫見圖經。岷峨雪盡寒潭碧，雲夢波連湖草青。九派微茫看楚澤，數峰彷彿擁湘靈。知君回首曾遊處，遠思蕭然入杳冥。

中秋岱頂即事

身入雲端雲下垂，風雷南去日西馳。青霓斷續斜陽外，碧海澄鮮子夜時。天柱獨晴依上界，冰輪乍滿半秋期。茫茫俯視皆塵霧，一片空明對玉池。

昌平山行有作

望帝何年泣草萊，漫留抔土錦山隈。恨餘亡國悲英主，禮備興朝慰夜臺。自注：順治初，建陵置祠，有加禮。雲暗蒼梧千古痛，月沈湘浦二妃哀。神歸石室傳青史，龍馭長依風雨來。自注：思陵在錦屏山，亦稱錦壁山，或稱鹿馬山，即田妃墓。○思陵以英敏勤政亡國，古史所無。章皇帝爲之建陵置祠，尤曠典也。詩中表出，得揚頌本朝之體。

金陵懷古

重向南邦憶少年，宫門彷彿戍樓邊。長陵松逕來樵子，後苑湖陰宿釣船。故國幾堪歌《玉樹》，行人猶自怨金川。却憐山色依然在，靈谷蒼涼倚斷煙。人知有明南渡，亡於荒嬉，不知金川門之入，國脉早傷也。此更推本言之。

南征

太白秋明井鬼旁，兵占早已在炎荒。養成歲月營三窟，嵎負西南擅一方。莫遺金沙留蜀漢，豈容清浪接湖湘。由來制勝資全策，銅柱依然緬水陽。時尚逆有連結吴逆之勢，頸聯慮及之，非尋常經生家語。

洛陽懷古

風雨當年卜帝鄉，土中還倚上游强。瀍澗合處開雙闕，河洛分來會北邙。何地南宫臨逝水，誰家西苑帶斜陽。山川不共興亡異，天外嵩高對渺茫。

冬日渡彭蠡過廬山下

幾經湓浦惜幽尋，重向宫亭望遠岑。雲卧石門思北澗，花開蓮社憶東林。三人一笑誰賓主，五老千秋自古今。惆悵吾衰勞夢想，幾人遊跡未銷沉。

劉梁嵩

字玉少，江南江都人。康熙甲辰進士。

天險閣

旋折初驚大壑雷，凌空復上劇崔嵬。白雲無際疑天盡，翠巘何年倚劍開。一路水從汾曲合，千層山抱雁門迴。中原地勢經西折，眺覽重增庾信哀。

方殿元

字蒙章，廣東番禺人。康熙甲辰進士，官知郯城、江寧縣。著有《九谷集》。

○九谷著《環書》自成一子，欲究天人竅奧，餘事乃作詩人也。然高華伉爽，依傍一空，品不在嶺南三家下。

廬山玉淵

高峰入青冥，中斷忽雲樹。屏風九叠間，飛泉半空注。奔騰過萬山，至此陡欲住。憚赫併雷霆，一旦失憑怒。有似千古憤，投入静者慮。兩崖青翠映，空色交相寓。淡淡與天空，冥冥寫秋素。窈窕散餘波，疑作江漢雨。幽光留人心，不覺白日暮。皎月上澄潭，此身在何處。極形奔泉陡住，比之填胸憤怒，忽入達士静觀。古今辭人，未開此口。

褒斜道

褒斜道，三載烽煙令人老。嵯峨雲棧四百里，其下黑龍江中水。北走三秦南走蜀，長虵猛虎盤深谷。張良一燒不可測，顧盼從容得秦鹿。諸葛艱難數出師，大星夜落三軍哭。英雄成敗且有數，况乃區區一狐兔。黄塵澒洞入秦川，風雪關山勞遠戍。鐵馬回頭望隴山，斷腸家過秦川路。更有子午與黄金，十里百折傷人心。懸崖峭壁日月黑，使爾戰魂招不得。以爲竊據者言，見英雄尚難成功，况狐鼠輩耶？警誡亂臣，可補《劍閣銘》之缺。

章貢舟中作歌六首

空谷號風呼雨入，四山水落千灘急。百丈逶迤不上船，石角飛湍何岌岌。徒御當餐投匕箸，榜人憔悴衣裳濕。亂世天心不可知，歸路迢迢百憂集。

風高白日沈西麓，未到常程不敢宿。殘月慘淡落戰場，新鬼啾啾爲誰哭。孤舟愴怳不得力，遠趂前山兩三屋。五更豺虎聲欲稀，寡婦哀哀歎孤獨。

喜卻小山留我後，倏在我前若馳驟。千折百折舟子疲，我左須臾還我右。日色歸心不相及，坐見義車墜巖岫。天昏月黑風怒號，猛虎長虵兩相鬭。寫盡江行陡折、蛇虎縱横，讀者亦不寒而慄。

水淺瀧高圍萬嶺，五年烽火行人静。孤舟獨宿黄茅中，狐狸躑躅豺狼猛。四村盗賊横剽刧，長年三老交相警。兒曹癡小不知愁，鼾睡闌干呼不醒。即『衆雛爛漫睡，唤起沾盤飧』意，正以形容子之警畏也。

江窄風移萬山石，中天無雲炎日赤。百口艱難買兩舟，雨汗相揮不能食。南望青峰更千疊，渺渺征途何時息，不見人家寄山窟，我獨何爲歎於役。

夢裏梅關眼中血，今夜分明在秋月。峰巒憔悴兵戈後，慘淡煙霞寫離别。去日板輿素輀返，魂兮歸來悄難說。有弟有弟亦夭折，使我肝腸横斷絶。六章如讀老杜短歌，在遭逢、在性情，不在形模之似。

秋夜長

淒淒者風，胡不自東，不自南，不自北，吹我井上雙梧桐。梧桐昨夜飄孤葉，夫婿從軍入窮髮。兩地相思不相見，愁雲共掩關山月。飛鴻不我顧，海燕辭巢去。空房蟋蟀鳴，長夜漫漫誰與語。緘情含淚向天訴，蒼蒼無雲復無雨，西有牽牛東織女。起四句本《漢樂府》法：『古調俗不樂，正聲君自知。』

愛妾換馬

噴日嘶風紅叱撥，目似火齊汗似血。屈膝金屏出美人，邯鄲下蔡皆稱絶。英雄有事在烽煙，紅粉生離未足憐。願將妾織鴛鴦錦，裁作銀鞍滿月韉。

答城中友人見訊之作

不到春城五六年，年來生事有誰傳。兩株陶氏門前柳，一半顏生郭外田。黄鳥風邊行樂酒，桃花浪裏釣魚船。翻嫌揚子無佳興，獨坐空亭草《太玄》。佳句妙在不加追琢。

征怨

怯把金錢卜，春殘不道歸。昨宵看月暈，悵觸幾重圍。古意古音。

吴元龍

字長人，江南華亭人。康熙甲辰進士，官翰林，改工部郎中，己未召試博學鴻詞，擢翰林院侍講。著有《問月堂詩鈔》。

賜緞絹恭紀

爲郎冰署客，亦得荷恩私。恐負《緇衣》好，慙無《黄絹》詞。稱身安且吉，出笥卷還披。機杼需民力，艱難一月絲。上六語穩順寫題，一結乃見作手。

九日偕貴陽諸使君東山登高得初字

萬里登高日，千峰縱目初。天長迷近遠，雲合失崎嶇。邊徼蠻歌起，荒城落木疎。鄉心付征雁，可許達音書？起步似出唐人手。

錢芳標

字葆馚，江南華亭人。康熙丙午舉人，官中書舍人。○雲間詩派，陳黄門後，以古淡整飭爲宗。舍人綺麗而不佻，駘宕而有則，詩格又爲一變矣。

擊鮮行

吾鄉城郭滄溟畔，親故朝朝擊鮮宴。樂事濠梁未足誇，嘉名丙穴無勞羨。滬瀆灘平斥鹵多，主人結網勝熬波。蒼茫直下馮夷窟，煙雨常聞《欸乃歌》。河豚販後蘆芽出，春潮蹴岸春雲熱。筐覆吴趨窖裹冰，刀飛少婦厨中雪。已道鰣魚色似銀，況兼石首爛金鱗。麴米漬成鱘枕脆，豉羹調出篛腴新。此時魚税充公府，津市鳴榿復撾鼓。淺筏輕刀弄水兒，高檣巨舶開洋賈。别有泥沙困豫且，脂膏然炬骨專車。牽髻力費千夫蹶，曝臘家分半載儲。堨來島嶼孫盧擾，斥堠傳烽接三泖。都護旌旗只戒嚴，漁郎罾罟空施巧。蕭蕭戍角滿汀洲，罷罶寒星炯不收。無復釣鰲陳水犗，惟看驅馬散沙鷗。海錯經年不到眼，充牣臨淵那供饌。一片才沾食指腥，百鍰早破中人産。舍人顑頷滯燕臺，比目王餘賦强裁。張掾秋風頻悵望，馮生彈鋏未歸來。挑燈與客論終夕，語罷滄桑感疇昔。下箸誰消易水鱒，解錢且换灤河鯽。近喜波臣静不揚，東南早晚撤邊防。盤餐飽飫故園味，醉卧溪梅野竹傍。時多市海鮮而破家者，篇中反覆言之，與鈍翁《鰉魚篇》意同，而各自成格。

長椿寺病馬行

招提二馬一馬病，腕折蹄長氣猶勁。伏櫪雖虚千里心，脱韉翻適長林性。人言此馬初買時，射堂陳孔蹀躞馳。雙瞳夾鏡耳批竹，青絲爲絡黄金羈。孟門坂峻羊腸滑，駿足蹷隤一朝蹶。昔誇金埒雲滿身，今同洮水冰傷骨。負鹽駕鼓力不任，豢養却依支道林。天晴放飲井泉白，春晚卧嘶園草深。君不見，長安城中千萬騎，飛塵蹴天光照地。長鞭短策無不施，齒老旋隨敝帷棄。又不見，將軍鐵駟來渥洼，東行滄海西流沙。苜蓿雖銜不遑食，功成鵲印歸虎牙。何如此馬辭驂服，縱病還同塞翁福。身閒早得華山歸，害去詎勞襄野牧。乃知不材造物憐，豫章見斵樗散全。無用之用世罕識，達哉莊叟何其賢。此舍人自寫照也。即此木以不材全其天年意，寫來不落臼窠，總由用筆之妙。

清明偕鍾宛兄展墓有感

往事蒼涼不可論，傷心絮酒拜松門。三千里外孤兒淚，二十年來國士恩。華表日斜巢鶴返，土花春繡石麟存。殷勤幸接連枝會，漂泊天涯有弟兄。

繆彤

字歌起，江南長洲人。康熙丁未賜進士第一人，官侍講。

送醫士方際泰歸茅山

賣藥長安市，超然寄一身。折驢偏識路，破韈不生塵。入世性情古，還鄉面目真。自慙留滯客，對爾歎勞薪。

萬族罹氛祲，顒顒待此人。戍兵屯戊巳，望雨急庚辛。湯火心徒切，君臣劑有神。能將上池水，盡與濟生民。

茅山稱最勝，結屋傍嶙峋。白鵠常爲伴，黃精得養神。松雲涼夢寐，僮僕使麢麕。曾讀《宋清傳》，猶嫌未絶塵。豎人與豎國夾寫，何等胸次！

假歸南下欲遊五臺山

排空歷歷五高臺，想像先教眼界開。客路風光隨馬去，家鄉樹色渡江來。探奇亦自安禪味，濟勝須誰作賦才。莫道上方鐘磬杳，此身今已出塵埃。寫假歸之樂，得見家鄉樹色也。偏云『樹色渡江來』，工於著句。

渡江

涼月漾中流，金山隱隱浮。尚餘殘醉在，和夢到揚州。只清曉渡江耳，寫得渾然無跡。末五字何減唐人聲口！

東臺望海峰

層層峭石擁高臺，就裏藤蘿百道開。身在雲中天水合，更於何處見蓬萊。

張玉裁 字禮存，江南丹徒人。康熙丁未賜進士第二人，官翰林編修。

七夕立秋

旅榻當筵卧，西風拂小欄。秋從今夕到，月向異鄉看。有巧輸人乞，因貧得夢安。曝衣問僮僕，預戒早霜寒。結意七夕、立秋雙到。

憶橘

朱實垂垂葉尚青，故山千樹未凋零。相思不隔長淮水，一夜鄉心落洞庭。

董　訥　字兹重，山東平原人。康熙丁未賜進士第三人，官至江南總督、兵部尚書。著有《柳材集》。○康熙二十五年，河臣靳議興屯，誤用屯田丞于宣、駱龍友二人，先屯涸田，次及水田，次及草地，漸及墳墓，皆屯矣。無藉之輩所領牛種爲賭博資，新屯日增，民地日削，佃逃田荒，無從訴理。公總督江南，奏請罷之，罪于、駱丞，盡還民田，一時歡呼載道。即此一端，公之生平可知矣。

興化道中

漭沆連滄海，風吹一葉輕。村從波際出，草逼浪痕生。地闊無山影，天空有雁鳴。最憐釜底處，何日奏平成。

魏麐徵　字蒼石，江南溧陽人。康熙丁未進士，官翰林，出爲邵武太守。有《石屋詩鈔》。

短歌行和杜韻自注：戲贈閿卿秦少府。

寒日影黄雲半白，天涯莽莽未歸客。邊隅何日可罷兵，幾處轉輸瘁邦伯。羽林夜發秦關道，共言河隴居民好。甲騎經過悉備餐，喜看蹴踏天山倒。

捕蝗

捕蝗捕蝗人簇簇，蝗飛蔽天引其族。揚旗擊鼓亂敲鉦，奔走如狂沸山谷。炎肌雨汗腸雷鳴，取蝗一斗當斗粟。幸不入境驅鄰封，彼亦天民忍遭酷。誰云蝗多不食苗，苗食垂盡到草木。復聞修德能弭災，非止蝗生宜早撲。

蠻子朝擬白。

蠻子朝，澎湖内附平紅毛。占城諸國盡輸貢，西洋人已聯官曹。琉璃泛海七日迅，册使曾頒新勑印。世子就學陪臣從，賜得衣冠供饌盛。復有安南久臣服，黎氏王封莫氏蹙。往年遣使與講和，分疆各守灘江曲。百蠻接踵梯航趨，奇貌詭餙累譯殊。我願殿繪《豳風》詩，不繪唐時王會圖。歸重修德服遠，此一章結穴處也，與前一章用意略同。

送兒彪之沅江

我已無親侍，兒行又遠親。蕭踈千里外，去住一家貧。水闊風飄健，霜高候雁新。沅蘭芳可佩，極目楚江濱。少陵『令節成我老，他時見汝心』，起十字同此筆墨。

于忠肅祠

當年天子已蒙塵，中外安危寄此身。首建一言存社稷，獨鳴孤掌定君臣。丹心縱死還如鐵，碧血長埋未化燐。千載湖山留正氣，不須涕淚灑松筠。不填故實，不着泛語，是作家手段。

人棠驛疊韻

人到棠陰憶古溪，春煙芳草驛亭西。海濱仙客騎黃鶴，天末孤臣訪碧雞。道路但留殘碣在，自注：地多德政碑。風流誰許峴山齊。幾看卧轍攀轅處，半是鳩形鵠面啼。

量移曲靖疊韻

聞道滇行過五溪，炎荒萬里夜郎西。峰迴鐵鎖沉金馬，路入篁林隱竹雞。青草煙中菰米爛，黄茅瘴裏稻花齊。側身南望愁堪絶，况復猿聲萬壑啼。

汪懋麟

字季用，江南江都人。康熙丁未進士，官刑部主事。著有《百尺梧桐閣集》。

○比部師法韓蘇兩家，故才情横溢。歸田後，留心經學，皮毛剥落矣。因未見晚年作，故仍取才華絢爛之篇。

元夜禁中觀放煙火歌

明月如輪碾金殿，濛濛玉露垂深院。萬里高天無片雲，鳳凰城闕分明見。此時禁庭人影稀，但聽銅龍下銀箭。忽然天樂來九霄，耳邊彷彿聞簫韶。步輦從容出複道，華燈的皪明春宵。赭黃盤龍覆御榻，羽林排列皆騰驍。便殿前頭竿百丈，綵繩高繫青天上。銀花火樹齊開張，珠斗明星盡奔放。金鵝赤鳳無不有，玉女仙人各奇狀。雲中寶塔何嵯峨，海上蜃樓起煙浪。更有奇花次第懸，千枝墮地生金蓮。火山吞吐走日月，急如萬努離箭弦。爆竹聲中作霹靂，又如鐵馬攻戰相迴旋。夜静笙歌轉清徹，兩傍侍臣時叫絶。一回花放樂一闋，此曲人間豈能竊。何意書生按拍聽，果然妙舞霓裳月。羽騎傳呼催返駕，鐘鼓樓前已三下。飄若浮雲風雨過，萬點燈花一時謝。獨倚危欄似夢中，月影沉沉轉臺榭。起從元夜説入，是禁中元夜，龍樓鳳闕、玉露金波，分明如見。以下詳述煙火，跌蕩淋漓，極才人之能事。○壬申元夜，潛蒙恩賜，觀御園煙火，盡二鼓始歸。目中所見，恰如詩中所述。明晨，上命賡和上元燈詞八章，才力薄弱，視比部大篇，遠遜矣。披閱長歌，附記於此。

玉叔觀察招陪龔大宗伯西樵阮亭諸先生集寓園泛舟觀劇達曙作歌

白日當天春晝遥，落花如雪紛飄飄。蜜蜂蝴蝶各上下，鳴鳩乳燕何矜驕。方塘流水緑於染，細草如髮沿溪橋。宋侯好奇復好客，一舟新駕雙蘭橈。中流盪漾發絲竹，琉璃破碎波光揺。北方老不識舟楫，觀者夾岸争讙囂。自客京師少水戲，身輕忽喜乘春潮。夕陽回柁上陂岸，畫堂官燭青煙燒。金壺美醖堆碧色，玉盤春鮆生紅臙。梨園法部奏新曲，龜年賀老同招邀。酒闌感激黨人事，永康閹寺真鴟梟。元禮孟博意氣盡，楷模之譽空名標。衰世誅殺總善類，法吏那得逢皋陶。宋侯當日苦鼇盩，悲秋謔浪皆無聊。今復秉節按蠻郡，束馬秦棧車連鑣。歡樂幾時悵離別，磊塊直用千栝澆。羽聲慘慘曲且止，秦宮急換翻六么。細撥阮咸唱明月，羅衣醉臥氍毹嬌。誰能無情聽忘倦，城頭銀箭催終宵。樂府中應演閹人害正事，故發此慨歎。時觀察亦幾蹈不測，賴聖明曲宥之也。精神團聚在此。

河水决

黃河衝决淮河盪，白馬湖中千尺浪。淮陽城郭雲氣中，遠近田廬水光上。人行九陌皆流水，螺蚌紛紛滿城市。築岸防隄急索夫，里中徭役齊追呼。富家出錢貧出力，觸熱忍飢不得食。十日築成五尺土，明日崩開十丈五。

題顧符真畫

昭陽顧生畫樓觀，絳闕瑤房生白雲。如皚宮人三百六，豐神都似李將軍。此詩《漁洋詩話》中賞之。

顔光敏

字修來，山東曲阜人。康熙丁未進士，官吏部考功郎中。著有《樂圃集》。

◯時輦下稱詩有十子之目，田公綸霞、宋公牧仲、曹公頌嘉、汪公季用、王公幼華、謝公千仞、曹公升六、丁公澹汝、葉公井叔，考功其一也。詩品端厚正大，不輕佻，不板滯，於十子中爲雅音。

白雲峰

三峰信靈造，巍巍司寇冠。磊砢不盡洩，蚴蟉復北盤。結空出瑶几，前對香罏寒。大道望如髮，豁然見長安。我行采山蓀，蔥蒨被岡巒。秋色何時來，萬里霜林丹。三川富陳蹟，八水無停瀾。玉女悵不顧，目斷雙青鸞。『磊砢』十字，寫盡造化之奇，老杜入蜀詩中每每有此。

青柯坪

我從華陰來，秋懷苦悽愴。一登十八盤，嗒焉如盡喪。手拂岫幌開雲關，峰巒變滅無停狀。

狸狌嘯雨猿晝啼，咫尺但愁失歸向。蒼藤羃歷穿危棧，高下冥迷那得辨。石稜澗道僅數尋，渭水秦山幾迴轉。舉頭忽訝青天開，垣屋鱗鱗綴晴巘。長松挂壁森蓬藋，細霧緣扉裊煙篆。吁嗟青柯坪，壯觀真崔巍。三峰高造天，於我何有哉。安得巨靈咆哮重擘裂，二十八潭傾帝臺。手挽鐵船入天漢，仰攀十丈蓮花開。迴頭却笑羨門子，坐看東海生黄埃。後半放筆爲之，蒼鬱雄快，遂成偉觀。

鬬鶉行

高堂邃宇人罕過，錦囊高挂珊瑚柯。乍聞人譽軒勇氣，空中跳躑常傞傞。何來賓從皆禿袖，入門豪氣聲讙呵。服膺拳拳疑印綬，朝餐廢箸猶摩挲。三尺寶牀正中設，鄭錦齊縷金盤陁。兩鶉出囊已脱手，盛怒似欲尋干戈。朱目紺趾豈得辨，疾如激水旋雙渦。注目良久三歎息，爲官爲私理則那。㦬伐固皆爾儔類，崇朝百勝何足多。磔毛啄血供一笑，誰當與爾同癢疴。瞥然一敗竟葅醢，争如朱鷺傳鐃歌。田中偃鼠飫草實，自注：《月令》，田鼠化爲鴽，即鶉也。徐行不避虞人羅。乃知羽翼反爲累，嗚呼，奈此微生何！爲同類戕害者戒，復言田鼠無用虞人置之，見變化之轉定累身也，用意微矣。

送宋觀察荔裳之蜀

三閭昔日沉沅湘，楚臣憭慄長悲涼。蘭臺巫岫類譎諫，翻令千載譏淫荒。片言立朝豈易得，一朝何況秉節來天閶，怪君天刑誰與解，倏爲霖雨周雍梁。憶昔含香坐藤院，公然白眼輕張湯。一朝受辱處囊檻，獄吏嫚侮如驅羊。拘縶反成好遊癖，南窮漲海西河湟。今年被詔按巴蜀，龍墀乍見鬚眉蒼。巴蜀年來成鬼國，蠶叢魚鳧重鬬疆。頗聞中丞貢嘉穗，九莖豈得盈千箱。猰貐磨牙近城市，騶虞垂首眠通莊。神禹泣罪秪輦下，窮陬無計逃桁楊。使君冠佩望魚雅，萬人祖送紛琳瑯。子規晝啼巖谷静，木棉花落旌旗香。萬事夷險如轉燭，天公好生民壽康。皋陶廟裏襲長夜，淒風苦雨君無忘。自注：荔裳有《祭皋陶》劇。巴蜀幾成鬼國，而中丞乃貢九莖嘉穗。猰貐磨牙，騶虞垂首，刑罰不平可知矣。望觀察明恕活人，得古人贈言之意。

洛陽

皇天有意閲滄桑。可憐賈傅今祠廟，吴楚蒼生幾戰場。

城闕蕭森望洛陽，西來瀍澗水湯湯。千山紫翠朝中嶽，萬古歌鐘對北邙。故國何人憑險阻，

潼關

連山覓路縱橫斷，粉堞當空結搆牢。萬里河流蒲坂動，九天秋色嶽蓮高。燕齊無計撓秦帝，關隴頻聞唱董逃。設險當年隸畿輔，廟謨親見紫宸勞。

望華山

潼關西上見嵯峨，路入雲臺佳氣多。萬壑深松寒白日，三峰積雪照黄河。天雞曉徹扶桑湧，石馬宵鳴翠輦過。擬向青冥銷永夏，蓮花玉井竟如何。七言近體俱在北地、信陽之間。

京口

十里荒煙接岸青，金焦疑對兩浮萍。連山北斷江樓出，潮水東還海氣腥。機杼並愁鮫室盡，鼓鼙空向鷺門停。歸舟擬雪蒼生淚，秖恐君王不忍聽。

昭君曲

一辭宫闕出秦關，長得丹青識舊顔。爲報君王休愛惜，漢家征戍幾人還。悲憫征人，用意忠厚。

送朱錫鬯之濟南在撫軍署。

携手河橋悵去塵，歷山遥望柳條春。訟庭尚有南冠客，自注：時亭林以詔獄在濟南。莫向燕臺思故人。

喬萊

字石林，江南寶應人。康熙丁未進士，己未召試博學鴻詞，官翰林院侍讀。

○聞先生詩稿極富，曾與賦草並行，兹獨得其使粤一集，故所收從略。

確山道中

中州天下腹，厥田異斥鹵。如何南汝間，千里餘曠土。道詢九十翁，涕出語未吐。流寇昔煽亂，中原競鼙鼓。殺戮兼流亡，千百存三五。村落略有人，城市屋可數。荒山相經亘，白日仗弓弩。余謂殊不然，汝等逢聖主。賜租吏發粟，修文已偃武。牛種亦易致，旱潦非所苦。休養四十年，胡不治場圃。老翁淚縱横，斯理公未覩。户少徭益繁，民貧吏如虎。居者不可留，缺者詎可補。如欲起瘡痍，嗷嗷望卓魯。聞言三嘆息，誰其任州府。設爲問答，古樂府體用意，用次山《舂陵行》之遺。

過高郵

萬里渡瀟湘，洞庭一葦駕。不圖返故鄉，蒼茫與之亞。崩奔萬雷鳴，漭沆一川瀉。浩浩無陵谷，湯湯兼冬夏。孩穉飽虺蛇，鵝鴨棲桑柘。舴艋婦子巢，場圃魚龍舍。買薪須論斤，賣兒不計價。古人貴防川，蟻穴嚴一罅。如何村落間，衆流匯其下。耕鑿計已休，畚鍤役未罷。死者長已矣，壯者不得暇。哀哉此蒼生，誰將奇禍嫁。極形水患。讀至『賣兒不計價』，幾同聲一哭矣。誰司行水，能辭其咎耶？

過應山縣弔楊忠烈公

嗚呼，有明神宗之季國廰䏶，光宗繼之更短折。維時先生官給事，顧命乃與大臣列。防微肩鉅定大計，選侍移宫一朝決。再起中丞赴雙闕，大柄已被閹人竊。乾兒義孫滿廟廊，二十四罪憤所切。赤縣争高宦者祠，彤庭偏染中丞血。詎有婪贓楊大洪，舍人寧死心如鐵。或言漢之厨顧潔其名，唐之牛李營其穴。宋之洛蜀明東林，黨禍紛紛蹈覆轍。封疆已被門户誤，遂譏先生太激烈。我謂此言殊不然，藉口保身附明哲。假使當年稍婞娙，張禹孔光更何别。君子豈能誤國家，目爲黨人正氣絶。嗚呼，正氣絶，國乃滅！婞娙之徒，每持明哲保身之説，以備責直臣，正氣所以喪也。此等詩，關係名節不小。◯予過忠烈公祠，作詩弔之，中云：『人之云亡邦國瘁，明社沉淪等兒戲。只有孤臣一片心，地下可訴高皇帝。』讀喬公詩，偶然節録。

下灘

湘南三月湘水生，馳波跳沫空江鳴。硿砑亂石亘江面，險如瞿塘灩澦誰能攖。我聞就下水之性，豈樂與石相排争。清流何爲輒暴怒，鼎沸勢欲蒼厓傾。其如灘石太崄巇，横排曲扼真難平。笆竿之船薄如紙，左旋右折中流行。柁師自許識趨避，到此亦覺心魂驚。十里五里在俄頃，回頭不見丹峰横。一灘纔過一灘至，到耳總作奔雷聲。縱然賦命果窮薄，毋乃太視波瀾輕。

湘口

雁叫猿啼不可聞，零陵風雨正紛紛。三巖明滅瀟湘合，二水縈洄楚粤分。縱目好看靈嶽樹，落帆猶帶隱山雲。探幽更向愚溪去，野性偏宜鷗鷺群。

方象瑛

字渭仁，浙江遂安人。康熙丁未進士，己未召試博學鴻詞，官翰林院編修。著有《健松齋詩集》。

龍洞背

神龍穿石飛，洞壑晝常晦。人乃捷於龍，盤旋出龍背。躡衣入重雲，勢與風雨會。危崖千萬狀，不知始何代。突兀浮圖高，縱横屏障大。鱗鬣樹千章，泉流吐飛沫。下注不測溪，沉沉氣冥昧。倘燃牛渚犀，百靈宛然在。羌山多靈奇，策名此爲最。何必御風行，曠然天地外。

七盤關

雞頭關前七盤嶺，蚓曲虵蟠纔見頂。氐中又復度七盤，詰屈紆迴勢相引。層崖邃谷路轉通，拾級忽見雲霞空。却怪頂觸前人趾，不知舉膝當心胸。寧心息魄詫奇絶，萬里山川風氣別。一關中斷隴蜀分，羌笛渝歌乍相接。遥望川巴萬點明，白雲紫霧還縱横。鱗鱗彷彿峨眉雪，不知何處錦官城。北望京華南望越，懷人兩地情偏切。今朝身入大荒西，涼風古驛中秋月。昔遊平靖關，關頂爲荆州、豫州分界處，曾作詩記之。篇中『一關中斷』二語，服其辭之能達，『羌笛』承隴，『渝歌』承蜀，尤見脉理之細。

望雪山

自注：在咸州，距會城二百餘里。曉起登樓望之，九峰皆白。

未是峨眉境，何來入座看。蠻中晴亦雪，徼外暑偏寒。雲散千峰白，霜凝萬壑丹。鱗鱗望不盡，指點是松潘。

陳玉璂

字賡明，江南武進人。康熙丁未進士，官中書舍人。○舍人於天文、地理、禮樂、兵農、河渠諸務，無不講求。賓客雜集，應酬不倦。暇則成詩，旬日之間，動至盈寸，遠近目爲才人。

聞董文友已在山東

竟作十年別，何無一紙書。傳聞在東魯，早晚下南徐。客久才逾老，思深夢轉踈。靈光遺殿在，問爾賦何如。眉眼最近，而眼不見眉，即思深夢踈之謂。

同友登京口避風館高閣望江題壁

袞袞登樓興，披襟坐上頭。果知天地大，不盡古今愁。孤塔煙中斷，諸峰波面浮。憑欄一長嘯，明月夜横秋。

落葉

木葉驚微脱，相看惜故枝。一秋今古夢，萬樹别離思。入水飄無定，隨風下每遲。始知天地意，摇落總無私。離形寫意，便覺超然。一結所見尤大。

興濟寄懷家兄其年

同君擊楫大江千，共把離尊未忍乾。一自風濤愁裏聽，真憐兄弟别時難。雲連滄海鴻邊度，月落滹沱馬上看。爾在家鄉定回首，幾時書札到長安。

傅昂霄

字龍翰，江南吴縣人。康熙己酉舉人。〇吴中詩人無道及龍翰者，然即此三篇，非浸淫唐賢者不能。

飲馬長城窟

君不見，長城之北青海邊，平沙直上黄雲天，沙中白骨堆何年？陰山九月風怒號，風吹戍火連雲高。雲中五原軍出幕，左賢右賢心膽落，軍中大將聞姓霍。鼓聲如雷笳聲死，冒圍脱走天驕子。烽煙一掃萬里秋，漢家天子恩未酬，男兒何用言封侯。太白蝕月旄頭没，歸來飲馬長城窟。

凉州詞

九月霜高塞草腓，征鴻無數向南飛。深閨莫道秋砧冷，夜夜寒光滿鐵衣。温柔敦厚，可與唐賢絶句並讀。

江行

白雲明月漾微瀾，空外秋聲落遠灘。燕子磯頭中夜起，一天星斗大江寒。

徐乾學

字原一，江南崑山人。康熙庚戌賜進士第三人，官至刑部尚書。著有《憺園集》。◯崑山顧亭林先生，融貫古今，學人非詩人也，而其詩醇雅可傳。尚書爲亭林外甥，熟於朝章國故之大，盈廷議禮，必折衷焉。及發言爲詩，亦復諸體愜當，藝林謂酷似其舅，信然。

感遇

汲水辨澠淄，染絲別黑白。古人傾蓋間，流品先已擇。寸心苟相投，薄軀非所惜。寶劍解贈君，出入耀光澤。分手去路衢，萬里無間隔。結交不須多，噂沓亦何益。寧聞管鮑家，堂有珠履客。

隴山歌送許天玉之官新安

隴山高高隴水流，隴西六月如清秋。蕭關朝那近北地，酒泉張掖連涼州。諸葛戰争餘故壘，隗囂宫殿成荒丘。繡衣按部求名馬，都護行營擢錦裘。數聲羌笛落梅怨，一曲秦箏邊月愁。許侯分符萬里去，曉發青門擁騶御。虞詡成名在此時，王尊叱馭看前路。京華故人折楊柳，欲行不行日漸暮。我歌爲作隴山詞，目極輪臺鳥飛處。高、岑風格，步趨者罕。此故在《燕歌行》《胡笳歌》之間。

北征

置酒旗亭畔，風吹楊白花。愁深同汶水，道遠指京華。乍聽悲笳起，回看落照斜。庭闈千里夢，憐我滯天涯。

兩弟分南北，鴒原心事違。穉圭方夜讀，曼倩復朝飢。月向吴宫照，雲依薊坂飛。並憐梁苑客，漂泊未能歸。

汴水金隄險，黄沙撥暮雲。戈鋋終未息，肇策不堪聞。萬井驚狐火，千村散馬群。夷門衰草畔，酹酒信陵墳。

金輿帝子去，朱戟故宫存。麋鹿穿陵寢，魚龍入殿門。連雲艮嶽迴，落日大河奔。老監曾驂乘，淒涼説舊恩。此指流賊决汴水灌城後事也。帝子已没，朱邸空存，不勝亡國之感。

行指蕩陰澤，遥思嵇侍中。一泓水自碧，千載血猶紅。玉座春吹雨，靈旗夜起風。英英岳忠武，廟皃對城東。

程嬰存祀義，豫讓報恩心。此地昔人没，千年灃水深。花明開驛道，苔老積碑陰。我獨何爲者，天涯寄苦吟。

瀲灩金溝溢，青葱玉樹寒。幾迴思碣石，三度向長安。入市碎琴易，依人彈鋏難。異鄉逢令弟，華髮共驚看。懷古思親，百端交集，每章立意，杜老《秦川雜詩》之格。

懷漢槎在獄

吴郎才筆勝諸昆，多難方知獄吏尊。誰爲解驂存國士，可憐一飯困王孫。蟬吟織室秋聲静，劍没豐城夜氣昏。聞道龍沙方議譴，聖朝解網有新恩。第五語，用駱丞《在獄詠蟬》事。

懷友人遠戍

邊城日日聽鳴笳，極目辰韓道路賒。三襲貉裘猶未煖，一生雪窖便爲家。晨看軍府飛金鏑，暮向溪山引犢車。千載管寧傳皁帽，難從遼海問生涯。

已甘罪譴戍荒谿，又發家人習鼓鼙。孟博暫能隨老母，子卿猶得見生妻。鶺鴒原上聞猿嘯，雞鹿山前聽馬嘶。夢裏依稀歸故國，千重關隘眼終迷。此懷吴漢槎遠戍。『子卿猶得見生妻』，望其生還也，後果如其言。

送萬季野南還

霜花酴酒送君還，邸舍相依十載閒。慣對卷編常病眼，與談忠孝即開顔。折衷三禮宗王鄭，泚筆千秋續馬班。薄笨獨驅驚歲暮，凍雲寒雪滿江關。

請告得旨留别諸公

蕭蕭白髮滯長安，此日都亭擬挂冠。入世囍虞憂履虎，當門芳馥怕鋤蘭。一官雞肋中情淡，萬卷牛腰遠道難。最是君恩如海岳，禁庭回首涕汍瀾。時柄政者欲中之以法，聖主許其帶書局還山，如司馬文正公修《資治通鑑》之例。受恩感激，乃作是詩。

張鵬翮

字運青，四川遂寧人。康熙庚戌進士，官至大學士，謚文端。

旅夜書懷

分水驛連古萬州，烽煙無際黄雲愁。三軍不作刀環夢，一夜鉦聲繞戍樓。

王　掞

字藻儒，江南太倉人。康熙庚戌進士，官至大學士。著有《西田集》。

虹友兄齋同漢槎夜話

海内争傳季子名，相逢執手喜還驚。廿年塞外空歸夢，一夕燈前似隔生。鐵嶺風沙銷戰骨，金河笳鼓駐雄兵。知君具有凌雲筆，得藉陳湯返漢京。此漢槎赦歸後事。

望岱

山色周遭信馬蹄，岱宗高峙絶攀躋。巃嵸未許兒孫並，㠑岃渾疑星漢齊。風定天門懸日月，雨收石角挂虹霓。他年定擬窮遊屐，秦觀峰頭倚醉題。

王士祜

字子側，山東新城人。康熙庚戌進士。著有《古鉢集》。○許甫草云：『子側爲西樵之弟、阮亭之兄，才堪頡頏，而西樵、阮亭早發，聲望先布，不必視爲蜂腰也。』

和李退翁侍郎讀《水經注》兼憶洞庭之作

相思何處折芳馨，望斷黄陵舊日亭。自注：《水經注》：湘水又北徑黄陵亭西。秋水依稀聞落葉，楚天彷佛見揚靈。洲邊子戍三春緑，樓外君山一帶青。太息雲中君在否，不堪重問道元經。

渡揚子江

長江不盡來荆蜀，天塹平分控五州。地近沈舟悲戰伐，人從擊楫想風流。波開雲日諸峰出，浪湧魚龍夾岸浮。况值丹楓摇落盡，三山縹緲欲忘憂。有吞雲夢、摇五嶽之概，如此方許作渡江詩。

孟亮揆

字繹來，江南長洲人。康熙庚戌進士，官翰林侍講學士。

渡黄河和大司農韻

秋水輕帆憶此過，故園一卧任嵯跎。江山亂後重爲客，蒲柳新時又渡河。茅屋幾家晨爨少，桃花三月晚潮多。十年築舍空民力，忍聽勞勞鴻雁歌。

于忠肅墓

曾從青史弔孤忠，今見荒丘岳墓東。冤血九原應化碧，陰燐千載自沉紅。有君已定還鑾策，不殺難邀復辟功。意欲豈殊三字獄，英雄遺恨總相同。徐、石實忠肅罪，謂其意欲召外藩也。『意欲』二字，與『莫須有』三字正復相類，一經拈出，舊事頓新。

李振裕

字維饒，江西吉水人。康熙庚戌進士，官至户部尚書。有《白石山房詩稿》。

祠闕里雅有序

皇上文德武烈，震揚域外。海隅宴安，民有禮樂絃誦之習，蒸蒸嚮風。迺循覽徭俗，還過闕里。以太牢祀孔子，禮儀致敬，賚予有加。臣躬逢大典，懽忭踴躍。不揣固陋，竊效唐臣柳宗元雅體，詠歌盛事，爲《祠闕里雅》一篇，謹拜手稽首以獻。

太山巖巖，遐邇具瞻。登封受命，上帝是監。鍾靈岱岳，篤生尼父。大道昭明，炳然終古。

一章。於皇時清，繼天立極。累洽重熙，與民休息。苞蘖既除，干戈永戢。偃武覿文，風行四國。

二章。歲維甲子，曆起上元。翠華南指，旌軒八屯。秩祀東嶽，禮舉柴燔。頫臨日觀，旁矚天門。

三章。泰山之陽，曲阜之宅。萬乘回鑾，里門是式。奕奕本支，恭迎清蹕。升堂陟降，祀典攸秩。

四章。軒縣轃矣，樂具奏矣。尊罍既陳，饗禮侑矣。俎孔碩矣，天子獻之。豆孔庶矣，天子薦之。

五章。祝史有辭，我皇黼藻。曰萬世師，揭此顯號。華蓋九斿，爰飾於廟。姬公孟子，亦越奠告。

六章。皇曰噫嘻，相予肆祀。濟濟臣工，詵詵胄子。布席横經，披陳奥旨。圜橋肅聽，睟容有喜。

七章。陟彼泉林，厥流孔淲。維兹檜文，厥枝孔虬。萬年不凋，聖人所樹。皇心愉愉，爰記爰賦。

八章。帝恩優渥，零露瀼瀼。流根潤葉，受祉無疆。匪曰賚之，孔氏之光。斯文丕顯，邦家之慶。

九章。泗水湯湯，孔林蒼蒼。文章靈著，輦路之旁。樵蘇有禁，舊不踰頃。今也廓之，數兼常等。

十章。奎畫有煒，垂象神宫。取彼琬琰，是琢是礱。豐碑百尺，崒嵂在東。歷年億萬，與岱比崇。

十一章。維山有岱，維天有漢。皇德是峻，帝文是焕。大道彰矣，治化翔矣。日月星辰，慶重光矣。十二章。○祠聖人與奏凱告成功不同，彼取古奥，此取和平也。古奥近韓，和平近柳，作者最得體裁。

趙申喬

字慎旃，江南武進人。康熙庚戌進士，官至户部尚書，謚恭毅。〇恭毅生平清直，具見此詩。

庚辰仲冬内召感賦呈祖道諸君

七載投閑學灌園，君恩未報滯丘樊。忽逢徵召來南國，擬謝親朋赴北轅。差信有生遵正軌，只慙無術救黎元。諸公祖餞箴予闕，黽勉匡時望進言。

許孫荃

字四山，江南合肥人。康熙庚戌進士，官翰林院侍講、陝西學使。〇激昂悲壯，多燕、秦之聲。

出門

出門必春初，入室必冬暮。豈無兒女情，終歲不暇顧。揮手從此辭，夕陽渺煙樹。作客苦況，全在兩『必』字形出。

五丈原次大復韵

荒原淡斜日，古戍黯層陰。五丈空留跡，三分不死心。地隨營壘没，星與陣雲沉。薄暮秋風急，如聞《梁甫吟》。

潼關

百二初經得大觀，巖關高峙碧雲端。兩邊峽束黄河去，萬仞根連太華蟠。天險西來凌絶巘，地形北折聳長安。如今聖德能懷遠，猶作當時要處看。與『兩戒中分蟠太華，孤城百折走黄河』幾於魯、衛，一結得設險守國之意。

武功春日謁后稷祠

當時教稼無先聖，萬世黎民定阻飢。詞客古今瞻廟貌，村農伏臘走軒墀。邰封麥秀垂垂徧，禹甸氓歌處處隨。文德配天真不忝，獨從含哺有餘思。起手如高峰墜石，循行數墨家，那能辨此？

萬里

萬里驅車亦壯哉，西征咫尺是輪臺。無邊晴雪天山出，不斷風雲北極來。關到玉門中土盡，槎浮博望使星迴。猶看定遠封侯道，却憶嫖姚佐漢才。

莊浪趨張掖

酒泉張掖近天山，大漠風雲指顧間。莫道行邊人萬里，最西還有玉門關。

國朝詩別裁集卷十

長洲沈德潛歸愚纂評　男　種松校字
江陰翁　照霽堂　長洲周　準欽萊同輯

葉　燮

字星期，江南吴江人。康熙庚戌進士，知寶應縣。著有《已畦集》。◯先生論詩，一曰生，一曰新，一曰深。凡一切庸熟陳舊浮淺語，須掃而空之。今觀其集中諸作，意必鈎元，語必獨造。寧不諧俗，不肯隨俗。戛戛於諸名家中，能拔戟自成一隊者。◯先生初寓吴時，吴中稱詩者多宗范、陸。究所獵者，范、陸之皮毛，幾於千手雷同矣。先生著《原詩》内外篇四卷，力破其非。吴人士始多訾謷之，先生没，後人轉多從其言者。王新城司寇致書，謂其『獨立起衰』，應非漫許。

採柳謡

去年採東鄉，今年採西鄉。東西兩鄉柳，採之盡斧戕。河隄決無時，需掃如山岡。高柳無遺槎，柳種纔成秧。大府昨下檄，催督肩相望。境内柳已空，越境有嚴防。無已及他木，槐榆楓櫟樟。違材式不程，李難代桃僵。百金縛一掃，千夫提其綱。投之滄淵中，厥聲廔沸湯。河伯鼓赫怒，飄如馬脱韁。哀哉累膏血，一擲剜肉償。何慮千百掃，往往歸茫洋。吾欲叩九關，好生德之常。緬彼至治世，大海無波揚。

湖天霜

湖天湛然清，盛夏飛嚴霜。霜嚴結陰慘，白日沈荒凉。厲鬼啾啾鳴，行路聞心傷。埋冤爾爲何，毅魄非國殤。生爲蚩蚩民，安分柔且良。真盗失伏辜，漁人罹禍殃。殺人不抵死，袖手反代償。有耳非不聞，有眼詎失芒。一人愛功名，片語進斧戕。邈矣三宥仁，孰察五過章。一朝四百指，駢首堆荒岡。湖水自終古，流恨徒湯湯。寄語司牧者，殺人宜慎詳。殺四十人以全一人官爵，古酷吏中有此毒螫乎！天道好還，必不使之保首領、留種類也。讀至後半，炎月中恐亦肌膚起粟。

度大庾嶺

千里連峰匝，紆迴出萬尋。險分南服界，雄見越王心。鴻雁謀何苦，熊羆氣轉深。高松陰夾路，風過助長吟。三、四語沈雄蒼鬱。

送王阮亭宫詹祭海還朝

使節天邊轉，韓碑讀罷還。挹泉疇主眷，探袖出民艱。颿没依依樹，裝輕箇箇山。南枝留不住，高詠過重關。『探袖出民艱』，不以頌而以規。

瘞璧恭成事，祠壇異碧鷄。蠻方留雅樂，玉陛返桓圭。激水從天上，扶桑向使西。聖朝嚴俎豆，到日拜封題。

尋山

二月花争發，尋山一逕冥。峰迴常抱影，雲斷半銜青。柳露沿溪屋，人歸隔嶺亭。桑榆留晚照，尚及渡前汀。

京口作

朔風動地大江鳴，猶説南徐北府兵。鐵鎖幾人籌異代，布衣終古悔成名。江山無限漁樵計，木葉頻驚關塞情。試上高樓憑四望，不禁淚下媿平生。七言律，入手難得龍跳虎卧之筆，得此，以下便如破竹。

嘉興陳用亶招同秋嶽先生暨諸同學集尚友堂，限微字

酒盃數去此風微，賴有同心欸夜扉。上客獨存天寶舊，佳辰長歎永和稀。一尊緑影如求友，千里蓴絲不厭肥。庭際殘紅將次盡，碧梧翠竹轉芳菲。

中秋後同人集用亶尚友堂，憶五年前秋嶽先生有此集，限微字韻，興懷愴然，仍限前韻

風雨從吾欸舊扉，也知荃杜採應稀。敦槃衰鬢驚難再，花月歡場漸欲微。晚藥侵階秋得氣，

倦螢入户冷無依。緣隄衰柳吾憐汝，約略年華兩並非。追舊集，感暮年，借倦螢衰柳以寫蒼涼之況，爲之黯然。

括蒼道中

蕭然倦策度重巒，絶壁摩天傍斗看。遊子傷心悲九折，美人遥睇隔千盤。啼鵑花信他鄉到，瘦馬衫痕落照寒。不斷亂雲投北去，生憎回首望長干。三、四，經險地、懷良友也。『瘦馬衫痕』一語，寫盡孤客遠行之況。

集吴天章傳清堂感舊，限紅字

廿載銷沉各老翁，江鄉舊館酹殘紅。忽驚灰劫餘芳砌，自注：堂爲前輩舊居，四十年前曾隨先人集此。重愴山陽拭槁桐。行路真難捹病廢，閒情漸遣藉途窮。深秋已過繁霜雪，苦憶茫茫衰草中。

同人夜坐康貽姪齋，限人字

意外相逢是故人，衰顏燭影話重新。花殘幾易羅舍宅，燕到重沾杜甫巾。無處避愁應擇地，有山送老不嫌貧。吾家二妙欣相慰，嬾向滄江再問津。總無一語平直，極眼前事，一經點化，頓使生新。

石門郁曾發遊秦歸賦贈，兼示胡圓表徐導柏

十載驚沙積曉裝，龍鍾短策倦遊梁。飢來慣逐長榆月，老去重沾絶塞霜。登嶽何人携謝脁，入門無女問中郎。曾發歸時喪女。江波淮浪摧肝日，話比秦川路更長。

去去空山學道裝，難忘情處在河梁。勞生歲月官橋柳，終古人琴斷坂霜。自注：故人徐次璆。水咽隴頭留苦調，花然巷口映諸郎。自注：圖表昆弟子姪二十餘人。秦宫漢殿秋原上，飽贈書生一枕長。勞生歲月，以官橋柳况之；終古人琴，以斷坂霜擬之。身世友朋之感，幾於字字欲淚。

與趙書年話舊追憶其尊人山子

隔世荀陳隔日情，朱顏皓首兩心驚。文章涕淚仍聲價，冰雪關河竟死生。自注：癸卯冬，予與山子計甫草北行，兩兄並物故五年矣。重覩風標堪和鶴，自憐衰老續鳴鶯。庭梧竹影難忘夕，怕見城西暮色横。自注：山子故居。

疊韻答學山姪

處世應師田子方，馬遷《貨殖》計寧長。東西鴻爪皆空點，今古蛾眉不易防。漂泊未歸元亮宅，支離合老管寧牀。生涯隴畔驅黄犢，焚硯何心賦補亡。

同徐方虎、張步青、趙湛卿登永嘉江心寺浮圖

鷲宫突兀傍銀河，界破青冥一雁過。名士登高雙淚下，故人回首萬峰多。新傳蜃海銷兵甲，若箇魚磯卧薜蘿。尺五去天知不遠，憑君才調問如何。登高睇遠，時每多身世之感，無情人不知

也。五、六，鋒燧已銷，薜蘿難卧，望有情者出而用世，應爲同遊者言之。

楊花

小蠻腰瘦不勝情，斷粉飄雲殢舞裀。莫使漫天飛不住，樓中尚有未歸人。恐其傷思婦心也。視『春日凝粧』之作，更覺微婉。

題平湖沈客子《燕京春詠》後

殘杯忽憶帝城春，曾逐輕蹄十九人。淮上黃蘆江上雪，憑君説是賞花辰。

梅花開到九分

亞枝低拂碧窗紗，鏤月烘霞日日加。祝汝一分留作伴，可憐處士已無家。從九分著意，不忍卒讀。

客發苕溪

客心如水水如愁，容易歸帆趂疾流。忽訝船窗送吴語，故山月已挂船頭。初歸家時實有此景，比『忽驚鄉樹出，漸覺熟人多』更妙。

盧道悦

字喜臣，山東德州人。康熙庚戌進士，官兩知襄武、緱氏縣。著有《公餘漫草》。◯班史稱：『循吏以文章餙吏治，作者以吏治爲文章。』詩中所云，皆從憂勤廉惠中出也，勿徒於對偶聲律間求之。

阻風

陸行無風波，偶嫌路紆折。中心希所求，水程較直截。鼓棹正中流，陡遇風威捩。日行十餘里，毋乃所望觖。欲速適爲累，悔不從迂拙。迎面挂席來，疾行飛鳥滅。帆檣非不同，遲速何殊絶。長年前致詞，前程難預决。萬事貴順天，人力徒勞竭。明日風勢回，遲速又更迭。乃知天下事，安分自怡悦。寄語山中人，待時養明哲。即阻風一事中，傳出樂天安命、遵養時晦之學。詩如此，乃不徒作。

寄時齋弟

百孔千瘡體，毉來尚帶瘢。清貧林下穩，迂拙宦途難。有淚灑荒野，無才事上官。感君相念切，聊用報平安。五、六語，包括任延一傳。

偶感再和時齋韻

中夜捫心候，無妨對泬寥。難舒單父肘，恥學楚宫腰。君並陳情李，時齋以母老求終養。予甎歸去陶。鷦鷯棲未穩，豈敢慕沖霄。『恥學楚宫腰』，即上一首『無才事上官』也。

迎春

律轉鴻鈞佳氣同，肩摩轂擊樂融融。不須迎向東郊去，春在千門萬户中。

顧貞觀

字華峰，江南無錫人。康熙壬子舉人，官中書。著有《積書巖集》。○梁汾臨没時自選詩一卷，授門人杜雲川太史，雲川付梓人以傳，不滿四十篇，皆味在酸鹹外者。前輩嗜古淡，不自足如此。

雨止纑塘書舍抵暮無一人過橋上者

山淺雨亦深，煙光暮如積。窅然清池上，塹與塵土隔。倚杖玩浮漚，憑闌數歸翼。無生復奚滅，有動隨所息。磬響時一來，懷哉巖岫客。願言依此境，共對香燈夕。一塵不起，語可證禪。

春夜大雪，念儲汜雲宿舟中，詩成黯然，兼寄應雲皆人兄弟

百里非遠涉，忽嗟行路難。蓬窗半夜凍，積雪摧檣竿。念子擁衾坐，知余撫枕歎。吳中文翰侣，公讌方極歡。暖響迷玉漏，晶輝瑩珠盤。誰持一尊酒，慰此孤舟寒。前路逢二謝，客愁應少寬。平生倦水宿，歷歷驚風湍。

開先漱玉亭

壁立雙芙蓉，正臨無底谷。誰揮修月斧，盡削銀河曲。倒灑萬斛珠，翻飛千尋玉。有龍蟠其下，喧極眠更熟。縱橫題石字，但見莓苔緑。洗鉢注軍持，餘生此焉足。

灌園

不自量筋力，求爲人灌園。意惟營一食，跡若避群喧。誰遺五色芝，服之詑騰騫。奈非塵埃種，移蒔安得蕃。還將理菜畦，膏澤資泉源。黽勉試操作，編籬復插援。早韭和露茁，晚菘凌霜翻。但從採掇便，未覺烹飪煩。心形誠苦疲，既飽亦軒軒。向讀神農書，近聞老圃言。飛騫未能，安分謀食，陶公心事如見。

夜聞梵音

一燈山牖出，隔竹露光泫。坐聽香臺人，《法華》中夜轉。清泉漱寒玉，細入吴音軟。嚼蠟況橫陳，凡襟何時遣。去左司未遠。

秋曉登滄浪亭呈宋中丞

初日上東南，林亭空宿翳。草香珠露重，的皪侵衣袂。唱杳曲池菱，吟餘小山桂。猶聞遺翰墨，但惜沉碑碣。望古情已深，懷賢感亦係。由來澹蕩人，別作流傳計。翕赩賤原嘗，虛徐狎莊惠。誰陪飛蓋遊，屬和高文麗。詠滄浪亭者，俱做蘇、梅體，此以淡寂行之。春花明媚，忽遇山礬，獨殊風格。

贈吳園次太守時僑居吳門

煙月揚州不可住，金閶亭下牽船處。風流海内幾知名，却傍江潭惜枯樹。壯心無計得消磨，千叠巒𡾰十斛螺。鴛鴦翡翠長相守，其奈纏綿舊事何。舊事追趨青瑣闥，承恩獨給尚書札。玉箱琭重貯填詞，夢裏西風生白髮。武皇仙去已多年，老伴文明繡佛前。第一莫孤琴酒興，夜分高讌日高眠。

韓菼

字元少，江南長洲人。康熙癸丑賜進士第一人，官至禮部尚書，補謚文懿。著有《有懷堂集》。◯公於經義有起衰之功，奉敕撰述，及一切碑版之文，足以潤色鴻業。左右史乘，數韻語者，不及公也。而德人之言，自足風雅，讀者勿第求之詞句之間。

贈江南巡撫湯潛庵先生

於皇啓運，惟良應期。雲出山川，靈雨乃施。于潛于躍，致身惟時。從容講幄，道以言資。俾贊大政，謀謨孔嘉。帝瞻四方，念我民依。疇若綏懷，維汝予材。往奠南服，往撫朕師。此言公以道事君，明良一德，命其撫綏南服也。

時惟霜月，戒途惟吉。别殿寵行，大官賜食。何以衣之，温貂重襲。何以乘之，小環金戹。巽命以申，莫匪民極。頓首青蒲，臣職是力。臣學孔孟，羞管商術。罷罷之思，惠此南國。此言陛辭寵行也。學孔、孟，羞管、商，表公生平學術。

短車一乘，具少于車。敬謝供張，敢煩薪芻。我馬既羸，我僕亦痡。莫或寧處，將此簡書。

吴儂遲公，自今有家。叶。悄悄獨營，攬轡踟躕。此言公簡從輕裝，故奉簡書。而吴民望之，同於望歲也。

螟蟊食禾，披根及心。飛鴞食葚，懷我好音。嗟爾司牧，下民是侵。素絲惟染，官闕誰箴。其則不遠，公即砭鍼。無愧生平，敬影與衾。此望屬吏化積習歸廉潔，以公爲準則也。

稽古揚州，田惟下下。矧我勾吴，文身而裸。有明戰争，天降之禍。厥賦未貞，王道爲頗。印給四方，日炙其髁。脂膏既竭，下民卒癉。剜肉流血，敲骨及踝。千秋我公，哀此鰥寡。盍繪《流民》，盍謁靈瑣。公誠動天，庶幾報可。此言三吴浮賦，民不能堪，願公之爲民請命也。後屢疏陳請，格於部議，乃止。

眷彼嘉穀，實生其莠。爰有止水，當門置韭。宿猾弗除，願民誰牖。其衆可容，其魁宜取。如木斯拔，如雛斯乳。仁者必勇，公維其有。此言除莠民以安願民也，止水置韭，用龐參訪任光事。

烹魚苦碎，治民苦煩。調急弦絶，汲多水渾。五方殊風，莫返黄軒。去其太甚，不在高論。鈎距不設，鼠雀無喧。若其性天，起化之源。此言除弊，去其太甚，無煩苛察也。若其性天，即使自得之意。

奕世歌思，厥有文襄。端毅寬静，忠介清剛。我公嶽嶽，爲儒者宗。體立用行，攸兼其長。神動淵默，罔不在中。若嘗膏之，豈惟我邦。佇公報政，倚公辯章。吴儂敢私，以福萬方。此言撫吴大臣，推周文襄忱、王端毅恕、海忠介瑞，而冀公之追步前哲也。此種立言，得吉甫贈人之體。詩亦穆如清風。

抵里門述懷

葵藿傾太陽，雜縣避鐘鼓。心跡若未并，宜適各有所。嗟余謬朝恩，蹔如腹背羽。憂思日以痒，衰疾飒而瘉。陳力敢賴寵，自免幸報可。江湖皆日月，夢寐臨君父。惴惴持小心，寧間出與處。歸來蓬藋荒，故基餘環堵。點檢舊巾箱，静便深稽古。舍傍有數畦，頗能學老圃。名山無卜築，興至擷芳杜。未暇謀兒孫，何處謁公府。弱植恐化茅，高鳥不啄腐。市朝我無營，焉敢累鄉土。

送礪巖洗馬移家石公山次悔庵韻

乍脱朝衫賦《遂初》，青螺一點卜幽居。菜根咬得當何肉，蟲篆窺來半《禹書》。吞却五湖無蔕芥，聯將三益有樵漁。此時風月從吟弄，幸惠新詩並起予。石公近包山，包山藏《禹書》處。

挽田間先生詩

跳身黨禍出鄉關，辛苦書生戎馬間。已分妻孥成死别，寧知喪亂復生還。孱王騶駱窮年恨，故土鸎花鎮日間。一畝荒凉乾净地，千秋恐染淚痕斑。先生配死於亂兵，故有第三語。

長揖諸公折角巾，頭銜不屈舊詞臣。三千上客曾傾坐，百尺高樓好寘身。自下羊曇華屋淚，自注：謂立齋師。每安杜甫草堂貧。靈床寂寞琴絃斷，絮酒南州祇一人。自注：謂健庵師。

被命修《一統志》，先師司寇公完書也，感而有作

澹蕩江湖玉局隨，苦心作者調誰知。户庭直欲包山海，義例頻煩托寓巵。窮盡異書多逸事，得來妙解折群疑。最憐樂善通懷處，嘗許門人贊一辭。

青螺一點故依然，草舍荒煙客可憐。萬里張騫曾鑿空，九州鄒衍欲談天。人從生死原輕散，筆到山川不易箋。惟有無情芳草緑，猶鋪書帶舊堂前。

踏紅重到碧山堂，歎息音容未渺茫。佳句壁間枯落墨，小松階下慘成行。少孫敢附龍門末，後鄭常依馬帳旁。猶是舊遊風月地，孤燈夜雨照淒涼。俱從門人續修用意，纏綿悱惻，令人增師弟之重。

暮春唐解元墓下作

中丞當代振詞源，弔古憑將風雅論。自昔唐衢惟解哭，祇今宋玉與招魂。人歸黄土三生石，時過清明一酒樽。更闞桃花舊蘭若，鐘聲敲月伴黄昏。時宋商丘中丞新葺唐解元墓，故從中丞説入。其實，墓在横塘，商丘所葺，在桃花塢，乃解元讀書處也。唐衢，正説；宋玉，借説，不得以不類議之。

王鴻緒

字季友，江南華亭人。康熙癸丑賜進士第二人，官至工部尚書。著有《横雲山人詩稿》。◯不及見全稿，所録皆未貴顯時作。

歸來

長鋏歸來日，貂裘欲敝時。吾親憐久客，扶杖喜相持。欵欵談征路，依依問舊知。自朝還至暮，盡室慰離思。

吾母倚閭久，風塵望早歸。驚看遊子面，爲浣去時衣。巖筍經冬出，慈烏向晚飛。《白華》堪志養，不必羡甘肥。縫衣，送遊子也。浣衣，遊子歸也。舊事翻新，只轉换間耳。

贈蕭芷崖

小築幽居碧草扃，雲溪淡淡水泠泠。風流雅託《梓人傳》，丘壑應垂處士星。巖菊有情堪獨把，江蘺無怨爲誰醒。高山更入朱絃調，可許巢由洗耳聽。芷崖託於梓人，實逸民也。司空贈詩，比於泉明、正則，近日卿大夫無此下士風矣。

夜

霜風瑟瑟動窗紗，故國音書旅雁賒。永夜聞砧難入夢，他鄉見月易思家。干戈且喜人無恙，蒲柳應憐鬢有華。獨愧聖朝容棄物，未辭簪紱問桑麻。善學少陵，不在形似。

閨思

抱得朱絲琴，臨風彈《别鶴》。愁如江潮生，不共江潮落。崔國輔小詩原本《子夜讀曲》，作者近之。

採蓮歌

採採江水濱，荷花照臉新。莫愁西日晚，明月解留人。

宫詞

霜浄金階冷，蟲吟綺閣秋。嫦娥明鏡裏，亦自伴人愁。

徐倬

字方虎，浙江德清人。康熙癸丑進士，官翰林院侍讀。後家居，加禮部侍郎。著有《蘋村集》。◯蘋村歸田已十餘年矣，恭遇聖祖南巡，進呈《全唐詩録》百卷，特加卿貳。且年躋大耄，子列六卿，真盛世幸人也！詩亦如彈丸脱手，絶異郊島寒瘦之習。

詠水碓

睦州曉放船，江流益清瀏。水石相抨擊，湍雪蛟龍走。居民置風輪，隨波轉樞紐。沙石廣場圃，比櫛列杵臼。但看椎聲落，不見誰舉手。精鑿脱糠粃，安閑到子婦。搰搰抱甕勞，拙哉灌陰叟。機巧厭桔槔，斯言誠然否？聖人前民用，神智皆自有。愚民偶得之，役使河伯久。但苦梁鴻貧，何處覓升斗。一結換意，不脱不膠。

騾車謡

車鐸忙，替戾岡。騾轉轂，尾秃速。路崎嶇，聲獨漉。嗟爾車中人，何不還家抱黄犢？

寶劒金玉裝，少年駿馬馱。車中坐老叟，面皺髩又皤，騾兮騾兮負汝何？

簸之揚之非藜尠，顛之倒之裂裳衣。騾因芻豆辛苦爲，勞人草草將安之，人與爾騾計總非。

鷄初喔，烏再啼，北斗闌干月沉西。滿地冰霜騾足動，踏破千家萬家夢。奇警句以無意得之。

捶馬勿傷面，捶騾勿傷背。傷背烏啄瘡，後日難重載。八口安食騾奔波，騾若不行誰能那？

爲語役夫愛爾騾。愛及物力，仁人之言。

採蓮曲

溪女盈盈朝浣紗，單衫玉腕蕩舟斜，含情含怨折荷華。折荷華，遺所思。望不來，吹參差。音節聲口，宛然齊、梁。

月

木落川原浄，霜清烏鵲寒。可憐官舍月，强作故園看。老鸛捎雲末，饑鼯走夜闌。朔風偏太苦，吹徹角聲殘。官舍見月，忽念家園。此云『强作故園看』，前人無道及者。以下推開，不復粘滯，是浣花翁家數。

聞蛩

鄉國三千里，寒蛩總一聲。遥知閨閣内，共此别離情。響入秋砧細，愁先朔雁鳴。銀燈何太苦，起坐到天明。一氣直下，盛唐人有此高格。

舟中雜感

高秋一葉下梧桐，有客揚帆夕照中。多病百年兼恨别，依人千里自途窮。滄江白露魚龍夜，冷月黄沙草木風。老去休思空冀北，曰歸終擬儈墻東。計欲依人，無有不途窮者，此閱歷有得之言。

雀啄黄花滿眼蒿，雁連雲影下空濠。投人自賤隋明月，無褐空思秦復陶。碣石寒砧催玉露，廣陵秋樹接銀濤。應知雨雪前途盛，歲暮誰憐左伯桃。

項王祠

莫問鴻溝事若何，獨留祠宇枕黄河。故鄉香火情何限，三户英雄氣已多。零落繡衣生土蘚，欹斜駿馬絡藤蘿。到今吞岸濤聲壯，嗚咽如聞《垓下歌》。繡衣、駿馬，何等豪氣，而以生土蘚、絡藤蘿綴之。英靈有知，應亦啞然失笑。

健庵太史招集黑龍潭小樓，限龍字

小閣憑闌眺遠峰，青天一抹露芙蓉。壥封古殿多棲鴿，木落空潭穩卧龍。玉局自今歸大雅，酒鎗依舊屬吾宗。斜陽宫闕參差近，五色雲深閉九重。

禾中贈曾庭聞

庾信飄零似轉蓬，江關詞賦老逾工。客程半在青山裏，壯志全消白社中。尚有匡床分上下，曾無破屋住西東。鴛鴦湖畔輕携手，孤負桃花爛漫紅。『破屋』句，念其弟青藜無家，不能如二陸之同居也。

湖上贈夏鹵均

青絲一騎出長安，明聖湖頭把釣竿。花柳坐催名士老，湖山約與酒人看。好憑酬唱東西屋，莫妬聲名大小冠。昨夜新詩欺白雪，雪兒歌罷不勝寒。

酬章雲李寄懷之作

一夜西風朔雁號，故交書札念同袍。短人豪氣三條燭，把爾新詩八月濤。過眼浮雲隨燕雀，多情明月下蓬蒿。憑君宦達還須早，世路由來重佩刀。

李基和

字協萬，江南丹徒人。康熙癸丑進士。著有《梅崖詩意》。

登代郡城晚眺

西風落日聲颼颼，風吹沙起邊人愁。黄雲片片下谿谷，雁門木葉零清秋。飛狐句注老鵰窟，健兒習射來山頭。嗟哉紫塞古來險，頗牧爲將人安憂。忽然酸風射眸子，迴看戰骨多荒丘。歸鴉幾點過城去，夜昏鼓角鳴譙樓。

過鶴汀侍讀齋觀董文敏畫

曉雨初晴煙未收，江雲一帶引輕舟。糢糊認得南徐樹，不到家山十六秋。因觀畫陟觸家山，

纔畀泛然題畫。

柳絮

孤負當年詠雪人，沾泥糝徑總成塵。却憐一樣風吹去，偏是飛花墮錦茵。

戊寅中秋初度月下作

光寒於水連天接，色白如霜滿地鋪。誰畫雁門今夜裏，山川别樣貯冰壺。自注：金魏道元

《中秋》詩：『桂子知經幾寒暑，冰壺别是一山川。』

徐元夢 字善長，遼陽人。康熙癸丑進士，官至大學士，謚文定。

送隨羲文出塞

君到居庸北，應憐一雁回。沙平疑地盡，山豁訝天開。落日重關閉，秋風萬馬來。勉旃從此役，莫上望鄉臺。閔其勞苦，勉以公忠，四章不脫此意。風骨不肯落開寶以後。

兩出居庸塞，憐君當苦辛。風沙隨去馬，雨雪滯行人。地闊軍民少，天寒部落貧。須知柔遠意，率土盡王臣。

登三屯鎮城樓寓目

雉堞連山起，登臨亦壯哉。一聲南雁去，萬里北風來。苔没前朝碣，雲寒上將臺。興亡無限意，尚想濟時才。

送友人出使塞外

許國纔年少，胡爲絶塞行。一身憑漢節，匹馬出長城。月色侵裘冷，霜花拂劍明。燕然何處所，石上自題名。

成德

字容若，遼陽人。康熙癸丑進士，丙辰殿試，官侍衛。著有《通志堂集》。

○侍衛生長華閥，淡於榮利。書史友生外，無他好也。詩情飄忽要眇，斷腸人遠，傷心事多，年之不永，即於韻語中知之。

盧子諒時興

代謝感時序，迭微歎日月。憨彼鶗鴂鳴，忍此衆芳歇。林園無鮮藥，原野飛隕葉。王孫傷歲暮，志士勵窮節。勁莛矗驚飈，貞松翠霜雪。昂昂澤中雉，矯矯韝上鷹。物性不可渝，人寧不如物。努力崇明義，豈爲威武屈。砥礪志節，傳出子諒心事。

送蓀友

人生何如不相識，君老江南我燕北。何如相逢不相合，更無別恨横胸臆。留君不住我心苦，横門驪歌淚如雨。君行四月草萋萋，柳花桃花半委泥。江流浩淼江月墮，此時君亦應思我。我今落拓何所止，一事無成已如此。平生縱有英雄血，無由一濺荆江水。荆江日落陣雲低，横戈躍馬今何時。忽憶去年風雨夜，與君展卷論王霸。君今偃仰九龍間，吾欲從兹事耕稼。芙容湖上芙容花，秋風未落如朝霞。君如載酒須盡醉，醉來不復憂天涯。酣嬉淋灕，一起警絶，深情人轉作無情語也。

再送施尊師歸穹窿

紫府追隨結願深，曰歸行色乍駸駸。秋風落葉吹飛舄，夜月横江照鼓琴。歷劫升沈寧有意，孤雲去住亦無心。貞元朝士誰相待，桃觀重來試一尋。

山海關

雄關阻塞戴靈鼇，控制盧龍勝百牢。山界萬重横翠黛，海當三面湧銀濤。哀笳帶月傳聲切，早雁迎秋度影高。舊是六師開險處，待陪巡幸扈星旄。

柳枝詞

馬卿苦憶紅泥閣，我亦傷心碧樹村。病骨沈綿詞客死，更誰攀折與招魂。自注：『緑楊天半紅泥閣，朱槿風前翠袖人』，亡友馬孝廉雲翎《柳枝詞》。

池上閒房碧樹圍，簾紋如縠上斜暉。生憎飛絮吹難定，一出紅窗便不歸。因柳絮而念征人，人所同也，此妙在未曾説破。

邵　璸

字柯亭，直隸大興人。康熙乙卯舉人，官昌邑知縣。

春日雜興之一

春風不媚俗，一例到閒門。新樹移鄰圃，青衫染酒痕。世情浮宦拙，吾道布衣尊。盡日讎書卷，藜床坐覺温。此任廣文時作。

九月十五夜中庭閒步作

鐘傳人定月華明，漸覺新寒夜氣清。露重似宜添羽帔，樹疎何處著秋聲。一鐙舊雨鄉園夢，殘夜西風獨客情。身世不從詹尹卜，流行坎止足吾生。

芙蓉

曾從楚客賦蘭茳，喜見風翻赤玉幢。欲採名花遺良友，還憑遠夢落秋江。盤承雨露珠無算，莖並鴛鴦蒂自雙。此日仙城誰作主，凝眸遥望憑紅窗。押三江韻。中不著一客氣字，便是到家。

六語本杜詩，添入「鴛鴦」二字，倍覺鮮妍。

題畫

青山一角夕陽銜，隔斷喧囂境不凡。有客空亭閒眺遠，桃花春水送輕帆。佳景自得佳句。

彭定求

字訪濂，江南長洲人。康熙丙辰賜進士第一人，官翰林侍講。著有《南畇詩稿》。○先生遇忠義事，必表，以礪人心風俗。故見於詩者，多䠒䠒嶽嶽之言。

故閣部史公開幕維揚，城潰，殉難，相傳葬衣冠於梅花嶺下，過而哀之

極目層城古戰場，忠魂飄蕩恨茫茫。軍中空道臨裴度，都下無由仗李綱。碧血久從衰草没，

白雲遥帶古梅香。吾來暗灑三升淚，髣髴靈旗下大荒。開府揚州而無權，異於晉公之奉命視師統率諸軍也。任馬、阮而踈閣部，與宋高之任汪、黄，斥李綱相類。比例典切，乃見本領。

望日謁文山先生祠，時于中丞方議重修，用杜詩《蜀相》原韻

信國孤忠汗簡尋，荒祠憑弔劇蕭森。旌旗曾壯吴疆色，絲竹空埋魯壁音。自注：祠爲長洲舊學。斜谷出師原比烈，睢陽仗節本同心。榱崩棟折勞興復，瞻拜遺容一振襟。比以忠武睢陽，恰如分量。

五人墓

偶泛蓬舠繞郭來，摩挲墓碣久徘徊。重看俎豆登鄉社，尚想干掫捍黨魁。白刃争攖千載烈，青雲並附九京哀。蕭蕭松柏凌秋爽，遺臭生祠安在哉？自注：墓爲毛撫建魏逆生祠處。

湯陰謁岳忠武故里廟像

忠武鄉閭駐轍過，柏陰森列更摩挲。辭家壯志憑孤劒，報國先聲震兩河。北窖攀髯魂正遠，

西陵埋骨淚偏多。天傾宋社殊難問，可奈乾坤澒洞何。

過淇縣懷同年高振聲給事

給事名遐昌，以參劾大憝繫獄。久之，得釋，被劾者旋伏辜。今給事方村居，余以未及往晤爲悵。

杏林追數舊遊人，屹立朝陽一直臣。苦節偏能攖虎穴，孤忠肯憚拂龍鱗。藁街授首天刑速，郿塢然臍國典伸。今日淇西容隱遯，停雲冉冉感參辰。

胡會恩

字孟綸，浙江德清人。康熙丙辰賜進士第二人，官刑部侍郎。著有《清芬堂集》。◯侍郎不以詩鳴，然含宮咀商，天然明麗，其品自貴。

湖口行

青青石鍾山，凛凛湖口關。潯陽匯彭蠡，九派奔潺湲。東南估客度江津，湖口新關愁殺人。烏篷艇子大於葉，朝去昏還兩箬緡。江邊怪石如刀戟，衝濤觸船船寸坼。誰能冒險瞬息停，一任當關恣抑勒。正税還兼雜税供，雜税何曾入大農。一自新關移使者，棹歌聲斷月明中。此種詩，觀人風者應採之。

書京江先生南苑詩後

御溝楊柳參差碧，夾道宫槐吹緑雪。六飛初幸玉泉迴，南苑春蕪駐仙蹕。帳殿涼飔五月寒，晾鷹臺畔簇雕鞍。至尊乙夜開經幄，中使星馳召講官。曲江學士蓬山彦，著作承明侍清讌。每依石室展牙籤，頻直彤闈聽銀箭。當今天子擅聖神，一遊一豫行時巡。上林獸簿不足問，石渠典籍時相親。屬車載書三十乘，特簡儒士隨八駿。先生奉詔有殊恩，郊原寓目多名勝。拳毛蹀躞沙路香，平明珥筆紫荷囊。致君一卷《虞書》在，《卿雲》復旦賡陶唐。霏微銅鶴鑪煙細，丹陛從容傳聖意。天苞地符世莫窺，河洛千秋未宣秘。俄傳鑾輅下離宫，羽林七萃依蒼龍。競識相如參侍從，千群組練一章縫。歸來振筆詩千首，雲霞灑翰蛟螭走。鸞尾淋灕進尚方，岐陽石鼓同不朽。休風盛事載瑶編，不數横汾宴鎬年。願將茂草《虞箴》頌，譜入薰風和舜絃。此紀文端公侍直南苑時事也。表主臣之一德，揚文藻之清華。末語頌箴兼至，悠揚婉轉，可誦可絃。

珠江雜詠

我愛珠江好，風光入嶺偏。帆飛蝌斗水，杖倚鷓鴣天。穗石仙蹤古，花田粉澤妍。扶胥望不極，身在海雲邊。

我愛珠江好，天南接大洋。山家蠔壁峙，海市蠹帆揚。酒雜檳榔醉，茶勻茉莉香。最宜新雨後，炎暑變清涼。

我愛珠江好，駢羅雜卉多。叢篁迷澀勒，異果熟波羅。火米生黎貢，蕉紈細馬馱。木蘭新艇子，溪女唱蠻歌。

我愛珠江好，清娱事事幽。名香散東莞，佳硯採端州。水驛梅花晚，山村荔子秋。新來解蠻語，倚樹聽鉤輈。雜入廣南風物，鮮妍軟順，不求工而自工。

題張蘧若侍御疏稿

太阿持節甫，釀禍實熹宗。誰使貂璫魄，猶存馬鬣封。青山無穢骨，勁柏有霜容。我讀西臺疏，清威徹九重。侍御，名瑗，祁門人。疏請削逆奄魏忠賢墓，時論共快之。○魏奄死後，墓猶幾埒陵寢，碑稱『完吾公』，乾兒義孫列名其末，皆宰臣卿貳也。侍御奏後，得旨發而平之，以木石充永定河工用，詳《春明夢餘録》中。

金陵

建業曾傳半壁安，秦淮嗚咽暮濤寒。六朝寂寞青山在，十廟陰沈畫壁殘。禾黍故墟屯鐵馬，煙花南部失雕闌。隔江《玉樹》歌聲斷，更有哀絃向月彈。

吴門值錢飲光惠詩賦答

南國靈光尚巋然，孤雲踪跡老龍眠。詩名海内推尊宿，道貌塵中訝散仙。前代清流端禮石，荒江甲子義熙年。他時若問遺民録，桑海蒼涼姓字傳。前明爲黨人，本朝爲高士，總以遺民概之。

秋曉

銅街列炬簇鳴騶，倦客中宵攬敝裘。曉柝尚嚴人語静，寒星欲没露花流。宫鴉影散金門曙，朔雁聲傳碣石秋。擾擾緇塵驚歲晚，江湖迢遞引羈愁。

都中四時歌 存秋一首

霜黄草白雁聲多，南苑旌旗萬乘過。落日秋原飛俊鶻，晾鷹臺畔擊天鵞。

蘇州送春詞

畫屧蒼苔陌上蹤，一春心事怨吴儂。曉風欲倩遊絲綰，愁殺寒山寺裏鐘。『未到曉鐘猶是春』，故愁聽寒山寺鐘也。點入寒山，乃切吴地。

翁叔元 字寶林，江南常熟人。康熙丙辰賜進士第三人，官至刑部尚書。

病中雜述

邇來有微疾，遂得身閒居。隱几發清思，且復親詩書。夜闌不成寐，落月明前除。漸覺萬慮捐，往往見太虛。多恐疾良已，此念又復初。『多病道心生』，親歷其境者能言之，結意自警。

我初亦何爲，無端在陶冶。我身既非真，況乃名氏假。因復被虛聲，從人置高下。微生屬醯雞，世事付野馬。浮雲與雷光，於我何有者？此意即道心生之驗。

下第出都，途中偶成

孤踪寂寞與時違，匹馬荒郊趂落暉。有影自隨還對語，無家可老尚思歸。花當寒谷先秋落，雁叫空江帶雪飛。棄婦可憐身已去，向人猶整嫁時衣。壬子、丙辰，中間只隔一科，而下第詩比『氣味如中酒，情懷似別人』更甚。篤於科名，不覺言之流露也。

聞官軍收八閩

三年轉戰苦蒼生，禁旅傳餐滿市城。竇氏已來關右表，令公猶典朔方兵。却看星象書含譽，自注：司天奏含譽星見。應有花名賜太平。自注：宋仁宗時，蜀地貢名卉，賜名太平花。願得臨邊諸將帥，許教隴畝事春畊。

陳錫嘏 字介眉，浙江鄞縣人。康熙丙辰進士，官翰林院編修。著有《兼山堂集》。

賦得長安一片月

誰領高秋意，當頭片月看。碧空雲自淡，金掌露初溥。柝起街聲静，砧鳴夜色寒。清輝應萬里，不獨照長安。

送湯西崖歸西泠

馬蹄經歲踏京華，忽逐征鴻去路賒。何物關心歸思急，孤山開徧早梅花。

王頊齡 字顓士，江南華亭人。康熙丙辰進士，己未，召試博學鴻詞。官至大學士，謚文恭。有《世恩堂詩》。

魏忠賢衣冠墓

熹宗之朝閹寺亂，不數弘恭與石顯。門下誰非謁者[illegible]，朝中半作貂璫犬。吁嗟氣勢真回天，茄花委鬼相鉤連。楊左諸賢一網盡，鎮撫獄底尸駢肩。門生天子差彷彿，張父趙母何懵然。紛紛祠額徧寰宇，賜塋特勅營生前。將作起冢同祈連，[illegible]恩門閥踰董賢。一朝冰山忽傾倒，凶骨不得歸三泉。摩挲碧雲舊碑碣，忠賢姓氏猶高揭。侯[illegible]當時既伏誅，衣冠誰使留空穴。安得雷火一夜仆，此碑更倩龍湫之水洗羶羯，山靈面目還[illegible][illegible]。此詩成於張侍御奏請削平之前，故望水火燒除洗滌之。

讀史有感

授鉞勤王日夜[illegible]，[illegible][illegible]詔待殊勳。湘東漫說擒侯景，項羽徒能殺冠軍。甲士蟲沙麾下變，美人絲竹[illegible][illegible][illegible]。書生空有憂時淚，灑向東風到夕曛。此責諸將之不盡力也。

喜湖南諸路大捷，和學士李容齋前輩韻

降旗千片廩君船，妖婦春澄夢澤天。百粵風煙通馬援，八公草木走苻堅。帝心自切平吴後，

廟筭真成下瀨先。從此蠻方歌大定，竹笻蒟醬貢年年。籌邊屹屹建高樓，兩岸灰飛赤壁舟。首惡暫稽軍鼓釁，遺俘難免檻車幽。早擒孟獲趨滇水，急斷盧循入廣州。萬里長江消坼堠，直從楚尾至吴頭。

送李天生歸養

廿年高隱爲承歡，詔趣蒲輪却聘難。聖主愛才非强志，大儒報國豈須官。鄒枚詞賦清時重，黄綺風流異代看。遥想綵衣歸拜舞，朝恩家慶話團欒。以養母急於辭官，盡子職即以報君恩也。立言有體。

張榕端

字樸園，河南磁州人。康熙丙辰進士，官至禮部侍郎。

登岱

寰中群嶽震爲尊，到此真窮造化根。曉日銅鉦升海國，長河衣帶挂天門。下方雷雨晴空見，上界星辰静夜捫。九點青煙俱在掌，不須更擬上崑崙。

王吉武

字憲尹，江南太倉人。康熙丙辰進士，官紹興太守。著有《氷庵集》。○先生涖官，能化民成俗。歸里後，依然老諸生，喜引掖後學。有薦之者，奉旨徵召，堅辭之，以上壽終。

重修六賢祠成展祭作

自注：黄忠端公諱尊素，倪文貞公諱無璐，施忠介公諱邦曜，周文忠公諱鳳翔，劉忠正公諱宗周，祁忠敏公諱彪佳，皆越人，明季殉難。

乾坤有傾折，憑誰奠蒼黄。成仁取義間，得争日月光。末世務苟活，横流決隄防。不有數君子，何以扶頹綱。明季丁否運，婦寺紛蜩螗。群賢共憤争，杌隉正氣揚。暨暨有黄公，請劍擊貂璫。糜爛北寺獄，冤血流圜牆。逮乎思陵末，大盜劇披猖。京城竟瓦解，宫闕屯豺狼。倪周並詞臣，就義何慨慷。賦詩整冠帶，引脰遂絶吭。共志有中丞，仰藥裂肺腸。雲車駕風馬，同日從君王。維時劉與祁，解組各歸鄉。號咷義旗舉，自矢百鍊鋼。未幾湛荒晏，南都復淪亡。兩公竟致命，先後歸帝旁。一甘絶勺飲，僵餓追首陽。一起赴清波，懷石同沉湘。區區於越地，山川靈氣翔。凛凛得數公，勁草卓秋霜。平生所樹立，理學兼文章。末路更完節，浩然還旻蒼。聖朝重褒忠，祝典載輝煌。守土風教責，表揚分所當。立廟傍黌宫，六賢共烝嘗。昨秋大風雨，摧我西廡廊。周垣半傾圮，不能庇堂皇。率先亟修築，勿使沙礫荒。榱桷新丹雘，木門餙倉琅。登堂薦蘋藻，肅然對冠裳。即事有棖觸，霑襟涕浪浪。疇無君親恩，俯仰默感傷。表忠烈詩貴峻整，不尚奇倔。叙述六賢，詳略分合，各見筆法，韻語中合傳體。

讀史雜感

錦不可爲冠，稻不可爲虀。物雖負美質，適用那得齊。束髮事柔翰，懷抱獻金閨。溲勃各有長，投之在良醫。外吏尚幹局，鋭者可剸犀。資力天所稟，不在古與稽。清廟鸞鈴刀，漫然試割雞。用才或相違，不如委溝谿。樊籠羈逸翮，鹽車困霜蹄。自昔有不遭，何爲歎顛隮。冰庵不願伍刀筆筐篋之徒，故借詠古以自況。

釣臺謁嚴先生祠

釣臺突兀千山裏，釣竿獨拂桐江水。藏名遯跡山水間，爲有故人作天子。眼底不知《赤伏符》，意中安有侯司徒。京華筆札非所慣，自笑故態猶狂奴。鑾輿朝臨只高卧，伸脚無端驚帝座。中興將相列宿明，不若江湖客星大。千秋片石何嶙峋，遺廟江邊榱桷新。左方右謝同縫掖，自注：方雄飛、謝皋羽。且喜不染簪纓塵。行人繫棹孤亭下，瞻拜高風心獨寫。紛紛名利獨何爲，堪歎征帆往來者。不着議論，自高。

許由瓢

瓢挂樹，一葉輕。風吹濩落夜有聲，不若棄之夢亦清。天下非大瓢非細，身外之物總爲累。

不可以律有天下而不與之心，然巢許心事，盡此二語中。

劉參軍鍤

伯倫沉酣，萬古轉睫。解酲五斗，隨身一鍤。塊然土木，委化從之。杳杳冥冥，天方醉時。

末語形出典午之昏，四字抵什伯言。

郭汾陽胄

令公來，敵壘開，免胄直進胸無猜。花門錯愕拜馬首，遽前譙讓執其手。指天爲誓酹杯酒，願擊吐蕃贖厥咎。此時神策觀軍容，方建大議幸河中。

回紇入寇時，魚朝恩操白刃宣言於朝，勸車駕幸河中，劉給事抗言爭之，乃止。

李臨淮鞾中刀

大將不能辱於賊，鞾中置刀雪一尺。自挤熱血戰場傾，不令衆死身獨生。大旗連颭鼓聲陟，前鋒小却命取首。突騎陷堅壯士吼，河陽破賊獸散走，幸無監軍掣其肘。

一掣其肘，九節度敗於相州矣。唐時大弊，於此指出。

破龍潤

法雷夜響滄江底，鐵井怒裂毒龍尾。空山石破真珠噴，一夜化作蓮花水。潺潺萬壑聽琴聲，野花落澗春香生。清寒自是瀉石髓，霜液豈染蛟涎腥。火鬐電鬣從天下，至今寒泉尚餘赭。千年松老褪蒼鱗，猶似蜿蜒神物化。山僧晚汲風滿衣，洗鉢貯得真龍歸。膽瓶插花佛前供，雷雨還從鉢内飛。奇傑矣，却非長吉派。

高層雲

字謖苑，江南華亭人。康熙丙辰進士，官至太常卿。著有《改蟲齋詩》。

送周紫海遊華嶽

巨靈擘連山，洪河乃東落。崚嶒豁雙華，高天擢蓮萼。千峰列兒孫，供伏類卑弱〔一〕。少昊

〔一〕供，刻寫之誤，應爲「拱」。

揚金精，元氣鬱磅礴。古來避世士，長嘯此巖壑。濟時心孔殷，神化特假托。我觀陳圖南，壯志小寥廓。蒼生本無與，何爲墮驢噱。龍蜕邈千祀，繼者仍寂寞。青齊得周子，有道躭藜藿。不謂猶龍姿，養晦同屈蠖。長風吹孤雲，飄然向京洛。攬秋嘯儔侶，携手城南郭。言將尋玉井，側帽裹芒屩。到日想躋攀，翠棧飛猱玃。箭括通一門，煙霞任揮擢。仰首問寥天，願偕玉女博。凌空笑退之，爾何有餘愕。

濟時心事，托之神仙。李鄴侯其尤著者，陳圖南亦然，鄴侯顯而圖南隱耳，明眼人能見及之。

瞿唐

連山接巴東，地險勢復壯。誰闢鴻濛開，插天列青嶂。灎澦立江門，突兀獻奇狀。摩挲兩鐵柱，越歷幾興喪。驚濤奔紫崖，魚龍不敢傍。衆山自迴合，前行欲何向。初疑水際窮，忽轉天心曠。恍如出甑底，沸釜掀層浪。赤甲與白鹽，開闔似屏障。丹黄蒼翠間，日色相摩盪。割據慨當年，雄長不相讓。流覽卧龍圖，英姿迥堪尚。探奇自兹始，彌覺心神王。

韶陽道中

湞源出大庾，厥勢頗奔放。況遭峽石束，鬱怒不可狀。南流匯武水，有助氣益壯。上疑建瓴瀉，下乏砥柱障。崖石蹙巑岏，灘隴鬪濤浪。既歎泝流險，復經暑雨漲。湍急工倍勞，風弱帆空颺。更當巖巒削，却苦牽挽妨。翠壁千篙攢，歲久石受創。自注：崖壁間篙痕深三四寸者，不可勝數。前林日欲頹，暮色欻悽愴。坼堠倚荒茅，孤槎庶可傍。極擬杜陵，雖未入神，已能超俗。

故園

故園渺何處？延眺獨傷神。親老久爲客，囊空長傍人。淚兼花作雨，愁似草逢春。何日還桑梓，商歌原憲貧。

葉舒崇

字元禮，江南吴江人。康熙丙辰進士，官中書舍人。

荷蘭國進千里馬歌

皇帝御宇之六載，負扆致政歸彤墀。大開明堂治六服，萬國會同車馬馳。海波不揚通遠道，紛紛重譯來京畿。九州之外荷蘭國，人物窈停言兜離。一朝稽顙表忱悃，騂騮作貢稱珍奇。雄姿逸態世罕有，奔騰千里猶嫌遲。驕嘶自許邀寵眷，不憚跋涉經險巇。牽來獨立玉階下，遂令凡馬皆驚疑。姬王詎必重八駿，漢帝安用遣貳師。那知至尊方偃武，端拱南面垂裳衣。詔謂圉人歸廄下，予以銜勒聊羈縻。鑾旗在前屬車後，朕乘此馬將安之？聖朝豈復畜奇獸，留兹用慰遐方思。留其馬而不以服乘，並得柔遠人不貴異物之旨，但作應制體者，不解如此立言。

秋日雜感

把酒高歌《行路難》，每從日下望長安。霜侵黄菊人俱瘦，露下紅蘭夢亦寒。海内友朋慙命駕，異鄉兄弟勸加餐。不堪白眼傷時客，猶是逢人效鼠肝。

北風千里痛離觴，一去長沙自古傷。幸有文章能報主，何妨魑魅喜投荒。驚心白璧三年淚，回首黄金五月霜。聞道吴江佳句在，上書今已赦鄱陽。

金陵有感

狂來不減步兵愁，行盡清溪古渡頭。極目群山還繞郭，感時雙鬢怯登樓。桓伊邀笛人誰在，謝傅圍棋墅尚留。俯仰只言天塹險，白鷗紅蓼滿汀洲。

許承家

字師六，江南江都人。康熙丙辰進士。

贈杜于皇七十

寂寞臺城北，高吟不厭貧。六朝三逕草，兩代一詩人。天地經時老，關河到處貧。舉杯論往事，先世有遺民。『兩代一詩人』，傾倒極矣。遺老如于皇，尚恐未副此語。

汪霦

字東川，浙江錢塘人。康熙丙辰進士，後召試博學鴻詞，官至户部侍郎。

同陳驃騎攜妓西郊射獵

小隊出重城，紅妝結駟行。英雄偏好色，女子亦知兵。馬上琵琶奏，軍中鐃吹鳴。諸公但馳獵，吾最愛秦聲。英爽棱棱，必此詩才稱此題。

大梁柬友

星文三尺劍，霜刃十年痕。自是無知己，非關不報恩。風悲朱亥里，日落信陵門。憑爾一相問，今誰古道存？

國朝詩別裁集卷十一

長洲沈德潛歸愚纂評　男　種松校字
江陰翁　照霽堂　長洲周　準欽萊同輯

毛奇齡

字大可，浙江蕭山人。康熙己未召試博學鴻詞，官翰林院檢討。著有《西河詩集》。◯西河湛深經學，著述等身，在國朝可稱多文爲富者，惟攻擊朱子，不遺餘力，至鐫書若干卷，以示旗鼓，所以不得爲醇儒，藝林惜之。◯詩學規橅唐人，時專尚宋體，故多起而議之者。然學唐而能自出新意，不同於規孟賁之目、畫西施之貌者也。視採剟宋人皮毛者，高下可以道里計耶？

打虎兒行

禹州民朱兒救父打虎，史使君廷桂奬勞之，予識之禹署。

打虎兒，乃在汴梁之禹州，禹州城外朱家樓。小兒十一隨父耕，深林有虎斑毛成。颼颼黑風吹草根，乘風攫人誰敢攖？小兒不識虎，疑是狐與狸。陡然見虎銜父肢，咆哮草際風來吹。兒啼向風不得父，把杙打虎截虎路。三尺童子五尺杙，憑空擊去著虎臆。虎驚顧兒舍父逸，深林風草皆無色。禹州太守呼小兒，予之以帛飽以糜。予時在署識兒面，披發跳擲真兒嬉。問兒打虎虎何似，舉手張牙作虎勢。假虎隱幔恐小兒，小兒驚避力不支。當時見虎得無怖，此事我亦昧其故。禹州太守省得知，是時小兒知有父。男兒七尺縱復橫，争名攫利萬里行。高堂存没總不問，那肯捨命戀所生？我所思，打虎兒。正説小兒之忘身救父，易於平直，得『假虎隱幔恐小兒』一襯，則小兒之至性愈出，見此時小兒知有父不知有虎也。此詩有關名教，《西河集》中尤爲拔萃之作。〇『深林豐草皆無色』七字，抵他人可數十言。

楊將軍美人試馬請歌

將軍航頭載美人，春行晚泊横江濱。斜陽墮地草埸闊，酒酣欲試紅麒麟。美人常服雙袴褶，青錦鴉襴紫絲結。蟬鬢當風卷似雲，馬毛散汗吹如血。金錢壓口玉襪膚，馬前細立秦羅敷。見人羞上還將墮，壯士驚前不敢扶。調鞍整轡坐不定，忽見桃花滿春徑。將軍似妒九華鞲，在傍休視雙金鐙。明霞片片争繞林。紅光落處桃花深。回頭失卻真珠櫟，春草蒼茫何處尋？『壯士驚前不敢扶』，此時猶未上馬也。調鞍整轡以後，華韉起將軍之妒，金鐙斷旁人之窺，不言美人而美人在焉，可謂入神之筆。

錢編修所藏司馬相如玉印歌

漢庭司馬梁園客，早歲爲郎晚馳驛。因慕邯鄲舊相賢，借取高名注屬籍。當時原有摹璽書，大者礱石小琢玗。螭首龜膊總銜帶，碧文緑籀皆施朱。相傳解玉刻小記，四角中央構名字。檄使填將《喻蜀文》，酒徒印作當壚契。于今相隔幾千年，不虞此物留人間。土衣苔繡半斑駁，銀鉤玉筋還新鮮。截肪徑寸覆玦紐，何必黄金大如斗。錢郎得此真罕希，每與秘書通系肘。會當天子好古文，相如已是同時人。尚書給劄令繕賦，落筆殿前如有神。遂登著作入金馬，名在何須更相假。對策姑令董相先，容才久爲廉頗下。長安秋盡寒欲來，驅車一上昭王臺。酒間出示争把玩，令我懷古生徘徊。前人意氣不長在，況復微文等光怪。何物精靈護此符，歷劫千秋不曾壞。龍門遺册懶未收，圖書堆垛能生愁。我今欲借文園篆，一惹桃花紙上油。『天子好古文』以下，俱詠錢編修，卻處處與司馬雙關，巧心濬發。

詔觀西洋國所進獅子，因獲徧閲虎圈諸獸，敬製長句紀事，和高陽相公

古皇慎德開四譯，内被綏侯外蠻貊。貢物區爲《王會》文，共球載在賓庭册。河繆畎翟獻上方，兜離僸佅陳明堂。三靈既應百神洽，般般之獸皆翺翔。康熙戊午十七載，神武聲名播遥海。五時從教白澤來，千門真見黃龍採。鵷翎習習負矢飛，雞斯之乘歸林支。諸方執贄儼相列，東漸溟渤流沙西。于中有國名古里，曾渡瀾滄作海市。魚眼看波射水紅，鮫絲織浪翻雲紫。地當申未産獸雄，金精傑出毛群中。銜緣飾組獻天子，裁貝作章辭禮恭。從容檻致射熊館，不爲珍禽爲懷遠。虎落時看接上林，鷹房秋到移南苑。廷臣侍從欲賦詩，皇恩有詔徐觀之。圓目昂鼻有筋力，懸星掣電無雄雌。獨憐耏髮未卷曲，曳尾紲紲若散絲。衣被欲成鞠色見，牙齦不使鉤形施。爾時群檻狎諸獸，木壘槍樊列前囿。熊羆避路不敢當，虎豹攀欄有時吼。青鸞赤雀相對棲，豪豬野馬争遊嬉。張昭見此不動色，朱亥在傍何所思？聞之有熊狩暘谷，獲得狻猊比牛畜。漢時安息亦獻斯，形似麒麟但無角。從兹郊祀播樂章，射烏格鹿非尋常。鐃吹已陳《朱鷺曲》，徵歌還及白狼王。何如儲偫未完緝，詔遣求賢共來集。東堂甫布網羅成，西域剛逢旅獒入。招摇乍啓禁籞開，白麟有對皆奇才。請看太保《卷阿賦》，恍見文王靈囿來。依題佈置，而徧閲諸獸中，仍以獅子作主，此分賓主、識輕重也。一結尤得應制體。

朔方

天校神兵罷朔方，雙鞬不復掛漁陽。三秋白草緣關斷，萬里黄河入塞長。鐵柱分標滇外戍，金書異姓漢中王。從軍久負匡時略，愁見邊關到夜郎。

送人之耒陽

湖北湖南水盡浮，杜鵑啼歇過衡州。幾重高峽穿天下，萬里平江入漢流。念母徐生終去魏，思鄉王粲故依劉。少陵古墓依然在，酹酒荒原無限愁。

錢唐逢故人

西陵咫尺是天涯，喜汝從予江上槎。兩度陶朱思返越，百年張儉竟無家。鄉關恨届鑽榆節，里巷羞乘廣柳車。壯士不還仍遠去，江東兄弟漫咨嗟。應是避禍出亡而不歸者，玩四語、六語，自見。

少年

少年仗劍出關中，羽衛新招六郡雄。久許報恩逾聶政，平時飲酒笑秦宫。雞鳴曉日黄河動，雁陣秋陰紫塞空。當日枌榆遷欲盡，愁君馳馬過新豐。一結爲少年危之，應是負氣任俠，同於郭解者。

禹廟

夏王四載告成功，别禪苗山起閟宫。玉帛千秋新祼薦，衣冠萬國舊來同。金書瘞井封泥紫，窆石懸花映篆紅。一自百川歸海後，長留風雨在江東。

謁嵩嶽

太室開天表，崇丘奠土中。主名高四域，受秩比三公。日月環區宅，陰陽割渾濛。歌崧揚峻極，望祀體昭融。華蓋標方嶺，金壺啓上宫。翕河承漢禪，卜洛載周工。别觀翔修鶴，層城倚大熊。藏書憑玉女，過澗遇青童。洞閉能圍雪，梯長恍禦風。群山咸拱嶽，萬歲自呼嵩。槐弟封嶢爵，葛羊採少翁。浮丘閑駕羽，子晉妙吹簫。石酒龍精白，嵓花鳳首紅。煙霏春渺渺，水滴午淙淙。虛壑涵深鑛，空梁拔斷虹。天關應再闢，帝座儼相通。險塞分河内，靈祇屈岱東。神京懷舊服，終古賴攸同。典重肅穆。

覽鏡詞

漸覺鉛華盡，誰憐顦顇新。與余同下淚，只有鏡中人。其實無一同心人也，然道來曲而有味。

弔姜貞毅詩

曾披閶闔扣天關，垂死孤臣未賜環。遺命一棺何處葬？宣州城外敬亭山。直書其事，忠義自見。

長門怨

玉殿金缸晚色新，殿前少使繡麒麟。夜來恐索長門錦，要賜平陽歌舞人。自注：漢内職有少使之號。○別出新意，發露盡矣。若唐人爲之，便有多少含蓄！

秦淮老人

秦淮高閣擬臨春，中有仙翁鬢似銀。話到陪京行樂處，尚疑身是太平人。明處亂離之後，偏云尚疑身際太平，詞彌曲、意彌悲矣！

贈柳生

流落人間柳敬亭，消除豪氣鬢星星。江南多少前朝事，説與人間不忍聽！

除夕作

旅館椒花紅欲然，椒盤愁向客中傳。如何才聽金雞唱，便喚今宵是客年？人人能道者，卻未有人道及。新故之感，凡事類然，不獨除夕也。

李因篤

字子德，陝西富平人。康熙己未，以布衣召試博學鴻詞，官翰林院檢討。著有《壽祺堂詩》。◯子德先生邃於經學，顧寧人先生推重之，以公卿薦召試，當時所稱四布衣之一也。授官後，即以母老辭，不許，表三上，乃許。情詞懇惻，比李令伯之《陳情》則又過之。聖主之仁、人子之孝，宇内共稱，不止羨其鴻軒鳳舉也。詩品似李北地之宗杜陵，骨幹有餘，而神韻或未副焉。兹録其兼可採者，著之卷中。

紀别 自注：將往雁門。

置酒歲云暮，北堂淡寒暉。饑烏相與鳴，朔風厲重闈。老母閔遊子，欲言先歔欷。不問何日行，先問何時歸。遥遥計往路，歷歷詢征衣。禔身慎自防，兼量寒與饑。長跪聞母言，銘心毋敢違。病妻勉下床，相視首蓬飛。謂我當行邁，有淚且勿揮。弟從母側來，再拜投一斝。征駒鳴前庭，擔負已出野。僕夫前致辭，冉冉西日下。要當慷慨去，不覺淚如瀉。兄言勤門户，弟言慎車馬。

小子復牽衣，岐路含百慮。不知行何方，强欲偕我御。念當遠乖離，何忍揮之去。悲哉遊子吟，斯須哀樂具。中懷如懸旌，摇摇不得住。依依天屬親，撫事媿童孺。三章不外一真字。

題世胄都指揮使崔公汝明像

高皇養士三百秋，衛帥食恩等通侯。銘鐘書帛列上第，金樽玉案羅群羞。一朝河上度欃氛，虎嘯峭函不忍聞。赤幟無色鼓聲死，嬰城惟有崔將軍。將軍開國世家子，輕裘緩帶談經史。吹篪時過大司農，自注：公兄抑庵尚書。北斗西豪俱在此。昭陽之冬月無陽，野門豺虎色玄黄。決眥不知有鋒刃，疾呼白日生冰霜。臣矢已窮力戰久，側身誓天不相負。已拚先濺侍中血，寧料如生元帥首。紛紛侍衛盡同朝，今何萎蕤昔何驕！朝行出攻暮不返，歲寒松柏乃後凋。後來傳疑未傳信，壺祠蠲墓無人問。長留遺像天地間，勇者成仁懦者奮。崔係嬰城戰死者，後無人表白，故於遺像中表之，此等詩大有關係。

登代州白人巖因飲孫園

高仞懸孤嶂，雙厓劃一門。好人多在野，春水自依村。雨走空天角，松藏老石根。危梯攀古洞，仿佛説桃源。爲野外人生色，『春水自依村』五字，天然佳景，不在鏤刻。

只覺前厓好，何人並結廬？鷲巖光倚薄，香閣静含虚。法境清涼外，人煙戰伐餘。因聲寄蓮社，吾志在山居。

雨

積潦乘秋見，鳴鼃滿地生。薄言風有隧，遑恤雨無正。河北多黐食，天南未解兵。十年留滯盡，鄉國意縱横。經語作對，流連光景者不解道。

秋興客長安作 此秦中故長安也。

長安四代提封地，指顧中原據上游。亂水遥分飛雪幕，清歌舊識採蓮舟。園陵翠柏填薪市，帝子朱門起戰樓。轉餉江天頻告瘁，南方征調幾時休？

三川北拱帝城開，古殿陰移萬樹哀。地老黄蒿通作柱，霜侵白骨半生苔。臨城獵騎櫜弓入，帶郭漁舟擊櫂回，近説西羌諸部勁，秋深牧馬過邊來。

終南太華古林坰，更使長河繞户庭。日落夕曛三輔紫，雲開秋色五陵青。門空光禄群遊榻，自注：文少卿太青。院冷尚書舊講經。自注：馮宗伯少墟。何處笛翻《楊柳》夜，故園風雨憶飄零。

西來宛馬絡青絲，萬炬圍城罷獵時。黍逼故宮秋自滿，鴻號中澤暮何之？浮雲回首悲關塞，返照經心望崦嵫。一滯雙洲情不愜，蒹葭搖落好誰思？

曲江池水已成墟，江岸籬花傍客車。采地縱觀周召邑，滄波高枕漢唐渠。村舂寥落斜陽裏，野哭分明舊創餘。咫尺杜陵連鄭谷，撫時懷古一躊躇。諸詠作於秦中受創以後，帝子傷殘，故家凋謝，羌、戎沓至，野哭時聞，律體中變雅也。杜詩《諸將》《秋興》是其本原。

邊上

蕭關城堞望中分，鹿苑干戈道上聞。野霽卷蘆吹白日，霜清驅馬下黄雲。征西盡撤三千戍，鎮朔遥歸十萬軍。誰抱遺弓攀鶴表，賜冠空滿鵕鸃群。

得傅徵君山信

河汾文獻未全空，《蠱》上《乾》初有是公。不卜同舟瞻郭泰，徒知《中論》擬王通。芳期虛訊

春來鳥，劇飲猶傳雪後鴻。他日華門相候處，下車應拜採桑翁。以不事王侯重之，中寫得信，末

訂過從，極見篇法次第。

潼關

雲薄關河紫氣長，帝樞曾此撼嚴疆。河經百二開天地，華枕西南鎖雍梁。戍火忽移函谷月，征車多帶灞亭霜。舊京蕭索垂千載，飛輓何繇接巨航。

望嶽

太華三峰列峻屏，晴霄飛翠下空溟。曉雲東抱關河紫，秋色西來天地青。玉女盆中寒落黛，仙人掌上接明星。亂餘林壑饒遺客，縹緲幽棲賦《采苓》。

尤侗

字展成，江南長洲人。康熙己未召試博學鴻辭，官翰林院檢討。家居後，加侍講。著有《西堂詩集》。◯先生所著《西堂雜組》傳入禁中，章皇帝稱爲真才子。後入翰林時，聖祖稱爲老名士。位雖不尊，天下羨其榮遇，比於李青蓮云。◯西堂少歲時，專尚才情，詩近温、李。歸田以後，倣白樂天，流於太易。雖街談巷議入韻語中，遠近或以遊戲視之，比於王鳳洲之評唐伯虎。不知四十至六十時詩，開闔動盪，軒昂頓挫，實從盛唐諸公中出也。《詠明史樂府》一卷，尤爲神來之作。今選中所收，皆錚錚有聲者，使藝苑人見之，共識西堂面目。

胡藍獄

去年殺韓信，今年醢彭越。徐常幸前死，諸公寧望活？丞相戮，將軍誅。觖望恣肆固有跡，坐以謀反疑有無，罪止及身或收孥。殺胡黨，殺藍黨。數十萬人保無枉？文武軍民打一網。一斗粟，一座城。一條龍，一連鷹。革左塌狪何紛紛，得非此輩之冤魂！『觖望』『恣肆』二語，胡、藍之定案也。罪宜及身，連坐者至萬數，毋乃濫刑乎？『一斗粟』以下，皆流賊名。城、鷹，庚蒸通韻，紛、魂，文元通韻，四韻各自通，不相通也。

歌七章

九靈山人泛東海，《麥秀》《黍離》歌慷慨。席帽山人隱吴門，殘山剩水聲常吞。二子不仕亦不死，惟有子中所爲極難耳。江西復，廣東破。變姓名，北山卧。棄妻子，浮江湘。足已折，身難藏。使者來，引鴆觴。辭親友，歌《七章》。歌《七章》，悲元亡。嗚呼，元亡乃有文天祥！九靈山人戴良、席帽山人王逢皆元遺民。伯顔子中，西域人，曾收復建昌，出使廣東。廣東已破，乃變姓名，攜鴆自隨。後有强之出者，子中曰：『我死晚矣！』飲鴆而死。讀末語，子中至今未死。

南陳北李

南京有一陳，太學無棄人。北京有一李，太學多端士。李先生，講《五經》，公侯環坐聽《鹿鳴》。橋門荷校辱非刑，諸生舉幢呼闕廷，會昌上奏太后驚。陳先生，考績至，手書《四箴》返金幣，招之不往守吾志。危哉履虎幸不噬，兩賢道同命則異。君不見，西市將殺薛夫子，竈下老僕哭不止。通首是合傳體，起用軍中一韓一范句法。陳名敬宗、李名時勉，皆國子祭酒，爲王振所惡者。李至荷校，陳未加刑，故曰道同命異也。末以振欲殺薛文清，因厨下老僕哭泣而止，轉出，一事作結，便不平直。

王先生

太皇太后女堯舜，宫嬪加刃誅王振。不見高皇豎鐵牌，内官不許干朝政？振乎毁牌太縱橫，天子亦呼王先生。先生一開口，天子下殿走。蒙塵事可哀，奪門名亦醜。横尸百萬誰首戎，天子猶念先生功。詔取沈香雕小像，巍峨寺額稱旌忠。英宗復辟後，思王振，復其官，刻木爲像，招魂葬之，祀智化寺，賜額旌忠，此事真不可解也。國朝祠像猶存，乾隆七年，御史沈廷芳疏請毁像及其碑文，人共快之。

北狩

大明天子雲端坐，誰人推向沙場墮？窩兒帳外黄龍卧，赤光籠罩望如火。也先耶？伯顔耶？大同賽刊耶？今日宰牛，明日宰馬。大婦唱歌，小妻洗斝。風吹草低，橐駝盈野。送君還歸，群呼者者。君不見，周驪山、魯鸜鵒，青衣行酒懷慼辱，五國城中徽欽哭。全用本事成文，音節極古，『者者』，然詞也。

對山救我

劉家老公性烈火，滿朝公卿銀鐺鎖。磨刀將殺李崆峒，惟有對山能救我。對山慨應真吾事，騎馬上門謁中貴。今日何好風，吹得狀元至？老公倒屣小璫跪，焚香把酒勸公醉。醉公酒，我不辭。我一言，公三思。力士肯爲太白屈，此事非公誰能之？老公笑請先生坐，當爲狂生免其禍。解衣脱帽爲公舞，餔糟啜醨無不可。明年天子誅老公，朝裏交章薦崆峒。可憐對山罷官去，一身零落污泥中。對山救我李北地，誰救對山康武功？且呼少年共豪飲，手彈琵琶曲未終。琵琶嘈嘈弦何急，聲聲似訴負情儂。即以當日情事語言組織成詩，得《史》《漢》叙事體。

鐵夫人

武皇南巡臣拜杖，良人縶獄妾心喪。妾家兒女本無知，焚香籲天誠有之。邏騎縛來坐咒詛，夫婦牽連入圜土。妾今有身不任刑，惟拚一死謝夫君。情辭慷慨相決絶，法吏滿堂誰忍聞。一旦天恩並放歸，都人夾道盡沾衣。還將前日香重爇，長祝君王罷六飛。林大輅諫武宗南巡，下獄，妻黄氏籲天祈免。緹騎以呪詛告，並逮入獄。主者危辭怵黄，黄不承，惟求速死。後得釋，夫婦偕出獄，都人曰：『此鐵夫人也。』

新都歎

新都才人官玉局，入朝手撼天門哭。相公之子狀元郎，杖血淋灕投永昌。永昌市上擁諸妓，簪花塗粉雙丫髻。白綾新裓緑毫光〔一〕，酒酣起舞龍蛇字。蠻童笑殺老顛狂，萬里雲南作醉鄉。相思獨有深閨婦，盼斷金雞下夜郎。以黄夫人寄詩語作結，倍覺黯然。

河套冤

嚴夏兩家雞相鬥，曾銑仇鸞袒左右。嚴雞方勝夏雞孤，銑欲劾鸞何爲乎？套未復，身先死。朝璽書，暮西市。將軍横尸何足言，宰相駢首寧無冤？君莫哭，君不見，金牌召後風波獄。京師

〔一〕 緑，《西堂詩集》作『彩』。

市語，呼江西人爲雞，故有起句。一結大爲桂州、石塘生色。

臣夫表

臣夫在獄十六年，家有老親八十九。臣妻置妾未相見，旅舍淒涼誓同守。欲歸則棄夫，欲留則違舅。棄夫斷饘粥，違舅闕箕帚。臣願代繫獄，放夫暫回首。生當還囹圄，死得瘞隴畝。此疏不忍讀，讀之血盈斗。彌留始解網，覆盆既已久。嗚呼！夫忠臣，妻烈婦，可與蘇張三不朽。沈束劾嚴嵩，繫獄，共十六年，妻張上書求代，不許。後一年，始釋。夏言妻蘇、楊繼盛妻張亦俱上書代夫，故並及之。詩中全點染疏言，此種本事，西堂所獨。

弔南塘

副將軍，在南郡，殺倭全用鴛鴦陣。大將軍，在薊門，閲兵爭跳龍虎屯。結髮從戎無不可，籌邊更重北門鎖。萬里長城背朔方，伏波只看飛鳶墮。江陵已没二華亡，倚劍悲歌古戰場。白袷角巾歸第日，路人誰識戚南塘？惟有白頭舊部曲，西風落日歎《燒荒》。張江陵當國，譚綸爲總制，戚繼光爲薊鎮，得以保全。江陵與綸先後没，戚移鎮嶺南，旋罷官矣。二華，綸字也，部將陳第作《燒荒行》以悲之。

嗜鸞火

貴妃方辭坤寧去，選侍旋向乾清住。封后封妃許不許，手提哥兒咄咄語。防微杜漸争移宮，專制垂簾事不同。先皇末命猶在耳，嗜鸞一火何匆匆！雖經入井傳聞異，保全母子無他意。宮闈骨肉貴調停，難將國事行家事。諸君莫争鄭與李，奉聖夫人又至矣！此言李選侍居乾清宮，楊漣争之，乃移宮也。首以鄭貴妃引入，末結到客氏之蠱惑，一語言下凛然。

趙高傳

委鬼當頭坐，茄花滿地紅。趙嬈曹節私相通，老祖太太配公公。月華門前車鬬風，涿州道上馬遊龍。内操撾鼓鳴刀弓，犴狴流血朝班空。祠堂昭德兼崇功，乾兒義子多如蟲。讀史至此惟三歎，殆哉岌岌將作難！滿朝彈章君不見，中宮獨看《趙高傳》。委鬼，謂魏忠賢；茄花，謂客氏，北音讀『客』爲『茄』；老祖太太，群小稱客氏也。熹宗見張后覩書，問何書，曰：『《趙高傳》。』忠賢聞而惡之，屢欲傾陷。

思陵痛

思陵在位十七載，四海分崩成瓦解。去年失楚今失秦，大梁水決武昌焚。虎豹九關誰與守，三軍倒戈百姓走。君王仗劍死煤山，母后宫中殉玉環。桐棺一寸道旁置，故老行人多掩涕。入廟應呼十四皇，兒家何罪致天亡？新鬼號咷舊鬼哭，鐘簴慘裂燈無光。高勿哀，文勿怒。自古興亡有天數，順處得來順處去。君不見，宋家遺骨瘞冬青，昌平鬱鬱松楸樹。明得天下於元順帝，李自成僭號，亦曰順。末歸美本朝，得立言之體。◯李西涯《詠史樂府》，王鳳洲病其太涉議論，既又稱爲奇旨創造，名語疊出，而以規橅古格者爲西子之顰，邯鄲之步，是初議之而終許之也。西堂《明史樂府》雖宗其體格，而音節古奥，别白是非，審斷功罪，則又過之，誠天地間别開一種文字也。元本百章，今録十四章尤矯矯者。

民謡

急丈田，長洲縣。田幾何，百餘萬。奉部文，一年限。朝廷丈田除浮糧，浮糧若除須補亡。下跨河水上山岡，菜畦菱蕩都抵當。插旗四角周中央，男奔女走群憧惶。上官督縣令，縣令責里正，里正不識弓尺寸，轉雇狙獪代持籌，長短方圓一手定。一手定，一手更。私田縮，官田盈。移重那輕無不有，田主瞠眼不敢争。縣家覆丈豈能徧，但取溢額可考成。急丈田，限一年。官比票，吏索錢。官田未見增什一，民錢已聞費萬千。君不見，一縣圖書七百四十一，日造黄册堆積高於山。用常言俚語入詩，轉近《古樂府》，胸次具有造化鑪也。此種筆墨，又在元、白、張、王之外。

薊州小病

及予迴馬首，猶爾滯漁陽。一病家千里，孤燈淚萬行。道途横枳棘，天地日冰霜。苦憶柴門卧，山妻檢藥囊。

送曾道扶司李漢中

江陵驛路滿梅花，計日連雲出谷斜。大丙山高環二華，五丁峽遠接三巴。蒲鞭寬厚隨羌俗，驄馬威儀近漢家。更上陳倉懷古跡，武侯殘壁起悲笳。音節高亮，七子中近李滄溟。

别長安

只合漁樵老此身，底須辛苦入風塵？一官未許因人熱，十口翻成爲仕貧。閶闔天高逢鬼謁，江湘地遠逐孤臣。非關聖世簪纓短，爲有青山待逸民。

竭來弔古望高臺，臺上黄金真可哀。一代賢良《卜式傳》，千秋流涕賈生才。狺狺多口何爲者，衮衮諸公安在哉？燕市遨遊今不見，吴門變姓且歸來。弔古中直抒懷抱，一肚皮不合時宜。

十年蹤跡漫勞勞，風雨周遊有敝袍。短棹獨臨滄海闊，單車直上太行高。窮途慟哭誰哀阮，荒逕欣奔自擬陶。且待尚平婚嫁畢，指揮五嶽屬吾曹。

○中有數字係晚年改本手授者。

不如歸去不如歸，歸去來兮知昨非。千里壯心天馬下，一朝適意野鷗飛。焚書並瘞珊瑚筆，解紱先裁薜荔衣。猶有吴鈎抛未得，酒酣常舞釣魚磯。

葑水城南一草堂，時花修竹自幽芳〔一〕。老妻釀秫藏盈斗，兒子攤書讀幾行。有客日來談鬼魅，先生夜夢見羲皇。出門莫向長安笑，曾在長安望故鄉。先生去官，由任北平司李時擅責强暴旂人，爲當路所抑，與淵明之《歸去來》各别也。故詩中忽而恬退，忽而感慨，激壯蒼涼，時時流露，讀者幾於拂袖起舞。

〔一〕　時，《西堂詩集》作『蒔』。

題韓蘄王廟

忠武勛名百戰回，西湖跨蹇且銜杯。英雄短氣莫須有，明哲保身歸去來。夜月靈旗摇鐵甕，秋風石馬上琴臺。千年遺廟還香火，杜宇冬青正可哀。蘄王末路，至托爲浮屠以自免，爲功臣者亦危矣。『莫須有』『歸去來』，一岳、一韓，天然隊仗。

生日志感

半百年過意不如，自注：倒用杜句。看雲藜仗倚荒廬。平生最拙惟謀食，一事差强已廢書。蕭瑟江關哀庾信，飄摇風樹泣皋魚。何當燕市尋屠狗，灑酒荒天弔望諸。每於結處用力，故通體俱振。

登天寧浮屠絶頂望海

興至超然到上頭，憑虚蕭瑟見高秋。諸天冥冥人非想，大地茫茫我亦愁。俯聽蒼蠅喧萬瓦，遥看白馬走中流。海神未許探幽窟，倏忽風煙起蜃樓。有此胸襟、有此筆力，才不負此題，視東坡《泛海詩》，前賢未必不遜後人。

聞鷓鴣

鷓鴣聲裏夕陽西，陌上征人首盡低。遍地關山行不得，爲誰辛苦盡情啼？行不得意，人所同知。此更翻進一層，便覺百端交集。

陳維崧

字其年，江南宜興人。康熙己未，以諸生召試博學鴻辭，官翰林院檢討。著有《湖海集》。◯陳檢討四六及詞，宇内稱許，而詩品古今體皆極擅場，尤在四六與詞之上，從前人無品評者，故特表之。◯檢討年四十餘，尚爲諸生，有日者謂之曰：『君過五十，必入翰林。』梅杓司贈詩有『朝來日者橋邊過，爲許功名似馬周』句，後果然。事見《池北偶談》。

早發望亭

水宿弭旅情，掛席愆賓餞。洩雲映寒涘，緒風扇輕艑。暝增梁溪深，霽覺胥臺緬。棹歌寫風波，群動互輾轉。沙鴇佇空明，江茨覆清淺。紅泉雨後流，白露草間泫。周覽雖言煩，幽默亦云闡。遠望姑蘇城，綺羅若在眼。舞基想餘粉，歌梁痗遺囀。餐霞趣未愜，折麻務堪踐。寄謝區中緣，揚舲恣婉孌。謝公風格。

劉逸民隱如

昔余丙申歲，讀書長洲縣。章華宋大夫，自注：宋右之德宜。相與共筆硯。夾河幽巷繞，入市清溪漩。風物本芳嘉，追隨悉英彥。劉惔宋家鄰，尤與陳生善。流連説生平，跌宕多顧盼。君也性温慎，十步必繾綣。及其感慨時，焱然閃巖電。酷愛《湖海集》，搜録日不倦。薑尾與銀鈎，錯落鋪黃絹。吳城七月秋，别我赴京甸。同門八九人，聯袂臨流餞。君時醉起舞，長袖風中卷。贈以珊瑚鞭，飾以黃金鈿。莫矜紅顔好，宫中妒嬌面。莫言白壁完〔一〕，連城輕自衒。運至慕榮華，愁來憶貧賤。劉生方策名，欻邁賢關變。是時盛苞苴，富人工汲援。銅山砉然開，中有集賢院。烏倮作主司，鄭白聯翩薦。誰令黔婁生，誤厠時流選。昆岡一旦焚，玉石何由見？劉生恬淡人，竟受讒言煽。白月照闤扉，不是昭陽殿。悽悽范蔚宗，惻惻書團扇。戌君玄菟郡，插君白羽

〔一〕壁，應爲『壁』。

箭。君軀絶短小，何以能征戰？君身非金石，何以堪憂怨？劉琨繞指柔，夙昔曾百鍊。江東西風起，蓴鱸可以膳。待君君不來，淚下如流霰。逸民才人，亦中丁酉北闈，與漢槎諸人同戍口外者。後被盜，夫婦皆遇害，尤可傷也。詩中閔其矜才衆妒，致白璧受玷，爲連城自衒者痛下針砭，豈獨爲逸民一人！

酬許元錫

嘉隆以後論文筆，天下健者陳華亭。梅村先生住婁上，斟酌元化追精靈。憶昔我生十四五，初生黄犢健如虎。華亭歎我骨格奇，教我歌詩作樂府。二十以外出入愁，飄然竟從梅村遊。先生呼我老龍子，半醉披我赤霜裘。此生闌入銅駝路，可憐老作《江南賦》。頭上不畏咸陽王，眼前只認丁都護。晚交許子懷抱開，看爾不合長悲哀。手提一詩來贈我，十幅錯落紅玫瑰。我年三十餘，清狂愛兒戲。旁人見我笑不休，安知我有填膺事。日間擊鼓夜擊鮮，行樂安得千萬年。何肯齷齪學章句，三日新婦殊可憐。許子贈詩逾一月，念欲報之久不發。昨宵飽看冒家燈，一寸管城老龍渴。掀髯狂作許生歌，食紙春蠶響不歇。明朝歸客正揚舲，海色蒼茫青更青。嶔嵚歷落，寫自己懷抱，言下並見許子，一結闋然。

贈李研齋太史

人云蜀道如青天，君家乃在青天上。蠶叢鳥道不得歸，一度思歸一惆悵。去年石頭城，道遇李謫仙。手持白玉麈，囊乏青銅錢。一言稱意百不愁，邀我直上秦淮之酒樓。城南楊花白如雪，一一亂撲胡姬裘。笑謂金陵姬，何似巫山女？十年枉作《劍閣銘》，白鹽赤甲奈何許！昔住錦官城，樂事不可當。木棉花發處，斜對碧雞坊。桃笙賨布居民賣，蒟醬江魚過客嘗。此時二月粉水香，巴僮巴女發浩倡。賧錢夜市成都酒，歈歌春賽武都王。别來舊事心茫茫，傳聞李特屠殘疆。卧龍躍馬竟誰是，天彭井絡空蒼涼。前者百丈船，牽過鍾山郭。忽見三巴人，欻然萬金落。諸葛祠堂盡棘榛，譙周子弟俱俘掠。當時婉孌直銅龍，都堂香藥掖門松。自從喪亂著芒屩，飄零已復成吴儂。一身雖在不自保，何況盜賊多於蜂。瞿唐惡浪千萬重，念之只復愁心胸。安能吹我落天外，蹲鴟飽作西川農。語君且飲勿愀愴，眼前萬事太鹵莽。故里新年棧道開，官軍已縛邛笮長。太史，蜀人，逆藩之亂，僑寓金陵，不得歸，故作詩慰之。中間跌蕩飛揚，波平浪起，得青蓮逸氣。◯賧錢，蠻中以錢贖罪也。

錢塘浴馬行

杭州八月秋風早，極目江頭皆白草。鳳山門前鐵騎横，花馬營中水泉好。阿誰黄鬚稱奚官，白靴毳帳紅罽襖。是日牽來一萬疋，雲錦連天色杲杲。錢塘江渚多菰蒲，晴江空翠微卷舒。嬉游盡向此間去，邊兒十歲名花奴。忽聞一聲吹觱篥，千群争放桃花駒。紅泉駘宕自然麗，丹鬃滅没何其都。一疋嬌嘶一疋齧，十疋驕矜汗流血。須臾五花浮滿江，萬頃寒濤蹴飛雪。龍堂少女神悄絶，霧鬣煙蹄半明滅。少焉不動齊徜徉，江流欲静江雲凉。極浦湘蛾鼓文瑟，中流江妾拖紅裳。此時觀者傾城國，中有軍人淚沾臆。自言十五隷金吾，滁陽苑馬親承直。猶見先皇校獵時，金風初到萬年枝。青驄細食雕胡飯，翠撥輕籠楊柳絲。天育忽逢滄海變，從此麒麟罷歡宴。苜蓿翻栽太液池，驊騮直上昭陽殿。紫臺青海日從征，馬上琵琶塞上情。温泉十載無消息，忍唱錢塘《浴馬行》。用意全在後半，新故之感，無限悲凉，末一語轉合錢塘，如見神龍掉尾。

得桐城方爾止先生書感賦，兼懷密之先生

鯉魚風打江潮利，五月荆州估船至。船載沙門寶月師，附得樅陽故人字。我家堊廬同雞棲，

負薪晝夜孤兒啼。開函伸紙未及半，申胡觱栗聲酸嘶。書亦不能讀，淚亦不能止。憶昔芳華十五時，與君同作金陵子。金陵九門門九重，白靴校尉如游龍。賤子文名楊德祖，先君風表郭林宗。三千賓客遨遊徧，流兔飛英誰不羡。家伎新傳張敞眉，游童暗認王珉扇。桐山諸子盡江蕭，僑寓家家朱雀橋。風暖侯家春擊鼓，月明戚里夜吹簫。櫻桃小幄沉香火，楊柳藏烏門不鎖。密約呼鷹出每遲，私邀盤馬期常左。此日清流氣絶塵，此時修竹彈文新。諸王已見愁籖帥，郡國還聞捕黨人。阿童江上軍船動，毳帳連天馳繡鞚。一載昭陽恨已經，兩朝太學知何用？憐我袁家一愍孫，拾橡蕭蕭歸墓門。君不見，孫郎戰没周郎老，自注：孫郎，克咸；周郎，農父。龍眠前輩獨君好。君家尚有始興公，卧看秖園生白草。寫兩家盛時，極文酒讌遊之樂，而小朝廷之荒嬉，馬、阮之醜正惡直，至於如此，危亡立見矣。故家零落，前輩尚存，結到密之先生，鏗然而止，章法絶佳。

顧尚書家御香歌

獵獵朔風翻毳帳，營門紫馬屹相向。陳生醉拗珊瑚鞭，蹀躞閑行朱雀桁。顧家望近尺五天，顧家父子真好賢。開門揖客客竟入，留客不惜青銅錢。玉缸潑酒酒初壓，秦箏促柱彈銀甲。綠鬟小史意致閑，卻愛微紅添寶鴨。陳生此時聞妙香，欲言不言神茫茫。心知此香世間少，得非迷迭兼都梁？主人重取蘭膏爇，此香舊事還能說。憶昔初賜長安街，金甌天下猶無缺。至尊桂殿日齋居，千首青詞錦不如。緑章夜上龍顔喜，第一勛名顧尚書。嵯峨紫塞榆關道，白雁黄沙風浩浩。萬馬奔騰夜有聲，三關蕭瑟春無盜。尚書辛苦鎮居延，絡繹黄封賜日邊。非關小物君恩重，爲許名香國史傳。鏤金小盒宫門出，中涓一騎紅塵疾。親題萬顆小金丸，猶是昭陽内人筆。只今滄海已成田，留得天香幾百年。攏來綺袖人誰問，熏罷銀篝味不全。白楊已老尚書墓，世間萬事都非故。主人語罷客亦愁，留客牽衣客不住。君不見，客衣零落詎堪論，半漬香痕半淚痕。忍看天寶年間物，我亦東吴少保孫。迤邐而來，轉出御香，見尚書當日得君之專。滄桑以後，萬事都非，故物猶存，感慨係之。然尚書以青詞得幸，亦非正人，中藏有微詞在。

寄黄黎洲先生求爲先人誌墓

熹宗之朝盜竊柄，國事稠濁由諸閹。刊章告密滿天下，刦火烈烈昆岡炎。忠端骨鯁置牢户，少保强項遭髡鉗。《三朝要典》亂白黑，爾曹病熱徒狂譫。膺滂之後愛名節，翁與吾父均酸醎。忠泉出井流不涸，孝笋拔地天能參。東都壇墠立名字，西園邸閣紛袿襜。懷寧亂黨老逾怒，矯尾直拂鐘山巖。我師秋浦魁壘士，便樹頤頦張鬚髯。一呼祖裼暴猛獸，筆陣霍若霜鋒銛。妖麽得志逞報復，一網盡矣心所甘。王師南下明社屋，人頭畜鳴盡夷殲。四十年來市朝换，曜靈急景奔驚飆。崇文門外黨碑倒，沙石磨治菭紋嵌。平生先子膠漆友，半作黄葉經秋芟。晨星落落只翁在，開元軼事餘誰諳？先朝鈎黨有本末，冰玉硌碧秋陽暹。今人往往咎過激，毋乃醜正叢譏譚。嗚呼吾父没已久，墓門鬱鬱愁松杉。累翁一片道旁碣，請放健筆爲雕鑱。寫兩家世誼，而兩朝朝局一一羅列，此絶有關係之詩。

憶貴池吴師

當代論兵會，誰人可擅場？劉琨歸朔北，孫策入丹陽。一諾輕車騎，千言破混茫。靈旗如彷彿，毅魄想飛揚。師，即吴次尾也。負黨人之魁、懷填海之志，讀此詩，想見其人。

將歸留别練塘諸子

遊子衣邊雪，慈親地下心。都將苴杖淚，並作苦寒吟。此意復誰識，當歌難自禁。勞君霜夜彈，莫打失巢禽。失巢禽，喻己爲無母兒也。從至性流出，惻惻動人。

捧讀石齋黄公所撰先少保神道碑賦此追感

周侯池畔樹蒼蒼，遺碣岧嶢屹此鄉。哀誄南朝顔特進，碑銘東漢蔡中郎。千秋定論歸青史，一夜悲風起白楊。此日躊躇腸欲斷，漳南高塚亦昏黃。時石齋先生已授命，故追憶之。

喜漢槎入關和健庵先生原韻

當時彩筆撼江關，數子聲名天地間。詎料文章遭貝錦，偏教冰雪鍊朱顏，廿年苦語三更盡，萬里流人二月還。不信娥眉真見贖，感恩我亦淚潺湲。

秋日懷幔亭先生

百二山河極望殘，一門群從盡南冠。誰憐鸚鵡籠中語，大有琵琶塞上彈。寂寞金雞雙闕迴，飄零石馬七陵寒。鋃鐺夜宿昭陽殿，疑作西宫月影看。自注：先生繫處，即南國大內。

秋色蒼茫上佩刀，故人消息夢魂勞。石城劇報收袁粲，魯國驚聞捕孔褒。雪窖羝羊雙涕淚，錦官杜宇一悲號。好憑萬騎平南將，急趁江風掛戰袍。首章繫獄，次章遣戍，無可奈何，望其平寇以贖罪也。通體警策，無一懈句懈字，那得不傳。

送張若水出關自注：若水，稺恭先生子也。

祖母秦州父錦州，盧家少婦又邗溝。百年骨肉抛三地，萬死悲哀併九秋。欲贈愧無銀絡索，將離怕聽鈿箜篌。漢庭早晚流人赦，望爾歸鞭度隴頭。白傅一家三處，乃處常之時，此當罹罪出關，劇可悲也。一起直下四語，千鈞筆力。

別紫雲

二度牽衣送我行，《并州》纔唱淚縱横。生憎一片江南月，不是離筵不肯明。

贈歌者陳郎

天涯蹤跡半旗亭，譜遍《龜茲》不忍聽。憐爾少年非失意，逢人也唱《雨霖鈴》。

嚴繩孫

字蓀友，江南無錫人。康熙己未，召試博學鴻辭，官翰林院檢討，遷中允。著有《秋水集》。○召試日，以目疾，止成《省耕》八韻詩，已不録，上素重其名，同授官。

發維揚

輕舫春流上，煙光浄客衣。岸知緣海闊，山自渡江稀。細路花將盡，空村燕不飛。浮家吾自可，白首共漁磯。寫盡渡江後一路風景，不著繁華明麗，詩品故高。

春後

九春觴詠等閒過，猶染霜毫寫永和。困懶鶯花經眼失，衰遲風雨不情多。城隅緑水空絲管，天上青雲足網羅。不似柳陰溪上去，自横艇子卧漁蓑。

煙雨渡江

京江春樹隔芊綿，咫尺神靈意惘然。青壁近迷山寺雨，緑蓑遥入海門煙。江魚水闊難通市，石燕風多不避船。我欲燃犀照幽渚，夢魂猶自怯潺湲。

吴王井

銀床玉甃總成塵，不及軍持汲尚頻。試看一泓清未已，鉛華先老沼吴人。比美人黄土意藴藉幾許！

龐　塏

字雪崖，直隸任丘人。康熙己未召試博學鴻辭，官翰林院檢討，後出爲建寧太守。

喜聞大軍收復川中

天險那能恃，先聲斬劍關。投戈填野水，窮寇哭空山。風獵軍旗動，雲連甲仗殷。將軍須努力，直取夜郎還。末望其直取吴逆也。

汪　楫

字舟次，江南儀徵籍，休寧人。康熙己未，召試博學鴻辭，官至福建布政使。有《悔齋集》。◯悔齋出使琉球，宰臣以下俱有贈言，歸撰《中山鉛華志》以備參考。

懷曾庭聞

有客吴江來，傳君忽爲僧。不信温泉中，一朝結爲冰。十年騎蹇馬，一氣何驍騰！馬蹄踏白骨，月照光崚嶒。上書雖不報，誰謂君無能。激昂遂出世，夫豈憂繳矰？嗚呼壯士肝，永夜爲摧崩。

鐵尚書歌自注：東昌城下作。

鐵尚書，鐵不如。東昌城門朝大開，齊呼萬歲聲如雷。燕王躍馬及門限，霹靂飛空下懸板。不斷王頭斷馬頭，鼠竄猱驚箭滿眼。王怒發礮城摧崩，健兒争把螯弧登。煉石丸泥難作計，一紙公然出埤堄。萬夫辟易不敢前，大書太祖高皇帝。黑夜斫營日堅守，能使英雄還北走。嗚呼神器天所與，一木隻手能齟齬？錚錚誰比鐵尚書，嗚呼，尚書鐵不如！敘東昌戰事，毛髮欲動，讀去凜凜有生氣。

劉考功公骮見示夏峰老人書卷，屬題長歌

夏峰老人雙眸空，論交只許劉考功。長安隻字不肯入，尺素突出開心胸。上言日讀數行書，衰老以此酬蒼穹。下言劉君世所望，不爲韓富非英雄。虛堂披對正六月，滿天赤日來清風。老筆生硬轉嫵媚，直欲處處藏其鋒。良馬識途惡荆棘，蒼鷹願擊愁樊籠。江河日下事日變，世無魯叟誰彌縫？我聞劉君昔偕隱，攜琴荷鍤驚老農。盡散家産别親串，逝將食力深山中。若使至今不一出，人間安用雙赤松？待汝他日濟時了，把酒問汝將安從？

贈別澹公

出世翻多事，生平竟若何？批鱗真給諫，托鉢是頭陀。老驥當風立，冥鴻踏雪過。總無虚歲月，何用補蹉跎。

歡喜亭同玉明上人觀雲海

山與雲俱没，憑高安所望？人初入混沌，天不改青蒼。撫掌通樵路，飛棉變客裝。松風響何處，澗水下鄱陽。予於庚午春遊黄山，雨後親見此景，故知三四語之妙。

香鑪峰

奇峰真拔地，一鏤正當門。天近無棲鳥，藤枯有掛猿。白雲浮暮靄，紫氣隱朝暾。鐵屋何年構，風雷萬古存。自注：峰頂有鐵屋，傳聞風雷移上云。

黯淡灘

灘急不聞呼，千軍轉轆轤。神工較分寸，鬼伯待須臾。曲折憑孤櫂，安危仗一夫。會看浮萬斛，大海射天吴。傳寫過灘之險，字字驚心怵魄。

出五虎門同石來次前使蕭給事韻

長年捩柁倚高樓，萬里潮迎萬斛舟。浪打白頭都是雪，衣添六月忽如秋。蒼茫不覺千山遠，混沌真堪一氣浮。最愛乘風同快馬，漫將喘月笑吴牛。對結是結語，令讀者不覺其對，此法從少陵出。

長史鄭弘良以王命請余畫像留國中，口占答之

豈是中朝第一流，偶持龍節拂麟洲。大名那得齊諸葛，遺像何勞比益州。稍喜文章堪報國，誰憑骨相取封侯。靈臺一片真難狀，多謝傳神顧虎頭。東坡贈子由出使契丹云：『單于若問君家世，莫道中朝第一人。』起句蓋用之也，通體不亢不卑，何等身分。

國朝詩別裁集卷十二

長洲沈德潛歸愚纂評　男　種松校字
江陰翁　照霽堂　長洲周　準欽萊同輯

朱彝尊

字錫鬯，浙江秀水人。明太傅諱國祚曾孫。康熙己未，以布衣召試博學鴻辭，官翰林院檢討。著有《曝書亭集》。○竹垞先生生平好古，自經史子集及金石碑版，下至竹木蟲魚諸類，無不一一考索。纂述如《經義考》《日下舊聞》《詩綜》《詞綜》，其最著者。又嘗集唐詩爲填詞，名《蕃錦》，疑出鬼工，幾於人力不與。顧寧人先生不肯多讓人，亦以博雅稱許之。○初官翰林時，召入南書房，有用上官大夫術譖之者，旋落職，然竹垞初不以官位重也。○集中詩不分唐、宋界限，故各體具備，然予所録者，仍以唐體爲歸。

雁門關

白登雁門道，騁望勾注巔。山岡鬱參錯，石棧紛鉤連。度嶺風漸生，入關寒凜然。層冰如玉龍，萬丈懸蜿蜒。飛光一相射，我馬忽不前。抗迹懷古人，千載多豪賢。郅都守長城，烽火靜居延。劉琨發廣莫，吟嘯《扶風篇》。時來英雄奮，事去陵谷遷。古人不可期，勞歌爲誰宣？嗷嗷中澤鴻，聆我慷慨言。『時來英雄奮』頂『郅都』，『事去陵谷遷』頂『劉琨』，有此二語，方見結束。

大孤山

兩孤去百里，宛在中流半。匪獨形勝殊，氣亦變昏旦。天梯鬼斧開，廟火神鴉散。昭昭雲月輝，歷歷明星爛。空水既澄鮮，浮光亦陵亂。飄飄御泠風，恍惚度銀漢。未有歸與情，空深逝者歎。

羅浮屈五過訪

春風蝴蝶飛，綠草南園徧。知是麻姑五色裙，羅浮山下曾相見。開門一笑逢故人，遠來問我桃花津。若非綠玉杖，定跨黄麒麟。不然出入京洛一萬里，何爲布素無緇塵？相知樂莫樂，不用金箱圖五岳。況今天地多戰争，赤城華頂風煙驚。山陰道士不得見，四明狂客誰相迎？由拳城南春可惜，竹石如山水千尺。從此扁舟范蠡湖，長歌來往裴休宅。羅浮蝶云是麻姑裠所化，屈子南粤人，故借景引入，見詩人託興之妙。素衣不化緇，狀其立品之高。

送林佳璣還莆田

高樓置酒觴今夕，愁聽驪歌送行客。摇落深知羈旅情，飄零況是雲山隔。林生磊落無等倫，鳳雛驥子誰能馴？一朝慷慨辭鄉里，幾載饑寒傍路人。平生崔嵬好奇服，流離恥作窮途哭。往往詩歌泣鬼神，時時談笑驚流俗。林生林生骨相奇，昂藏不異并州兒。看君富貴當自有，不合憔悴留天涯。高秋别我閩中去，行李蕭條慘徒御。客舍清江萬里船，鄉心紅葉千山樹。九里湖邊倚翠屏，榖城山下俯清泠。寒風江路兼山路，落日長亭更短亭。嗟予分手天南遠，惆悵河橋送君返。遠客休辭行路難，高堂應念還家晚。

將之永嘉，曹侍郎餞予江上，吴客韋二丈爲彈長亭之曲，并吹笛送行，歌以贈韋，即送其出塞

韋郎舊隸羽林籍，曾向營門教吹笛。不聽吴中《白雪》音，定呼鄴下黄鬚客。平原相見轉相親，置酒誇君座上賓。下若尊罍朝未罄，東山絲竹夜還陳。閒來坐我花間奏，玉洞飛泉響巖溜。古調多傳關馬詞，新聲似出康王授。問我東行到海壖，日斜江上慘離筵。還將北雁南飛曲，催送錢塘楚客船。船人擂鼓津頭泊，紅葉千山富春郭。忽作邊秋出塞聲，江楓岸柳紛紛落。哀弦促管不堪聽，賓御聞之亦涕零。掛席遠移嚴子瀨，看山直上謝公亭。聞君欲問雲中戍，雪消飲馬長城去。廣武營中折柳時，黄瓜阜上題書處。司農舊是出群才，此日征西幕府開。試向尊前歌一曲，梅花飛徧李陵臺。平調中忽作變徵之聲，此高、岑體，與李、杜之魚龍百變者又自各别。◯侍郎送行，是主；韋二在席，是客，篇中客多於主。而結處轉送韋二，又以客爲主矣。作法甚變。

逢姜給事 埰

黄門先生官左掖，力欲拔山氣辟易。虎豹天關閉九重，孤臣血肉徒狼籍。東萊蜃市易沉淪，南國相逢淚滿巾。青鞵布韈江湖外，誰念當時折檻人？敍長篇於八句中，猶書家之縮本也。少陵短歌，如『婁公不語宋公語，尚憶先皇容直臣』之類，往往有之。

玉帶生歌

玉帶生，文信國所遺硯也，予見之吴下，既摹其銘而裝池之，且爲之歌曰：

玉帶生，吾語汝。汝産自端州，汝來自横浦。幸免事降表，僉名謝道清，亦不識大都承旨趙孟頫。能令信公喜，辟汝置幕府。當年文墨賓，代汝一一數。參軍誰？謝皋羽。寮佐誰？鄧中甫。弟子誰？王炎午。獨汝形軀短小，風貌樸古，步不能趨，口不能語。既無鸜之鵒之活眼睛，兼少犀紋彪紋好眉嫵。賴有忠信存，波濤孰敢侮！是時丞相氣尚豪，可憐一舟之外無尺土，共汝草檄飛書意良苦。四十四字銘厥背，愛汝心堅剛不吐。自從轉戰屢喪師，天之所壞不可支。驚心柴市日，慷慨且誦《臨終詩》，疾風蓬勃揚沙時。傳有十義士，表以石塔藏公屍，生也亡命何所之？或云西臺上，晞髮一叟涕漣洏。手擊竹如意，生時亦相隨。冬青成陰陵骨朽，百年蹤跡人莫知。會稽張思廉，逢生賦長句。抱遺老人閣筆看，七客寮中敢嗔怒。吾今遇汝滄浪亭，漆匣初開紫衣露。海桑陵谷又經三百秋，以手摩挲尚如故。洗汝池上之寒泉，漂汝林端之霏霧。俾汝留傳天地間，忠魂墨氣常凝聚。小小一硯，傳出信國之忠、皋羽之義。其實相隨皋羽，乃想像語也。一結硯與信國雙收，是何神勇。

旱

水潦江淮久，今年復旱荒。翻風無石燕，蔽野有飛蝗。桎梏懲屠釣，橧巢迫死亡。虛煩乘傳使，曾發海陵倉。

送曹侍郎溶備兵大同

榆關蕭瑟二庭空，堠火平安九塞通。往日連師驚朔漠，只今市馬互西東。黄河天上三城戍，畫角霜前萬里風。知有馮唐論將略，不令魏尚久雲中。此章以下俱近李北地，應是中年之作。晚歲俱歸流易矣。愚取先生七律，中年者居多。

宣府鎮

高城西北控燕都，吹角清秋落日孤。尚憶武皇巡玉塞，親從鎮國剖金符。宮槐御柳今蕭瑟，虎檻鷹坊舊有無。邊事百年虛想像，誰誇天險塞飛狐。

南鎮

稽山形勝鬱岧嶢，南鎮封壇世代遥。絶壁暗愁風雨至，陰崖深護鬼神朝。雲雷古洞藏金簡，燈火春祠奏玉簫。千載六陵餘劍舄，帝鄉魂斷不堪招。

題南昌鐵柱觀

丹甍縹緲麗層城，鐵柱縱横鍊紫清。陰洞蛟龍晴有氣，虛堂神鬼晝無聲。遊人自愛登高賦，仙吏仍兼濟物情。雷雨忽愁天外至，江湖元在地中行。

雲中至日

去歲山川縉雲嶺，今年雨雪白登臺。可憐日至長爲客，何意天涯數舉杯。城晚角聲通雁塞，關寒馬色上龍堆。故園望斷江村裏，愁説梅花細細開。學北地高入杜陵，通首一氣，能以大力負之而趨。

土木堡

平蕪一簣狼山下，九月驅車白霧昏。到眼關河成故迹，傷心土木但空屯。元戎苦戰翻迴蹕，諸將論功首奪門。倘遺金繒和社稷，祠官誰奉裕陵園？裕陵反國由於不主和議，而群奸以奪門論功，忠臣受戮，真千古不平事也。懷古詩須還出正論。

謁大禹陵

夏后巡遊地，茅峰會計時。雙圭開日月，四載集輴欙。國有防風戮，書仍宛委披。貢金三品入，執帛萬方隨。相古洪流割，欽承帝曰咨。寸陰輕尺壁，昆命有元龜。自授庚辰籍，寧論癸甲期。清都留玉女，惡浪鏁支祁。荒度功攸賴，平成理自宜。神奸魑魅屏，典則子孫貽。明德由來遠，升遐亦在兹。丘林無改列，弓劍秖同悲。回首辭群后，傷心隔九疑。鳥耘千畝徧，龍負一舟移。斷草山阿井，空亭《嶽麓碑》。芒芒懷舊蹟，肅肅禮荒祠。黄屋神如在，桐棺記有之。筳誰包橘柚，隧或守熊羆。共訝梅梁失，因探窆石遺。竭來憑弔處，拜手獨陳辭。長律四章，議論正大，格律工整，俱能步武少陵。

岳忠武王墓

宋室偏安日，真忘帝業艱。但愁諸將在，不計兩宫還。鄂國英雄士，淮陰伯仲間。策名先部曲，薄伐自江關。赤縣期全復，黄河渡幾灣。龍庭生馬角，雪窖視刀鐶。城下盟何急，師中詔已頒。盈庭尊獄吏，囊木謝朝班。相狡妻兼煽，和成主愈孱。長城隳道濟，大勇喪成覸。舊井銀瓶失，高墳石虎閒。銘功存版碣，鑄像列頑姦。曠世心猶感，經過淚獨潸。傳聞從父老，流恨滿湖山。朔騎頻來牧，南枝尚可攀。墓門人寂寞，江樹鳥綿蠻。宿草經時緑，秋花滿目斑。依然潭水月，終古照潺湲。「生馬角」「視刀鐶」，見二帝歸國有日。而甘爲城下之盟，自壞長城，小朝廷可勝恥耶？前路明云「但愁諸將在，不計兩宫還」，見殺戮忠臣，固由秦檜，而主之者，實高宗也。

《春秋》之意必誅首罪，信夫！

謁劉文成公祠

草昧經綸日，英雄戰鬭年。真人淮泗起，王氣斗牛躔。命世生良弼，卑栖役大賢。一官曾簿尉，千里正戈鋋。記室依袁紹，飛書謝魯連。神鷹思飽掣，威鳳必高騫。漢祖除秦法，周王卜渭畋。廟堂才不易，束帛禮宜先。遂有君臣契，能令帷幄專。南征頻克敵，北伐旋摧堅。《王會》收三統，軍謀出萬全。河山分帶礪，冠蓋儼神仙。未辟留侯穀，長辭范蠡船。麒麟當日畫，竹帛後時編。一自丘陵改，重愁歲月遷。隆中猶故宅，綿上少封田。舊俗還祠廟，清歌入管弦。黄金遺像蝕，鐵券幾人傳？古瓦鼯鼪落，荒庭檜柏圓。蛛絲虛寢罥，鳥跡斷碑眠。想像《陰符》策，沉吟《寶劍篇》。前賢餘事業，後死尚迍邅。去去辭枌梓，栖栖到海堧。空林多雨雪，哀角滿山川。玉帳無遺術，蒼生久倒懸。憑留一黄石，相待穀城邊。起與『當代麒麟閣，何人第一功』同一氣概，必如此纔能鎮壓通體。中間敘完題意，撫躬自傷，隱然有圯下自命之想。

于忠肅公祠

昔在狼山下，軍書犯近坰。六師輕朔漠，萬騎失雷霆。土木塵常滿，龍蛇歲不寧。豆田沙浩浩，黍谷路冥冥。濟世須元老，長材總四溟。從容持國計，指顧悉兵形。瑕吕安群議，劉琨表外廷。嗣王仍歷數，高廟有神靈。既罷金繒欵，無煩白馬刑。北轅旋翠輦，南内啓朱扃。命已甘刀鑊，功真溢鼎銘。春秋隆代祀，俎豆肅維馨。一自軺車至，難期堠火停。遺墟愁戰伐，大樹日飄零。碧草空祠長，黄鸝過客聽。霜鐘沉曉月，風牖繞明星。卞壺誰修墓，巫陽數降庭。讖還思雨帝，碑或墮江亭。遠水澄湖碧，流雲暗壑青。千年華表鶴，哀怨此重經。四章末路，俱敘自己憑弔，各能用意，略不犯複。

潘耒

字次耕，江南吴江人。康熙己未，以布衣召試博學鴻辭，官翰林院檢討。著有《遂初堂集》。◯稼堂先生篤於師門，少師徐俟齋、顧亭林兩先生，俟齋没，周恤及其孤孫，務俾得所。刻亭林《日知録》及詩文集，又以未及刻《肇域志》爲憾，蓋此書關天下利病，卷帙繁富，非大有力不能刻也。此誼猶近古人。◯詩筆直達所見，浩氣空行，韻語可作古文讀，而登臨懷古諸作，尤爲光焰騰上。一時名流，幾罕與儷者。

卦山

卦山交山陽，孤峰獨崔嵬。下眺一氣中，稜稜露巖崖。森如六爻列，錯若諸卦排。我來正雪霽，寒空無纖埃。群峰皎練明，萬柏攢疑苔。遠見介山巔，干霄白皚皚。近矚交城城，微茫辨樓臺。文峪下西溪，汾川自往來。連山走黄河，屏扆卻抱回。誰言萬家縣，形勢亦壯哉！守險在良牧，濟世須雄才。利鐵錮窮巖，健馬嘶風哀。劉淵亦可人，石匣爲之開。蒼天不可問，浩歌舒遠懷。偶然登臨，興懷守險，安得僅以詞人目之。

河隄

良醫視病人，察脈審其證。悉病所從來，治之藥乃應。濁河本北流，清淮自南亘。河徙忽奪淮，淮弱而河盛。一石八斗泥，壅礙入海徑。倒灌淮上流，湖淤可涉脛。埂堰始衝決，淮南受其病。塞決固治標，要須遂其性。下流無路行，東遏必西迸。瘡平毒未消，堡閉盜猶横。旁觀方憂危，當局莫予聖。

治河近稱善，吾宗老司空。諱季馴。河徙時未久，淮流尚争雄。海口雖停沙，可以水力衝。淮主河乃客，主壯客不攻。用清以刷濁，當年策誠工。淮今僅一綫，河漲猶難容。淤沙積成土，不濬焉得通？古方治今病，和緩技亦窮。疏瀹費雖多，尺寸皆有功。隄成倘蟻漏，金錢擲波中。治河要領，二詩已見大意，總貴通海口，以淮刷黄也。今兩者皆傎，而望安瀾奏績，必不可得矣。河隄使者宜書此詩於座右。

天都峰

黄山百千峰，兹何獨稱長？大巧不炫奇，尊嚴故無兩。中天開帝廷，萬靈此朝饗。肅穆垂冕旒，森嚴排甲仗。梯空一萬重，拔地九千丈。煙雲升及腰，日月行在掌。群山自言尊，對之失氣象。譬如見真人，群雄自頭搶。蒼蒼百里外，孤標已瞻仰。即之如可親，攀之莫能上。石闕望峨峨，天橋矚朗朗。載肉無由升，徒然結遐想。天都爲群峰之尊，以其最高，且直上無欹斜也。予嘗有句云『四面總换形，不改性正直，無心拔衆上，衆自莫敢敵』，自謂得山之性情，讀先生詩，更覺籠罩一切。

碧雲寺自注：寺旁有魏忠賢祠，甚宏壯。

香臺俯鴻濛，群山四環衛。龍宫豁然開，樓觀湧空際。丹霞夾飛甍，珠樹蔭密砌。峥嶸神鬼工，照耀金碧氣。壯觀何能爾，創此自中貴。坡陀山頭塚，規模更閎麗。黄腸隧道封，玉魚便房閉。丹青儼祠宇，特敕蒙葬祭。豐碑刻鴻文，歷歷元宰製。行人不能讀，識者發歎愾。中官古來有，掃除職微細。念其犬馬勤，帷蓋斯可瘞。奈何濫恩私，王章褻奴隸？官號借臺司，封土同帶礪。所以蓄神姦，毒焰流海澨。然臍未快心，誰令此埋胔？蒼涼金粟堆，寢殿非昔制。兹何尚巋然，石門鎖松桂。誰能手斧柯，千春掃氛翳？刑餘之人，假以事權，未有不僨國事者。痛切言之，而有望於掃氛翳之人，後果有如其言者。詳見於瑁湖相公詩後。

韶州至清遠道中雜詩

湞陽峽百里，兩崖狀如門。江流日漱齧，崩剥露危根。空中頤霤削，骨立龍虎蹲。孤舟出其下，凛然悽心魂。石戴萬篙眼，壁縈千牽痕。溯流行良難，下峽如星奔。灘急波易駛，林深景常昏。奇峰遞迎送，百千互卑尊。或肖天榜挂，或疑鐵騎屯。心賞不暇接，目眩難具論。古來投荒人，鬱結聲長吞。壯觀有如此，何必非君恩？末爲投荒者慰，即『九死南荒吾不恨』意。

韓蘄王墓碑歌

靈巖山前塚纍纍，荒煙野蔓不足悲。巨石崚嶒戛松際，旁人云是韓王碑。韓王蜕去五百載，當年英名至今在。彎弓夜月射奔鯨，拔劍寒沙清瀚海。一朝雄姿爲枯骨，麒麟高塚營山窟。黄腸便房天府出，守塚萬家拜百笏。歲久但見蒿與藜，豺狼入穴狐兔啼。惟留一片石，千古靈巖西。靈巖峰高入雲霓，韓王勳名與之齊。惟王勳名震千古，手奠坤維揭天柱。麾日之戈射潮弩，半壁江山留宋土。可憐後此竟何人，忍使銅仙淚如雨！梅花落盡梨花開，遊人絡繹靈巖來。但上琴臺尋響屧，何人山麓披蒿萊？碑高三丈字如掌，帝制鴻文盛褒獎。縱使碑刓墓盡平，蓋世功名在天壤。君不見，錢塘飲馬江不流，鳳山宮闕爲荒丘。張王秦相墓何在，六陵蕭颯冬青愁。

『縱使碑刓墓盡平』二語，摸之有稜，便覺平調皆振。

汴河行爲方中丞歐餘作

汴河之上河如弓，汴河之下河如龍。弓行千里正一曲，龍性變化無常蹤。神禹鑿九河，放著渤海中。千五百年尚一決，大伾不北而趨東。遂令梁泗間，至今朝陸暮壑無終窮。殺湍捧土諒非策，排沙漉海難施功。《河渠》之書一寸紙，蜩螗萬喙聽者聾。提綱挈目示要領，客邸幸見中丞公。中丞勳績高當代，保障之功汴河最。汴城萬里初爲魚，河北金隄又横潰。公也捧節來治河，赤手與塞滔天波。指揮人徒三十萬，北河柳盡南河柯。大帚如山小如堞，一浪不敢沖風過。晨餐掬泥土，夕眠枕盤渦。以身爲石髮爲草，乃感帝力鞭黿鼉。荆隆口閉神馬塞，汴河南北重蠶麻。豈知功高定遭忌，謳吟翻促彈章至。旋聞東郡罷王尊，那得通侯賞延世。自爾長揖還東山，角巾嘯傲江湖間。奕秋斂手向棋局，坐看黑白紛斑斕。昨聞清口決，又報漕河乾。高堰塞復漏，歸仁築未完。胸中熱血不可嘔，相逢當路只緘口。丁寧翻向芒鞵客，畫笏川原盡紆直。淮泗之間皆土山，眼前此意無人識。自注：方云：一石水而八斗泥，河日南徙，南中地亦日高，淮、徐間徧地皆水，實遍地皆山也。養癰裹創愁内蝕，不病河南病河北。負薪沉璧徒區區，疏不成疏塞非塞。吁嗟天意難可知，勸君且盡金屈巵。淮黃清濁亂已久，南土豈合偏瘡痍。復禹舊蹟理亦得，災黎百萬將安之？吁嗟天意難可知！且爲公歌汴河詩，洗眼坐待河清時。下流不洩，上流日高，宜汴、泗、淮、徐間，民常爲魚也。績勞者斥，而任事者比於養癰流毒，何時已耶？惟聽之天意而已。

贈杜于皇

男兒無家復無國，六合飄然一孤客。客行落落雲出岑，其去無跡來無心。山水佳處便淹泊，偶然相逢不可尋。黃岡豪士世無偶，胸吞雲夢者八九。神鷹鎩翮不能飛，丹霄碧海將安歸？三十年來泛江舸，大塊無塵能著我。商山須眉大澤裘，遊戲人間無不可。往年訪友揚州城，州人喧呼看歲星。如雲冠蓋趨門庭，先生酣眠醉不醒，醒來洗眼焦山青。金焦如螺意不快，一葉翩然下江瀨。青丘方壺不可期，白龍赤鯉遥相待。我亦汗漫之遐方，束髮結交多老蒼。惟翁差池未識面，江雲關樹空相望。錫山葉脱蠡湖朗，散步禪房見筇杖。怪來避地已經年，笑我勞勞逐塵鞅。昆明劫火方洞然，老鰲抃山波接天。土偶桃人莫相笑，久客會有還山年。先生無事但宴眠，大瓢滿酌清泠泉。君不見，君家杜陵喪家者，茅屋秋風淚盈把，揮淚高歌《洗兵馬》。是畸人、是豪士、是詩老，而歸於遺民。奔放頓挫，有千金戰馬注波驀澗之奇。一結尤見神勇。

烈士行贈趙義庵

義庵，汴宋裔孫也，爲人精悍勤敏，京口顧侍御奇重之。侍御以事見法，義庵獨身入都，經紀其喪，脱兩孤於厄，有古烈士風。余與侍御弟交舊，因識義庵。今秋重遇之金閶，悲其老大運蹇，而高節罕有聞於世，遂爲歌以敘之。

寶刀削葵馬守户，當今烈士賤如土。舉頭不識趙王孫，空向陳編弔嬰杵。王孫二十逢亂離，才高膽盛無人知。江東顧榮目如電，一豹賤卻千羊皮。玳簪珠履正雜沓，王孫落落無他奇。邛崍阪上高車覆，御史門前烏夜哭。三千上客散如星，義故兒郎抱頭伏。可憐端正騎羊子，鞭笞蹴蹋奚官裏。白楸三寸無人收，骨肉蒼黄竄荆杞。王孫此時氣拂雲，赤手直入磨牙群。陳容甘共臧洪死，習脂不畏曹瞞嗔。精誠貫日智略湊，抱還孤兒如有神。潛藏撫護麟種存，丁寧莫遣家人聞。沉吟此事廿寒暑，中郎墳土蒿如柱。王孫落魄尚關河，失路驊騮老無主。昔年遇君清淮流，今春遇君燕市頭。苦言奔馳不稱意，一官束體如贅旒。蘇臺何意仍相值，短鬢尊前淚雙滴。瓠瓜在地根在天，黃楊一閏一回厄。吁嗟萬事如驚波，翻雲覆雨何其多！褚淵封侯袁粲死，如君豈得辭轗軻？蕭蕭涼雨胥江暮，題詩別有傷神處。江頭不見酒家傭，瀚海羝羊何日乳？起用興體，見眼前義士不能識別，而徒憑弔古人，爲可慨也。中敘其秉心之誠、赴義之勇、機智之密，而終於落魄不遇，將歸泯没，能毋抑鬱於中耶？此種詩當羽聲慷慨歌之。

登五老峰最高頂

我浮鄱湖望五老，萬仞秀出天中間。雲氣蒙籠乍開合，恍疑蓬閬難躋攀。豈意今朝策藤杖，逍遥遍踏五峰上。寒空嘯裂碧玻璃，大地山河收寸掌。南康軍城一葉浮，揚瀾左蠡橫天流。白沙赤岸錯如綺，煙林點點天南州。天公妒我盡遠景，故遣飛雲奪峰頂。如輪如席掠面來，萬象斯須不留影。乘雲我欲之帝廷，稍爲匡君鳴不平。兹山何者讓衡霍，不嶽不鎮誰使令？一笑顛仙扶我住，世上空名了無據。餐霞吸露快即休，多口無遭帝閽怒。先生爲多口所憎，故爾落職。末路隨所感觸，藉以抒寫，空靈變幻，實處皆虚。

華峰頂

崑崙之脉從天來，散作嶽鎮千瓊瑰。帝怒東南勢傾削，特聳一柱名天台。天台環周五百里，金翅擘翼龍分胎。峰巒一一插霄漢，澗瀑處處奔虹雷。華頂最高透天頂，萬八千丈青崔嵬。乘雲御風或可上，我忽到之亦神哉。遊氛豁盡日當午，洞視八表無纖埃。南溟東海白一杯，括蒼雁宕青數堆。千峰簇簇蓮花開，中峰端嚴一蓮臺。華藏世界宛如此，醯雞不識良可哀。渺茫誇閬苑，荒忽求蓬萊，何如天台靈異在人境，劫火不到無三災！神泉自流，琪樹不栽，彌山藥草，滿谷丹材。應真隱顯混樵牧，飛仙遊戲同嬰孩。羲之乏靈骨，太白非仙才。已住神山卻歸去，空餘石屋寒蒼苔。我已夢覺牆根槐，安能更逐魚龍豗？徑須習定棲峰頂，飽看滄桑三百回〔一〕。文章最重起手，如張説作姚崇碑，起手『八柱擎天』數語也。題得『崑崙之脉從天來』二語，下便縱横説去，無不中節。中一段『眺望山海』，狀出天台如蓮華之形，而華頂又如蓮臺，真是『興酣落筆』。予嘗登其頂，愈知此詩之佳。

〔一〕 滄桑，一作『桑田』。

荔支盆

荔支盆，來三山，枝頭壅土生根難。荔枝盆，上建浦，衝波峻灘挽舟苦，短篷愁日復愁雨。荔支盆，過仙霞，千夫肩荷百吏遮，汗流骨出愁鞭撾。從此浮江泝河去，嚴程晝夜不停住。焦枯顛頓十存五，寥落猩紅綴孤樹。蓬萊宫中掩露富，冰丸入口流瓊漿。寧知一丸數金值，百旬勞擾千村忙。大臣事君自有禮，忠孝不在養口體。争新作俑彼何人，繹騷煩費無窮已。不貴異物惟吾皇，勤求民隱恒如傷。誰能上書罷貢獻，令人千載思唐羌。東坡『洛陽相公忠孝家，可憐亦進姚黄花』猶屬婉諷，此正襟而談，歸美君上而望臣下之陳書，尤爲得體。

金山

萬古標形勝，中江一柱尊。水分天作塹，地坼海爲門。鐘磬來波面，蛟龍聚塔根。蘄王血戰處，墜馬有驚魂。張祜《金山詩》一結不振極矣，此真神完氣足。

峽江

峽江山對鎖，不覺有江來。船向羊腸出，城臨虎穴開。燒畬穿嶺急，水碓撥雲回。客鬢先秋白，何煩一葉催。一起峽中形勢寫盡，此下直如破竹。

贈錢飲光

蹀血生還萬里天，土床樹屋尚依然。箋餘《易象》研朱細。踏遍雲山著屐便。久矣泥塗書亥字，淒其哀白感丁年。誰憐靈武麻鞋叟，老向空山拜杜鵑。錢先生一生學問志節，悉爲傳出，『亥字』『丁年』，脱胎飛卿，而工力亦可相敵。

經姜給諫墓作

青峰一曲抱愁雲，中有先朝諫議墳。往日兒童識鄒浩，到今野老哭劉蕡。山頭樹屋稱殘卒，地下戎衣見故君。埋骨便爲乾浄土，豐碑華表漫紛紛。給諫臨没曰：『我奉先帝命，遣戍來此，殮我當以戎衣。』其子從之。

二姜先生祠自注：給諫埰、行人垓。

軾轍齊名世早知，百年忠義繫人思。忠傳折檻排奸日，義想銜刀伏闕時。兩地青燐埋宿草，一山紅樹妥新祠。吳門野老多相識，雪涕争看《幼婦碑》。

白雪樓

百尺高眠四海空，滄溟文坫夙稱雄。生平婁水塤篪應，死耐虞山玉石攻。盛世才華容傲睨，達人官爵謝牢籠。清嚴標格依稀在，華鵲蒼寒落水中。四語耐攻，攻而不盡破也，猶劉隨州『五言長城，秦系攻之』之意，若二袁、鍾、譚，竟不耐攻矣。於此見下字之妙。

登嵩山絶頂

不辭觸熱上嵩巔，欲遣雙眸盡八埏。翠嶺千重包楚塞，黄河一綫下秦川。長安遠隔浮雲外，鄉國微分匹練邊。清嘯一聲鸞鶴應，隨風飄去落何天？聲徹層霄，高於王、李登岱諸作。

吴聖玉歸自遼左志喜

夢想流人紫塞邊，每依雁候祝南旋。不圖真有珠還日，始信非無瓻乳年。人痛嵇康罹横夭，天哀李燮予生全。鄉音無改容顏肖，破涕應知慰九泉。

數行墨牒隻身歸，歎息家園事總非。門巷凋殘餘燕壘，親朋零落半鶉衣。難尋手澤書千卷，且拜荒阡樹十圍。野老村童争擁看，烏頭能白世間稀。

贈屈翁山

燕山晉塞早憑陵，老去丘園自枕肱。奉母安期蒲九節，著書弘景閣三層。琴心久歇辭謡詠，龍性初馴避弋矰。終竟才人須學道，才華減處道緣增。果能斂才學道，則無身後之浮言矣。贈人以言，正應爾爾。

浴日亭

孤亭臨望盡重溟，天水相摩不斷青。日躍半洋皆紫電，潮來大地一浮萍。鵬游世界原空闊，蜃吐樓臺自杳冥。何必褰裳慕蓬島，當知此地即珠庭。

羊城雜詠 録一

歷山尚住宋遺民，文陸當年事苦辛。窮海不春猶正朔，孤航無主自君臣。忠魂鬱作潮頭怒，浩氣蒸成蜃闕新。異代流風多感激，草間時有納肝人。弔文、陸而並及明末諸忠，捶字結響，擲地當作金石聲。

廣武

蓋世英雄項與劉，曹姦馬譎實堪羞。阮生一掬西風淚，不爲前朝楚漢流。嗣宗含蘊意爲作者道出，知人論世，正須如此。

天柱峰僧餉黄獨

黄獨分來瓦銚邊，香於紫芋大於拳。笑他懶瓚渾閑事，誤卻長源三十年。借煨芋事比例，巧於立言，詩人之心，比似春蠶作繭。

徐釚

字電發，江南吴江人。康熙己未，召試博學鴻辭，授翰林院檢討。著有《南州草堂詩》。◯虹亭先生爲龔端毅賞識，端毅臨没，謂梁真定曰：『負才如徐君，可使之不成名耶？』於此見前輩之愛才，而虹亭之見重於端毅，實有使之心折者也。生平填詞極工，晚歲成《本事詩》，遠地搆求，比於『洛陽紙貴』。

送方爾止還金陵

爾從霅水來，片帆不肯住。乘風夜過洞庭西，蘆花瑟瑟滿寒渚。渚清沙白今送君，朔風旅雁高入雲。官司捉船船户避，津吏前頭不敢行。問君歸思一何切，笑指征衣已百結。旅館朝來花正繁，客愁今去柳堪折。雙槳隨君送君去，莫忘江城離别處。遥指金陵宫闕旁，蔣山夜火烏棲樹。住意盡而不盡。

落花篇

洛陽城外花如綺，洛陽城内歌鐘起。一夜東風吹滿枝，片片花飛逐江水。江水春流暮轉深，江干日暖生紫蘋。參差碧樹波光裏，蕩漾紅潮愁殺人。憶昔郊原全盛日，芳菲千里春如織。香車翠幰掩紅妝，寶勒金羈跨紫陌。陌上遊絲争繞樹，嬌鶯乳燕紛相度。桃李蹊成白日斜，棠梨院鎖黄昏暮。誰料繁華類轉蓬，紛紛墮紫又飄紅。杜鵑血染臙脂裏，蛺蝶魂迷芳草中。歎息年光空自好，玉顏零落憑誰保？花謝花開無盡期，委地飄階不須掃。别有佳人斂翠眉，翩翩衫袖淚雙垂。明年依舊花争發，開落庭前知爲誰？春花開謝，歲以爲常，而芳華一去不復返矣。比唐人意，轉覺婉約可思。

晚發京口

溯回泱漭忽聞雞，風飽江帆葉葉齊。瓜步曉鐘寒雨歇，楚天濃樹濕煙迷。已從擊楫悲荒壘，更想沉舟聽鼓鼙。回首甕城山色遠，驚濤猶在海門西。

古意

歡從京口來，儂向秦淮住。一夜暮潮生，分離不知處。與『君家住何處』一章，同一聲口。

十八灘

萬壑千峰送客舟，槎牙怪石水交流。嶺猿莫更啼深樹，只聽灘聲已白頭。極寫灘聲之可畏，中夾入『嶺猿』一語，則險惡愈出，此加一倍法也。

李澄中 字渭清，山東諸城人。康熙己未，召試博學鴻辭，官至侍讀。著有《漁村集》。

題丁野鶴先生魚龍卷

何人懷此跋浪情，下筆快寫滄洲鯨。世間萬事難自料，爲龍爲蟆須臾成。荇藻交戛細如縷，小魚瑣屑何足數。中流忽斷煙波開，乾坤冥冥雜風雨。此時海裂天昊愁，滄江倒立崑崙浮。中有赤鯉閃光彩，金鱗逆水聲颼颼。仿佛疑聽洪濤風，細觀又似蓬萊宫。星海下注積石遠，黄河上溯龍門通。鱣鮪昂藏不知量，鼓鬣摇鬐亦争上。可憐魚服苦束縛，撥刺泥沙色惆悵。赤鯉力猛陡一穿，雙角突出雷火纏。半身未化露魚尾，半身已入天門煙。嗚呼，龍變不可測，畫工具有神明力。雲行雨施徧八極，涸鮒蹄涔淚沾臆。通體精采，一結如讀《感士不遇賦》。

涿州

聞説蚩尤霧，軒轅此地過。德衰開戰伐，功定紀山河。鎖鑰孤城壯，風沙落日多。太平畿輔近，深夜有笙歌。

晚抵襄陽

檣上一烏啼，燈明兩岸齊。星垂古峴口，月照大江西。地險分南北，時平罷鼓鼙。兒童清夜裏，還唱《白銅鞮》。

登太華寺大悲閣望滇池作

香臺高擁萬山平，無數煙雲繞澗生。杯底嵐光浮太華，簷前秋色挂昆明。空餘戰壘悲戎馬，似有霜風動石鯨。我醉欲留歸路晚，滿湖鷗鷺棹歌聲。三語是登，四語是望。

沅州山中聞鷓鴣

空山雨氣散新秋，匹馬王程不少留。怪爾聲聲行不得，七千里外過沅州。

徐嘉炎

字勝力，浙江嘉興人。康熙己未，召試博學鴻辭，官至内閣學士。著有《抱經齋集》。

丁巳新秋讌集李客部園亭，送李南枝分符之武林

水精簾卷夜光浮，蓮葉田田梧葉愁。燕市離筵南浦月，吳山歸路驛亭秋。客星已見雙辭闕，鄉夢還驚獨倚樓。醉踏軒轅臺畔草，丁香可解結綢繆？

陸棻

字義山，浙江平湖人。康熙己未召試博學鴻辭，官至内閣學士。著有《雅坪集》。

都門人日送高念祖南歸

燕市同爲客，君歸我尚留。淒涼《鸚鵡賦》，憔悴鷫鸘裘。春酒銷微禄，鄉園託遠愁。寄言同

學者，心事媿林丘。

自豐城抵萬安，江水大漲

春江灌潦水，百堵没滄洲。釜已遊魚鱉，涯難辨馬牛。櫓聲來木杪，帆影度城樓。雙劍沉何處，清宵起暮愁。杜詩寫江漲未曾及此。

丘象隨

字季貞，江南山陽人。康熙己未召試博學鴻辭，官洗馬。

懷張虞山瓊州

何處望瓊州，中原地盡頭。蠻煙山萬點，海霧蜃千樓。身世乾坤失，生涯日夜浮。更堪烽火急，消息斷高秋。

贈程穆倩

病後相逢邗水涯，歲寒雪壓客廬斜。縱然淡盡人間事，又寫青山過酒家。以畫易酒，韻事也，得上句一襯，則倍形其韻矣。詩須如此用筆。

錢金甫

字越江，江南上海人。康熙己未進士，召試博學鴻辭，官翰林院編修。

贈魏惟度

夢斷春明號隱淪，閩江清淺好垂綸。偶停司馬遊梁騎，暫作嵩山采藥人。種樹書成閒課僕，賣文錢到便留賓。側身天地蘧廬似，卜築何須問四鄰。人間樂事，無過於此，何必沉溺於春明夢中耶？

倪　粲

字闇公，江南江寧人。康熙己未，召試博學鴻辭，官翰林院檢討。

送喬文衣之劒州

渝峽遠通涪萬水，嘉陵險接閬中山。分符刺史初行部，舊語參軍正解蠻。橦布芋田徵税薄，青松白鶴訟庭閒。他年更奏殊方績，應在文翁伯仲間。

袁　佑

字杜少，直隸東明人。康熙己未召試博學鴻辭，官翰林院編修。

月夜遊秋水橋岸

藕花短短葦花齊，漁艇秋煙草閣西。出寺溪雲隨意遠，過橋山月趁人低。與誰相對惟孤鶴，何處尋僧信杖藜。砧杵不聞千户静，蕭蕭城闕夜烏啼。

玉階怨

玉階無人行，徘徊玉階側。皎皎明月輝，照見妾顔色。未嘗言怨，令人言外思之。

高　詠

字阮懷，江南宣城人。康熙己未召試博學鴻辭，官翰林院檢討。著有《遺山堂詩》。

臨江中秋同諸公慧力寺泛舟回，遂集愚樓玩月，分體各賦

丁丁蓮漏秋宵短，銀屏華燭明高館。瑶席清尊坐不遲，芳洲畫楫歸何緩。入窗花霧香蓊濛，珠簾四角垂玲瓏。桂花扶疏玉除冷，菡萏披折金塘空。千家羅幕蘭鐙淡，明月正過寒江東。群山寂寂鎖蒼翠，碧漢金波光瀉地。揮杯夜醉使君樓，題詩晚出城南寺。美人接座氣堂堂，騏驎腰裹爭騰驤。雄劍刜鐘爍紫電，北斗掛户森長芒。二十五聲何太早，胡床坐嘯重傾倒。朱棟華榱倚半空，鳳絲雁柱愁清曉。霓裳仙子歸海宫，沾衣凉露迴天風。桃笙醉卧不知處，東方疊浪朝霞紅。結處得『東方漸高奈樂何』意。

宿青溪

青溪獨宿處，遠火出江波。醒酒思殘夢，歸漁聞夜歌。月斜人語定，舟曉棹聲多。九子烟霄外，勞生只暫過。三四傳出孤舟夜宿之神。

遊青原山寺

青原山半寺，積雨長苔痕。路轉遥聞水，峰回直到門。雲林清磬落，巖屋影堂存。欲問無生偈，孤雲起石根。

過謝羽皋墓〔一〕

許劍曾傳此地遊，豐碑遺墓尚荒丘。龍髯墮海三宫淚，馬鬣封山萬古愁。處士宅邊寒雨夜，

〔一〕　羽皋，刻寫之誤，應爲『皋羽』。

嚴陵灘下暮江流。當年慟哭聲如在，聽罷西臺檜柏秋。西臺慟哭，爲文丞相也，故有第三句。墓在釣臺旁，近方干故宅，故頸聯及之。

歸舟作

江上群山擁髻螺，楚王臺畔榜人歌。白蘋風裏暮愁重，紅蒲香中秋夢多。漁火夜殘收別浦，水禽月出叫寒莎。頻年躑躅孤舟客，回首平生空逝波。

范必英

初名雲威，字秋濤，江南長洲人。順治丁酉舉人，康熙己未召試博學鴻辭，官翰林院檢討。

諸將

無諸臺上英風起，千載重來顧盼雄。父子河山兼兩越，弟兄花燭盛中宮。雕旗鐵陣參雲黑，龍馬珠江浴日紅。回首伏波銅柱遠，軍威更在挹婁東。此耿氏未謀逆以前詩也。寵榮至此，而遥應吴逆以爲聲援，其不旋踵而撲滅也，宜哉！

十年羈旅田横客，仗劍功成茅土分。環海盡爲新屬國，歸朝即拜後將軍。御刀龍雀光如水，宫錦葡萄色似雲。金殿謝恩旋出鎮，雅歌還得奉南薰。

馮勗

字方寅，江南長洲人。康熙己未召試博學鴻辭，官翰林院檢討。

十二辰詩贈崑山支逸人

小兒磔鼠稱老吏，賤士食牛成國器。虎頭書生亦不羈，浪把兔毫輕擲地。支公種松鱗作龍，冥心渾忘虵與風。馬鞍山前釣秋水，無人知是羊裘翁。眼見獮猴畫麟閣，又聞群雞戲孤鶴。蠅營狗苟一笑中，廿年穩卧野豬峰。題近於纖，然古人已創爲之，點入十二辰，一歸自然，若有神助。

沈莊樗幽居

楊柳塘東更向東，緑浦紅蓼各成叢。三家村口少人過，獨木橋邊有路通。老屋短垣披薜荔，主人長日注魚蟲。客來仿佛桃源内，雞黍爲歡話古風。此太史贈先大夫者，寫景屬辭，如讀《缶鳴集》中長句。詩成四十年矣，每一披讀，情事宛然。

王 昊

字惟夏，江南太倉人。康熙己未召試博學鴻辭，以年老授官正字回籍。著有《碩園集》。◯碩園係鳳洲司寇之後，婁東十子中，尤錚錚有聲。

兵船行

陣雲壓城日光白，羽檄紛馳騎充斥。颶風昨夜起鮫宫，鬬艦千群復何益？憶昔軍興催造船，吴民髓竭無金錢。刺史流汗縣令哭，老農含血遭笞鞭。一朝連烽迷海道，帆檣如山倏然倒。旗鼓虚張楊僕營，艨艟已入田横島。沙溪十里飛黄埃，人家門户晝不開。横刀躍馬滿街市，海船方去官軍來。君不見軍中健兒不羞走，盡是幽并好身手。十村九村無人煙，不掃鯨鯢掃雞狗。造船累民，爲清海氛也。乃遇寇退避，復掃村民，兵船之禍烈於寇矣。吴野人有《造船匠》一篇，應紀一時之事。

日本雙刀歌爲子存叔賦

鸊鵜之膏雙干將，燈下拂拭生神光。青虵赤蛟欲隱躍，忽令四座驚寒霜。雀環色黄犀靶黑，積鐵傳來海東國。風胡歐冶知何人，卻帶千年戰場色。婁城斗氣非糢糊，雄者不飛雌不呼。床頭夜夜肯相守，吾家大阮頻摩挲。男兒意氣自奇突，試脱儒衫舞《回鶻》。莫借他人去報仇，尊前且伴封侯骨。

久客

久客長如夢，危魂輒易驚。關河全殺氣，鴻雁自秋聲。愁病兼人鬼，親朋隔死生。何堪寒夜雨，獨坐憶圍城。

黄州杜于皇兵阻客婁賦此慰之

滿眼黄塵厭甲兵，更憐楚國滯歸程。涼颸雨歇鴻初急，古寺鐘殘月倍明。作客豈宜逢亂世，離家誰道又危城。莫將庾信江南淚，一夜平添白髮生。連前『久客』一首，係明社初屋時作。

雜感

直北長河日夜流，宣房遺跡總堪愁。黄旗萬舸喧淮口，白馬千家哭汴州。築岸已遷都水使，轉籌誰是富民侯？可憐璧馬虚沉處，不救南方赤地憂。此言汴河衝決，而江以南轉憂旱也。

雲旗金甲駐沙灘，横海樓船舊築壇。王濬舉帆風正急，孫恩歸島水猶寒。由來北府屯原重，自古長江守獨難。浮玉山頭兵十萬，帳中好把陣圖看。此爲海寇鄭氏破朱方趨金陵而作。

極天烽火倦登樓，兵甲遥傳控上游。絶徼趙佗新屬國，雄藩劉表舊封侯。湘潭浴馬千營曉，彭蠡吹笳萬帳秋。回首古來龍戰地，不堪江左望荆州。此爲逆藩連兵，荆、襄未靖而作。〇事非一時，豈詩固隨時而作，後以《雜感》名之者耶？

鄧漢儀

字孝威，江南泰州人。康熙己未召試博學鴻辭，以年老授官正字回籍。〇孝威與國初諸前哲遊，洽聞廣見，所選《詩觀》共四集，雖未脱酬應，然亦足備後人采擇，嘗度大庾嶺，有句云：『人馬盤空細，煙嵐返照濃。』新城王公賞之。

平淮西碑

雪夜功成罷鼓鼙，昌黎碑版照淮西。文章何意開讒妒，婦女偏能混品題。易代磨崖争日月，當年奮筆掃鯨鯢。只今蒼碣斜陽外，頻見遊人駐馬蹄。李愬妻唐安公主謂碑文歸功裴度，訴于帝，命仆其碑，詔段文昌重撰立碑。其實段敘愬功，轉不如昌黎之明也。後宋代陳晌毁段碑，仍立韓碑，千古快事。

枕煙亭聽白三琵琶

寒日林園尊酒陳，琵琶急響似西秦。赤眉銅馬千秋恨，譜入鵾絃最感人。

北極諸陵黯落暉，南朝流水照青衣。都將寫入《霓裳》裏，彈向空園雪亂飛。自注：時正雨雪。

白狼山下白三郎，酒後偏能説戰場。颯颯悲風飄瓦礫，座間人似到昆陽。

天寶傳頭竟屬誰，四條絃子斷腸時。鸞靴窄袖當壚女，今日公然識段師。盜賊縱横，滄桑變易，俱於琵琶中彈出，與落花時逢李龜年相似，所感深矣。

題息夫人廟

楚宫慵掃黛眉新，只自無言對暮春。千古艱難惟一死，傷心豈獨息夫人！其用意處，須於言外領取。

孫枝蔚

字豹人，陝西本三原人。康熙己未召試博學鴻辭，以年老授官正字回籍。著有《溉堂集》。◯溉堂詩辭氣近麤，然自有真意，稱其人品之高。近有秦人，胸無典籍，好爲大言，至云作詩先洗去李、杜俗調。庸妄如此，而人群然信之，云遠勝豹人，不可解也。録溉堂詩附記於此。

覽古

房琯隱陸渾，矯矯負令譽。天下爲己任，高談頗有餘。一朝將重兵，車戰竟何如？所恃楫與秩，豈知皆豎儒。哀哉四萬人，流血成溝渠。名士苦無用，萬古成欷歔。有愧諸葛公，不輕出茅廬。

田家雜興次儲光羲韻

娶妻非齊姜，置田非膏腴。結交非平原，或牧或樵漁。親戚不我嗤，還復羨幽居。厨中辦雞黍，前溪漉蝦魚。相期風雨候，早更過吾廬。得巢雀相賀，得食鹿相呼。與爾共鄉縣，時來傾此壺。『得巢』二語，比而兼興。

野人常在野，鳥獸頗相關。嗷嗷歎衆雀，求食何時閒。慨然念羲農，不生此世間。鼙鼓聲不休，群盜滿南山。衣食起干戈，世路多險巇。仁義那可恃，清浄良難攀。莫言莊與老，不如孔與顔。人心險艱，聖賢亦難化之，轉念及老，莊之清浄，作者無可如何之辭也。因衆雀求食中有感觸，此賦而兼興。

獵騎過青山，追逐良自樂。朝出長安城，晚投咸陽郭。笑謂田家兒，止知誇收穫。乾坤方用武，人命輕鳥雀。養賊二十年，無人收河洛。空有長弓箭，不射欃搶落〔一〕。大言竟何益，此輩真輕薄。用儲韻而自抒寄託。儲詩村樸，此詩感慨，儲作於亂離以前，此作於亂離以後也。

馬食禾代田家

禾黍正油油，何人放馬上隴頭？碧眼虬鬟使我愁，向前長跪淚雙流。租吏坐我堂，聲高氣正

〔一〕欃搶，亦作『欃槍』。

揚。縣官早納粟，不待禾登場。願約馬客至舍下，今朝爲吏辦酒漿。馬客來，租吏去。早知馬客能逐吏，馬食禾盡不須慮。恐馬客去而吏又至矣，奈何！

同友陪吴園次登多景樓，時園次赴湖州任

出城送客共躋攀，萬里煙雲杳靄間。天下江山如此少，古來冠蓋幾人閑？潮頭日午添帆影，樓角風微散酒顏。五馬臨行重回首，知君魚鳥最相關。

遊焦山

風起中流浪打船。秦人失色海雲邊。也知賦命原窮薄，尚欲西歸太華眠。翻用東坡『性命窮薄輕江潭』句，各有其妙。

傅　山

字青主，山西陽曲人，康熙己未召試博學鴻辭，未應試，授職，不就歸。○徵君歸後，變姓名爲公之佗，詩卷零落，秖存一篇，以誌梗概。

送友之秦中

爾去褒斜道，秦關兵尚多。難堪兒女意，其奈鼓鼙何？戰地驚鴻雁，秋閨怨駱駝。願聞邊火息，歸計莫蹉跎。

盛楓

字丹山，浙江秀水人。康熙辛酉舉人，官吉州學正。

盆花

木性本條達，山翁乃多事。三春截附枝，屈作迴蟠勢。蜿蜒蛟龍形，扶疎巖壑意。小萼試嫣紅，清陰播蒼翠。攜出白雲來，朱門特珍異。售之以兼金，閑庭巧位置。疊石增磊砢，鋪苔蔚鱗次。嘉招來上客，讌賞共嬉戲。詎知荄榦薄，未久倏憔悴。始信矯揉力，托根非其地。供人耳目玩，終慚棟梁器。芸生各因依，長養視所寄。賦質諒亦齊，豈乏干霄志。遭逢既錯誤，培覆從其類。試看千尋松，直幹無柔媚。屈折求媚，豈棟梁之材乎？通幅比體，使人言外思之，主意在一結。

白洋河阻風

大河流日夜，噫氣北風號。霧影霾魚市，寒威縮馬毛。客程千里倦，酒價一時高。欲作懵騰計，終宵聒怒濤。刻寫風寒，不留餘力。

黔陽

雲壓萬峰低，秋江晚樹迷。籃輿凌木杪，驛路掛城西。有客停孤館，無鳶下五溪。蕭蕭樓外雨，愁絶聽寒雞。

詠燕

落日亭亭向夕低，畫梁不見一雙棲。侍兒今夜搴珠箔，歸路紅樓莫遺迷。

陳王猷

字良可，廣東海陽人。康熙辛酉舉人，官連州學正。

由方丈右轉上海山門

自注：海山門，丹霞山最高處，緣鐵索乃可上。

飛樓倚嵚岑，環迴覺路塞。四望窮躋攀，斗絶石痕黷。窺天剛半線，拔地乃千尺。鬼斧鑿何年，儼有巨靈跖。鵰鶚息羽翰，猱玃罕蹤跡。當兹斂形神，直上緩登陟。鐵絙右鉤梯，手腕參足力。左顧窅然深，澒洞曛以黑。納趾踵外垂，高尻面内迫。神人御風行，中道尚棲息。自注：崖中有御風亭。况在塵世間，寧有次仲翮。我幸及其巔，置身高岜客。出險憑虚無，茫然蕩心魄。蒼茫似杜，鏤刻近韓。

國朝詩别裁集卷十三

長洲沈德潛歸愚纂評　男　種松校字
江陰翁　照霽堂　長洲周　準欽萊同輯

趙執信

字伸符，山東益都人。康熙己未進士，官左春坊左贊善。◯贊善以讌飲觀劇去官，時年尚未壯也。高才被放，縱情於酒，酣嬉淋灕，嫚罵四座，借以發其抑鬱不平之概，君子可以諒其志焉。◯生平服虞山馮氏定遠，稱私淑弟子，而於漁洋王氏，著《談龍録》以貶之，然責人斯無難，未必服漁洋之心也。詩品奔放有餘，不取藴釀，兹所録者半屬《觀海集》中之作，餘略見云。

棄婦詞

兩姓無端合，亦復無故分。昔時鴛鴦翼，今日東西雲。浮雲本隨風，妾心自不同。君心劇無定，見棄如枯蓬。出門拜姑嫜，十走一迴顧。心傷雙履跡，一一來時路。留妾明月珠，新人爲耳璫。不恨奪妍寵，猶得依君旁。寶鏡守故奩，上有君家塵。持將不忍拂，舊意托相親。此生一以畢，中懷何日宣？願得金光草，與君駐長年。得貞臣去國心事，令人徘徊賞之。

彭蠡湖

顥氣中流轉，煙光四迴遭。層波碧離離，秋色寒滔滔。泠然乘風遊，托身任毫毛。仰觀天垂象，旁見林露梢。山移舟向背，目蕩心飄摇。北望千帆走，燦若組紃交。五老雲外笑，人世心魂勞。明當接匡君，舉手爲我招。『山移舟向背』五字足抵一篇遊記，覺『帆隨湘轉，望衡九面』語猶繁也。

泛海言懷

忽登萬斛舟，如躡長鯨背。寄身入無涯，曠覽乾坤態。潮動風色遒，棹急雲光碎。潛通元氣遊，迴出人境外。千山相簸蕩，六合欲横潰。頓覺喪我吾，何知齊小大。幼安漂泊久，謝傅襟情在。誰發小海謳，迴飇引雄概。『潛隨元氣遊』十字，應補木玄虛之缺。

無風泝江，崇朝十里，忽得午風，快然成詠

欲知舟上瀧，譬若魚升木。因循日高春，跌宕水一曲。欹岸黄葉林，時露參差屋。遥數天末山，苦戀篷際目。何來快哉風，徑爲鼓帆腹。有如絶塵馬，或是避弦鹿。奔雲亂鵝鸛，碎浪喧琴筑。列嶂争送迎，顧揖不暇矚。榜人嘯閑逸，余亦謝拘束。通塞自有時，結念毋欲速。主意在末二句，能息人躁進之心。

行十八灘中

灘行日百轉，轉轉山四圍。寒流中屈曲，鬱怒不自持。秋凜肅殺氣，陸發龍蛇機。迴風地底來，雹雨皆倒飛。亂石勢騰攫，獰惡各異姿。似嗔舟船逼，列陣前相追。篙師工避就，色授頤指揮。蓄力争毫髮，險途生坦夷。遊子閲奔峭，驚定翻耽奇。秋雲摇水壁，杉木森下窺。弄波情無極，棹月願猶違。夕陽駐西嶺，爲我延清輝。極險後寫出清夷景象。

平度州道中望東北諸山

秋風吹倦客，縹緲凌紫霞。赤松仙人要我去，爲駕白鹿青龍車。羽輪飄飛不自制，始計已失秦琅邪。大勞小勞遠相待，雲外如鳥遭籠筬。明霞碧落沓夢寐，玉女有爪羞搔爬。北行度膠水，惟見塵與沙。晴嵐百里豁心目，高望一點青於鴉。衆山肩隨出，戢戢木末争槎枒。天柱孤標倚蕭爽，下笑兩髻魯始髽。東萊泰岱列，首屈不敢加。譬人名既成，無事相矜誇。大澤東來獨雄傑，森然列仗排高牙。雲峰飛瀑落千尺，煙光蜃氣無由遮。臺閣嵯峨布空曲，浮金炫碧生谽谺。我今矯首意惝怳，況於抗策窮幽遐。人生能幾何，引領白日斜。海山有約易錯迕，此中便可終來家。形容東萊、泰岱，累幅難盡，此以撇爲點，工於避就。

雪晴過海上，適海市見之罘下，自亭午至晡，快覩，有述，時十月十日

今晨雪乍晴，寒日升扶桑。出門邀河伯，東嚮同茫洋。昨日之罘山，紫翠點水如鴛鴦。未至二三里，見人欲飛翔。坐來忽復不相識，迴峰疊嶂皆摧藏。赫然煙靄中，城郭連帆檣。疑是秦樓

船，歸來閱千霜。又疑瑶宫與貝闕，神山倒影滄流長。飛仙驂虎豹，晃漾凌波光。招招不得語，目極天蒼黄。同遊競指是海市，對之使我神揚揚。歲序閉氷雪，魚龍走顛僵。非時出瑰麗，此遇超尋常。當年蘇夫子，雄姿自炫驚海王。慙予本凡才，未敢縱筆相頡頏。不請亦得覩，失喜欲發狂。巨川細流兩無拒，信知大海真難量。準擬還家詫鄉黨，詎肯此地辭杯觴。天窮人阨總莫問，微塵大地俱荒唐。客散境變滅，半山還夕陽。醉歸卻聽暮潮上，浩浩天風吹面涼。中空寫海市，後以一語點出，作法甚變。末翻用蘇公語，見大地如塵，天窮人棄俱勿問也，可以想其胸次。

人日韓江歸興

春寒晴壓空江水，山翠雲光蕩船尾。篙師撾鼓作迴飆，萬里還家從此始。人日他鄉人別離，郊原新緑已參差。遥憐沙渚多陽鴈，肯向東風更退飛。

中秋與南村泛舟石湖望月

王郎與我能無愁，客中放棹尋清秋。清秋了知在何許，且遠城市辭歌謳。胥江水洗天宇浄，片帆輕駛如星流。横塘西去見山影，蒼翠豁露霜煙收。楞伽靈巖兩迎揖，此中安得無夷猶？湖光一曲縈我舟，與子呼酒相勸酬，以湖爲酒恣拍浮。須臾湖月忽晃漾，照映天上白玉樓。鬚眉蕭颯風颼颼，飄然疑墜海外洲，卻視人世真蜉蝣。我已一身隨落葉，子亦一官成贅疣。不見吴越俱荒丘，魚城酒城何處求，伍胥種蠡同浮漚。惟有石湖湖上月，曾照石湖居士遊。西施溪畔餘温柔，座中微笑寒花羞。子既醉矣我未休，迴飆撝急不可留。夙昔中秋有此不，令我卻憶西湖頭。

一湧而出，服其氣盛。

中秋夜與涇陽劉西谷編修吴山對月

東見千里江，西見十里湖。寒光欻合離，蕩此秋月孤。吴山秀接天，月出當其前。登高莽四顧，清輝滿人間。遠心忽飛揚，南北同一圓。我乘白黿越滄海，君亦赤鯉辭秦川。憶昔燕市别，九十度盈缺。寧知來此地，復共今夜月。雄城百萬家，歌吹方闐咽。邈然山顛客，一笑兩幽絶。明日扁舟江上風，思君獨在湖山中。

赴登州留别康海

微雨牽行色，離觴且對君。預愁見何日，不惜手輕分。遠海高於岸，空煙聚作雲。來朝倚仙閣，吟望背斜曛。五六境奇、語奇，『空煙』五字，尤入微妙。

寄朱竹垞檢討村居

江村水樹澹秋煙，不見幽人思悄然。往接簪裾三殿側，近聯踪跡五湖前。老爲鷺脰漁翁長，閑上鴟夷估客船。各有彈文留日下，他時誰作《舊聞》傳？自注：竹垞昔著《日下舊聞》。○七言律少首尾完善者，傳其佳句云：『客舍三千兩雞狗，島人五百一頭顱。』刻意求新，終非雅音也，故寧取和平之作。

村舍

亂峰重疊水橫斜，村舍依稀在若耶。垂老漸能分菽麥，全家合得住煙霞。扶衰地有君臣藥，勸酒庭餘姊妹花。雨玩山姿晴對月，莫辭閒澹送生涯。此寓居吴中南園時作。

寄洪昉思

垂堂高坐本難安，身外鴻毛擲一官。獨抱焦桐俯流水，哀音還爲董庭蘭。昉思成《長生殿傳奇》，於國卹時演之，宫贊在座，御史彈劾去官，事後以詩寄之。但比之董庭蘭，未免視爲門下士也。

詠江岸拒霜花

霜裛風翻褭褭枝，可憐閒淡與霜宜。江妃無語空含睇，妒殺天寒獨倚時。

李孚青

字丹壑，江南合肥人。文定公天馥子。康熙己未進士，官翰林院編修。著有《野香亭集》。○丹壑十六歲館選，人以黑頭公目之，惜未四十辭世，故流傳詩篇絶少。

雍丘晚行

亭亭落日馬蹄忙，兩岸荆榛過外黄。嵐氣漸逢迷草木，煙村又見下牛羊。鄭當時去誰留驛，范史雲貧尚有鄉。惆悵昔賢遺跡杳，青山無盡路茫茫。

秋日自遣

金風蕭瑟滿懷春，籬豆花開逐番新。舊業已荒猶嗜酒，秋陽雖熱不侵人。鄭家婢妾如師弟，梁氏夫妻似主賓。我是海邊息機者，任他門外急蹄輪。家庭之樂無踰於此，陸劍南每有此種名句。

稻孫樓

拜石人何在，孤城氣逼秋。郊原禾黍盡，愁上稻孫樓。此米元章樓也。無禾黍歲，偏上稻孫樓，觸目生愁矣。

早秋送宋又宜由太原歸里

酒場吟地五年同，忽餞青門往事空。三疊歌殘人不見，秋風吹淚古雲中。自是唐人神韻。

王材任

字子重，湖廣黄岡人。康熙己未進士，官僉都御史。著有《西澗詩鈔》。○西澗早負盛名，去官後，自楚入吴，買錢牧齋拂水山莊居之，以詩自娱。晚歲困甚，宴如也。詩品雜唐、宋間，時有警句。

和李梅谷選君贈别韻

去歲乘軺出井陘，今朝策蹇返江寧。鬢霑巴雪添新白，鬢點吴霜失舊青。旅夢都迷南北路，歸程細數短長亭。從今不復看除目，手把神農《耒耜經》。

魯港夜泊

沙岸維舟近柳條，坐看淺水忽生潮。江湖夜静逾空闊，星斗風來欲動摇。月下望鄉雙淚落，天涯多病一身遥。雞豚社飲應難與，獨倚船窗盡酒瓢。『星隨平野闊，月湧大江流』，寫盡江夜景象，此故工於脱胎，而星斗風摇，則又杜陵未道者。

追憶梁益舊遊

梁州秋葉落紛紛，沮水西來沔水分。斜去遥知南鄭路，道傍曾拜武侯墳。長藤婉婉纏秦樹，寒雨昏昏濕棧雲。鄰近墓門誰勒石，征西尚有馬將軍。

黄河

黄河萬里來天上，積石龍門道路賒。已是秋風迴瓠子，更憐春雨漲桃花。怒濤高壓千金堰，急溜初回八月槎。三策至今思賈讓，金錢那可委泥沙。

南昌即事

章江依舊抱城流，楓葉蘆花瑟瑟秋。南浦閒雲迎故客，西山暮雨送孤舟。一千里外新蓬鬢，四十年前舊酒樓。自注：予十五即有南昌之遊。莫上滕王高閣望，不堪楚尾與吴頭。

沈朝初

字洪生，江南長洲人。康熙己未進士，官至翰林院侍講學士。著有《不遮山閣詩鈔》。

過塘西

蘇隄踏遍上吳航，蘋末風生暮色黄。帆影帶歸湖墅月，衣裾留得芰荷香。采菱船過波紋碎，脱網魚跳水氣涼。行到小橋深柳處，人家煙火似横塘。三四語頂蘇隄踏遍歸，造意造句在韋莊、羅隱之間。

春興

歸來安穩卧煙蘿，花信風柔春漸過。滿徑白雲人跡少，一簾紅雨鳥聲多。閒來垂釣常忘餌，病後慵書不换鵝。除卻浮家更無事，辦裝先去買青蓑。垂釣忘餌，書不换鵝，可以想其高品。

收復漢中恭紀

魚貫懸崖鄧艾軍，銜枚一夜度連雲。巴渝從此俱安席，莫待相如《諭蜀文》。

司隸章臨市不驚，鐃歌聲裏慶昇平。只今蒟醬仍通貢，合挽銀河洗甲兵。

梅　庚 字耦長，江南宣城人。康熙辛酉舉人。

同愚山少參維饒孝廉即席送位白歸皖

倚棹數歸程，親交次第行。獨憐江月苦，偏向别筵明。背郭魚龍氣，先秋蟋蟀鳴。還家仍客路，更傍石頭城。

落梅

背城花塢得春遲，凍雀銜殘尚未知。聞説緑珠殊絶世，我來偏見墜樓時。不寫題面，專寫題意，自是絶世風神。

彭寧求

字文洽，江南長洲人。康熙壬戌賜進士第三人，官翰林院侍講。

擬古

静躁殊軌途，人性安可矯。天既賦吾拙，何用逐機巧。始進苟不正，晚節何由保？所以達人心，立身忌草草。受恩惟恐多，入仕亦戒早。俯仰懷古人，守貞以爲寶。此即瞻庭先生言志之詩，生平進退，允符斯語。年命不永，未展素抱，朝野共惋惜之。

送大兄南還

重到承明半載餘，匆匆襆被返衡廬。營巢每笑逢秋燕，縱壑真同避釣魚。三徑春風侍童冠，一簾花雨潤琴書。故鄉自足林泉趣，最荷君恩許遂初。

金德嘉

字會公，湖廣廣濟人。康熙壬戌進士第一，官翰林院檢討。

得張師石書却寄

杜門久與故人違，忽有音書到竹扉。過眼物華雙鳥翼，驚心風雨一牛衣。春雲江樹黄泥坂，秋水漁燈赤鼻磯。日暮狂歌當濁酒，不禁西望思依依。

許汝霖

字時庵，浙江海寧人。康熙壬戌進士，官至禮部尚書。著有《德星堂集》。

贈湯宗伯潛菴先生

豫州天中央，文星木躔角。靈山拔嵩少，德水交伊洛。鬱爲人文區，名賢代有作。煌煌二程子，千載振絶學。後來漸榛蕪，斯道孰開拓？先生出曠世，日朗螢火爝。藴蓄富淵源，發揮啓槖籥。本根秋實茂，藻采春華落。圖報秪辭章，中懷諒已薄。初登蕊珠榜，遂入石渠閣。朝廷愛人才，破例展猷略。分藩試敭歷，江右專鎖鑰。蔚州老司寇，許予必斟酌。謂公真清廉，才品並卓犖。薦揚大臣事，彼此兩不怍。適當時右文，設科召宏博。公仍歸禁院，獻賦卑《五柞》。衡文來兩浙，悉剖荆山璞。還朝品彌高，比岱長群嶽。東南資重鎮，宵旰切民瘼。簡在撫吴中，民望胥踴躍。吴俗久奢靡，正氣日以剥。大端示鎮静，積習還淳朴。新圖鄭俠繪，淫祀懷英削。百事具規模，群情奉繩約。久困漸以蘇，病夫遇良藥。九重念舊臣，内召藉啓沃。衮衣行有日，里巷驚以愕。畊樵出山野，商旅闐城郭。卧轍肩相摩，攀轅趾交錯。公去國本端，公留一方樂。計大無曲狥，眷隆有深託。天子建文華，東宫開講幄。巖巖師傅席，醇儒孰公若。禮儀視舉止，恭謹愈盤躩。崇階領秩宗，三禮兼典樂。生平稽古力，蒙此雨露渥。憶余舊識公，回首事猶昨。初從魏公坐，相見獲酬酢。公貌謙而和，公懷端且恪。始知賢達意，寧静必澹泊。儀型儼在兹，小鳥隨鸞鷟。拜獻忝後塵，發蒙仰先覺。近聞婞婟輩，醜正忌磊落。蠅營玉可點，火燎金欲爍。明良既相遇，衆女任謡諑。願公篤忠貞，襟懷等寥廓。他時明農歸，悠然卧巖壑。

敘公之生平，杜老《八哀詩》體也。末述衆小之醜正惡直，而以他日明農望之，公之不容其身已先見矣。久而論定，白黑昭然，彼譖人者，亦何益哉！

送楊自西少司馬終養歸里

銅柱留名紀壯猷，翩然綵服放扁舟。兩朝養望儲黃髮，八座辭榮奉白頭。客久誰無歸里夢，官高偏忘倚門憂。先生愛日情何限，手茞陔蘭進饍羞。官高不能養親，戀職有之，畏懼亦有之，然能哀切陳情，聖朝無有不諒其孝思者。王介甫云：『古人一日養，不以三公换。』居官者盍思其言。

送張侍御歸里

孤忠原不問升沉，正氣稜稜自古今。已見黃扉傳諫草，何妨青海解朝簪。一鳴終落憑城膽，三黜寧忘報國心。從此歸田把鋤耒，塗泥終荷主恩深。上章教孝，此章勸忠，立言自應爾爾。

史　夔

字胄司，江南溧陽人。康熙壬戌進士，官至詹事府詹事。〇宫詹公詩當時不必有赫赫名，然迄今讀之，意足韻流，無一閑句閑字，得唐賢之三昧者也。臺閣而不涉應酬，山林而不入寒瘦，足覘詩品。

長干曲

妾家長干住，嫁與里中兒。願同比翼鳥，生死恒相隨。豈知別離苦，郎作襄陽賈。昨夜鄰船開，寄書與郎去。大隄花正飛，歌舞醉芳菲。但言估客樂，誰勸不如歸。郎如白石郎，妾似青溪女。花落板橋南，年年長獨處。何日下江潮，相迎皂莢橋。還憂風浪苦，中道滯歸橈。怨而不怒，是爲雅音。

合澗橋步月

門閉亂山高，月出萬象杳。攬衣步巖際，俯視群木杪。霜黄樹色暗，地白人影小。湖光遠濛濛，巢鶴近了了。猿啼晚更急，虎跡寒覺少。還歸冷泉亭，坐待山月曉。詩思清入骨。

飛來峰

衆壑遞隱現，一峰獨亭亭。怪石煉五色，神功開六丁。秀骨琢天巧，孤根鬭地靈。花萼破空翠，劍戟攢高青。氣若逼星斗，勢欲凌滄溟。三竺共偃仰，兩高鬭瓏玲。木生不假土，泉出還無形。倒垂萬菡萏，側走千雷霆。鳥徑不崱屴，鬼工太峥嵘。萬象歸窈窕，百靈入晶熒。洞門閟雨色，石扇羅秋屏。松雪夜了了，陽光晝冥冥。花塢亂楓木，水泉鳴茯苓。自注：山有楓木塢、茯苓泉。伏虎衛佛法，老猿守丹經。我欲問寶訣，歸來煉黄寧。極意刻畫，讀者如置身靈鷲峰間。

發京邑

靡靡即長道，承命發華軥。寒風吹易水，涼月渡蘆溝。河梁霽暮色，驅車登古丘。西望九折坂，南顧江河流。江河多風濤，道路阻且脩。欲濟川無梁，引領心懷憂。厲揭古有訓，慷慨懷前脩。慎風波，履正軌，言中言外均有之。

陶靖節故里

淵明居柴桑，日與廬山對。云何詩百篇，未嘗道隻字。乃知作詩者，適然與興會。譬如日陶然，飲酒非本意。又如日鼓琴，無絃更高致。想見胸次間，纖塵無障礙。門柳故蕭疎，籬菊亦蕉萃。徘徊墟里煙，慨焉發長喟。詩以興會成，道盡詩人意趣，而以意不在酒、意不在琴證之，陶詩須如此讀，陶公人品須如此觀。

無錫望惠山

九峰天半落，一棹夕陽過。客爲遊山盛，船因載水多。溪邊高士宅，月下榜人歌。好趁樵風便，輕船採芰荷。『船因載水多』，眼前語，卻人不解道。

弘濟寺

戌削寒侵袂，谽谺樹隱門。石頭依法座，佛足上江痕。山淺容舟入，潮平汲水渾。鵁鶄如有意，飛近水邊村。『佛足』五字奇警，似岑嘉州。

高郵

三十六陂秋，孤城水上浮。魚龍尊窟宅，鴻雁叫汀洲。苔没高沙館，潮平甲仗樓。片帆何處泊，身世一輕鷗。

淮安

西風下淮泗，潮落見三洲。臺没空垂釣，詩成獨倚樓。帶刀餘舊俗，聞笛感新秋。寂寞山中桂，誰憐景物幽。趙嘏山陽人，故有倚樓聞笛之語，『帶刀』，用《淮陰侯傳》。

鳳凰山弔宋故宫

天目千年王氣摧，海門三日打潮回。繁華欲盡紅羊换，歌舞方酣白雁來。山鬼夕陽迷古路，銅駝陰雨泣蒼苔。當時不悟興亡理，錯怨西湖是禍胎。『紅羊换劫年』，見張翥詩，『白雁來』，當時童謡，兆伯顔來也。

涿鹿道中望西山

紅塵雨洗浄秋煙，黛色嶙峋夕照前。七月早歸彭蠡雁，一山横斷太行天。乘槎興已江湖外，捧日心猶霄漢邊。策馬高原頻悵望，薊門雲樹尚依然。

贈李解元鶚君

領袖詞場二十年，姓名還向榜頭傳。高才不肯居人下，畏路休教占福先。一甕白雲邀月醉，半床黄葉擁秋眠。把君詩卷巡檐讀，轉覺飛騰讓後賢。求占福先，必入畏路，老成勖後生之語，高才者正宜書紳。

横江詞

落日臨滄觀，西風揚子津。峭帆何處泊，愁殺渡江人。

採蓮曲

撥掉裏湖去〔一〕，連隄種芰荷。折來與郎嗅，香比外湖多。

〔一〕 掉，刻寫之誤，應爲『棹』。

林處士墓

四壁垣衣絶點塵。茶經酒譜各横陳。茂陵《封禪》無遺稿，始信文章到老醇。自注：范文正公贈林君復詩：『風俗因君厚，文章到老醇。』

塞下曲

明月中天秋氣清，令嚴刁斗最分明。前山夜半雕翎響，知是官軍射虎行。易落唐人臼科，此能生新。

馮廷櫆

字大木，山東德州人。康熙壬戌進士，官中書舍人。〇舍人性孤介，不入大僚之門，官閑無事，惟枕藉書卷，所爲詩清警絶俗，詠古尤佳，山左中尤矯矯者。

論史

赫赫四公子，賢豪胥籠蓋。賓客久寂寥〔一〕，餘烈猶未艾。匹夫尚輕俠，氣焰通中外。遂使法網張，豪傑蒙繫逮。關東郭解亡，濟南瞯氏敗。庶姓甘屏息，富民徙關塞。大獄忽頻興，奸人弄機械。澆風熾一時，遺禍流異代。傷哉王迹熄，版籍久破壞。世族業摧殘，細民究何賴？根本終動摇，有國當深戒。尚俠之風起於四公子，而流爲朱家、郭解之徒，以至遷徙關塞，非生民之福，亦非國家之福也。歸本於王跡之熄，見四民安業，必無此弊，真拔本塞源之論。

鐵犀行

武都怒特西入水，空舲野牛躡空起。逆潮蹴踏沔江濱，夜吼霜天猶掉尾。驚濤下撼黿鼉宫，腥風促浪打沙觜。群魚跳波鮫人避，一見凜然懾生氣。乖龍恃勢不受降，鱗間出火光射地。老

〔一〕 寥，他本作『寞』。

牛鬬酣兩角折，兀然不動化爲鐵。風剥雨蝕三千年，垂胡猶帶戰時血。即今江水白於銀，潮平岸穩沙無痕。漁舠一葉飛夏口，龍驤千斛奔荆門。篙工舵師坐收值，豈知鐵犀與有力。事往功成那可説，倒卧寒江千尺雪。

只是控馭水勢，近于壓勝者，前路故作奇崛，使人目弦心駭〔一〕，少陵《石犀行》以正出之，此以奇出之，故應各擅其勝。

黄鵠磯

沔江駭浪流淙淙，夾岸屹立雙芙蓉。黄鵠高峙郡城角，倒插石壁當其衝。上戴萬古神仙宅，下蹋千尺蛟龍宫。我客江郊百無事，獨著雙屐攜長筇。斜日慘澹山徑黑，窮秋蕭瑟楓林紅。緣崖歷磴到絶頂，危樓突兀臨三重。森然魄動當檻立，參旗斗柄摇虚空。俯看長江一帶耳，翻疑天塹難爲功。迴身欲倚江閣坐，四窗白霧寒濛濛。神仙有無墮荒邈，英雄割據空遺蹤。冠古才人零落盡，感時五嶽排胸中。山雨初來樓角暗，躡級欲下心忡忡。憑高放眼一長望，茫茫八極雲而風。

此登磯上黄鶴樓作也。予典湖北試，嘗登此樓，時八窗洞開，大風翻江，江水起立，樓空似欲飛去，曾作詩記之。讀此詩，如重經其地，但詩中未説到風耳。

〔一〕弦，疑應爲『眩』。

荆卿故里

一卷輿圖計已麤，單車竟入虎狼都。縱然意氣傾燕市，豈有功名到酒徒？空向夫人求匕首，誰令豎子把頭顱。南來曾過邯鄲道，試問人知劍術無？不獨劍術之疎，直咎行刺之失策，此是正論。

歲暮書懷

我生漸與老爲鄰，虛負鬚眉著此身。范叔漫言天下士，杜陵空望眼中人。蕭條白髮雞豚社，辛苦金門蟣蝨臣。自分支離本無用，不須彈鋏怨沉淪。想見作者胸中無事，目中無人。

謁諸葛公祠

壞垣欹徑野花幽，肅肅靈祠祀武侯。紅飯一盂村賽晚，黄桑千樹廟門秋。壁間畫妓遺巾幗，山下征人役馬牛。太息高麾遊渭上，誰教天末大星流。點染本事，極見自然。

張華宅

水没方城蔓草肥，司空舊第滿斜暉。人亡劫火群書散，屋老秋風一劍飛。廣武勳名憐寂寞，式乾諫事記依稀。如何少日《鷦鷯賦》，郤到封侯不解歸？憐其不能退休，所以受禍。

周金然

字廣庵，江南華亭人。康熙壬戌進士，官左春坊左中允。著有《娛暉》《東觀》《奚囊》諸集。

詠史

今年拜少翁，明歲封欒大。孰謂無神仙，有時見海外。文成食馬肝，五利亦誅死。孰謂有神仙，禁方舉妄耳。殢骨非仙才，仙才安在哉？大鈞布群物，修短一胚胎，至人獨不朽，不朽非形骸。世上豈有仙人耶？漢武亦有夢醒時也。但至人之不朽者安在？試尋求之。

和陶《飲酒》

種苗荒東皋，種豆蕪南山。勤勤苦終歲，籌車逌空言。安得休糧方，藉以保餘年。不如謍一醉，此方竟誰傳？『我思醉鄉人，乃在天地外』，此林子羽語也。倘遇其人，可以往求此方。

東方仕代農，柴桑農代仕。饑凍非不切，矯厲重違己。食粟以養肥，食薇以養恥。章綬亦何榮，徒取耀閭里。學道三十年，奄忽逼暮紀。窮達洵有命，消息隨坎止。萬變了不疑，大鈞吾所恃。陶公樂天知命，而工夫自憂勤惕厲始，作者能體會之。

度九龍山

已辭潭柘山，更問他山路。山僧知我僻好奇，導入山中險絕處。陰壑埋雲虎豹愁，披榛覓徑如有求。側身牽攀不可上，上者股栗神惝怳。一峰歷盡喘未蘇，前峰又復摧憂虞。我生筋力能幾多，諸囏歷試胡爲乎？樵子尋常不肯至，矧乃倦客冥搜强好事。磴危路滑行恐墜，徒旅微聞雜嗟喟。忽來片岫平如掌，相呼藉草狂歌賞。斯時四望覺身高，下視群山離立皆兒曹。白雲冉冉騰山坳，便欲乘向閶闔隨逍遥。恨不攜將驚人句，搔首問天天亦怖。卻望居庸鳥道回，茫茫絕塞風煙開。燕昭遺烈安在哉，漁陽豪傑多蒿萊。古今代謝復何有，惟有兹山突兀無衰朽。呼取驢背酒一瓢，酹我山神勸我友。須臾雨過捲衣涼，薄醉都忘山路長。前于後喁滿空谷，山下人疑嘯鳳凰。

王九齡

字子武，江南華亭人。康熙壬戌進士，官至都御史。著有《蓴香詩稿》。

竊禄

竊禄成何補，經年柏府居。無聲慚仗馬，有淚對刑書。救世人難跂，攜鋤願復虚。白頭濫朱紱，中夜獨躊躇。不負心語，爲僉憲法司者，誰肯言之。

憶沈樂存侍御

萬乘昔臨邊，千軍騁玉鞭。抗章親伏地，叩馬欲回天。難挽窮荒駕，終蒙聖主憐。索居追鯁節，好語汗青傳。

題旅店

曉覺茅簷片月低，依稀鄉國夢中迷。世間何物催人老，半是雞聲半馬蹄。余年老後，轉嘗此境，讀是詩爲之惘然。

尤　珍

字謹庸，江南長洲人。康熙壬戌進士，官右春坊右贊善。著有《滄湄詩鈔》。

◯滄湄先生心平氣和，每作一詩，字字求安，有譏彈之者，應時改定，近人中無此謙抑矣。少宗唐人，歸田後改絃，嘗有句云：『宗唐祧宋吾何敢，前有東坡後放翁。』晚歲自悔，仍歸於唐，如出遊者之反故鄉也。所作《滄湄劄記》中道作詩甘苦極詳。

遣興

春風吹庭樹，漸見緑葉生。衆鳥引雛出。翩翩飛且鳴。鵾鵬及雀蛤，物類善變更。惟人獨不化，感歎誰能平。萬事天所命，達觀息群營。思遊五嶽徧，入海登蓬瀛。浩蕩乘天風，吾將從此行。漸近自然，去陶公不遠。

東軒遣興

顧此明月下，慨然思古人。古人不得見，世遠久失真。獨留詩書在，千載如有神。誦讀思尚友，風期遥可親。毋爲守章句，兀兀徒苦辛。

簡鄭山啓

閉關屏人事，悠然習琴書。春色從天來，梅花發庭除。眷言同心友，音塵一何疏。道里豈云遠，咫尺東西居。日暮方停雲，好風吹敝廬。中庭望明月，佇立空踟躕。張籍學古淡，作者近之。

題磨崖碑

有客示我《磨崖碑》，一幅之廣徑丈圍。觀者動色共歎賞，高文大字何瑰奇。憶昔天寶禄山叛，長驅鐵騎蹂京畿。至尊倉皇出奔蜀，太子靈武誓六師。禍亂方殷以權濟，苟不帝制衆志離。乃踐大位命諸將，收東西京不逾時。奉迎還宫就尊養，堯禪舜讓兩得之。漫叟夙推老文學，濡毫撰述《中興碑》。魯公筆力有神助，大書深刻青山陲。其後上皇在西内，張李交煽思傾危。莫定社稷誠大孝，何乃晚節晨昏虧？碑銘當日紀盛事，惟有揚頌無微詞。題碑後者爲涪翁，其詩未免多刺譏。讀書論世志未逮，摩挲古跡空嗟咨。

靈武即位爲逆，將棄天下於安、史爲正耶？肅宗之失在西内不朝，不在即位也。涪翁議論深刻，而牧齋錢氏比之楊廣之篡逆，深文太甚矣。篇中表禪讓之兩得，譏末節之有污，最爲平允，而筆力亦復矯然。

采石磯

李白昔醉酒，曾遊采石磯。磯流一何急，弄月不知歸。山樹色猶古，江濤聲未稀。我來懷勝蹟，怊悵對清暉。一筆揮灑，人力不與。

寄家信

落日蒼然遠，浮雲天際翔。潮聲何處發，今夜宿江鄉。有客歸吴會，封題寄八行。明朝渡江去，煙水正茫茫。筆力與前一首同，此種風格本於青蓮，明人中徐昌穀亦時有之。

鄴都懷古

風流佳麗魏王都，憶昔雄豪創霸圖。鄴苑人空花自落，銅臺伎散鳥争呼。五官事業埋荒隴，七子才名付酒壚。惟有漳河東逝水，年年春漲浴飛鳧。

夜坐

花影忽移知月上，樹梢微動覺風吹。不看北斗天邊近，只道家園夜坐時。

吴　苑

字鱗潭，江南歙縣人。康熙壬戌進士，官至國子祭酒。著有《北黟山人詩》。○司成性仁孝，讀陽城責諸生歸養語曰：『吾人師也，身教之謂何？』即日陳情歸，弟兄侍養，天倫之樂可知矣。讀《到家》一章，令人神往，餘亦皆和平嘽緩之音。

自觀音巖過老人峰至天門

奇峰漸延矚，策杖窮登頓。獨怪夏已深，亭午露猶泫。懸崖若廣厦，少憩慰勞倦。情爲艱險移，目因應接眩。琪花不知名，古苔詎忍踐。高磴穿林頂，墜石横澗面。移徙雷雨夕，云有蛟龍戰。再上老人峰，傴僂青松畔。獨居賓師位，不與群峰亂。豁然天門開，雲端雙闕見。閶闔通呼吸，象緯可攀援。衣裾盡飄颻，御風泠然善。何必生羽翰，始遂遊仙願。原本謝公，寫老人峰二語，能爲山靈生色。

望後海諸峰

尋山興難已，理策出煙寺。晴嵐漾朝光，薄霧散空吹。荒塗没人徑，一石一天地。環海千萬峰，劫初作兒戲。盼左興難盡，睞右賞不置。墜岸千仞青，嵌空一天翠。平生見名山，履險身忘悸。獨此奇無窮，瞠目不敢視。時造奇語，令人驚絶。

到家

巷竹猗猗垂，山桂亭亭覆。入門拜慈親，白髮顔微瘦。薄宦十餘年，歡愛類稺幼。款款問中朝，不私及堂構。嬌兒髪垂額，及歸盡婚媾。闖爲孫暗窺，兹客曾未覯。憶昔少年時，老屋埍篪奏。樹下共嬉遊，兄先弟隨後。樹今已成圍，山石還如舊。擬采南陔蘭，相偕餚容臭。匪敢賦《閒居》，獻母南山壽。可參《我徂東山》第三章、老杜《羌村》第一章，而情事各别，讀者忠孝之心，油然興起。

峨眉山月歌送許時庵使蜀

我聞峨眉山，插天青嶙峋。上有太古雪未化，不知天地冬與春。高懸更有秋空月，雪上清輝尤皎潔。光耀磊落之奇人，西漢馬卿宋軾轍。況君秋水點雙瞳，九天銜命下蠶叢。清無遺照同山月，畢獻珠光錦水中。

宋犖

字牧仲，河南商丘人。官至吏部尚書。著有《綿津詩鈔》。○商丘公官部曹時，列《十子詩選》中，撫吴時，有《漁洋綿津合刻》。又嘗選江左十五子詩，以提唱後學，固風雅之總持也。所作詩，古體主奔放，近體立生新，意在規倣東坡，時宗之者，非蘇不學矣。兹所録者，俱近唐賢諸作，公晚年訂定，意或轉在是與！

蘇門徵君孫鍾元先生

吾道有攸屬，徵君儒者宗。椒山共里閈，少多烈士風。孝廉舉弱冠，懷抱凌蒼穹。傾身救楊左，高義等華嵩。更入賢相幕，談笑籌兵戎。晚值滄桑變，俛首簡册中。蘇門山水窟，誅茆寄遐蹤。生徒環講席，一代開群蒙。百泉闡妙旨，濂洛淵源同。豈學鸞鳳嘯，聊以卧雲峰。屢徵不一起，魯齋有媿容。伊余景行切，千里思扶筇。雖託弟子列，恨未接猶龍。迄今二十載，太行仰巃嵸。朱絃失遺調，歎息撫焦桐。作詩明嚮往，滔滔水流東。前爲義人，後歸理學，身親實踐之士，非空談道術者也。湯文正師事之，詩亦列傳體制。

和子湘春雪後夜坐效韋左司

梅花半將開，媚此雪後月。空亭耐春寒，坐到昏鐘歇。池光明檐楹，鶴唳激林樾。幽人默相對，詩思清到骨。『清到骨』三字，自評其詩。公集中以此種爲上。

蓮花洞

嵯峨蓮花峰，中有蓮花洞。撲人蝙蝠飛，沾袂煙嵐重。斜陽倚洞門，清嘯山猿共。

贈太僕卿高公挽詩高名天爵，以建昌守殉難閩中。

烏石峰高穴貙虎，赤狐跳踉黄狨舞。血牙齾炙氣益麤，紅帕抹首錦纏股。妖氛一夜連汀漳，盱黎城邊波沸湯。太守弓刀夜乘障，不識真卿作何狀。七尺誓與孤城俱，變生肘腋誰周防去聲。嗚呼南八真男兒，壯士隱忍欲有爲。不成死耳肯作賊，銜鬚茹刃甘如飴。璽書褒忠主恩厚，汗青焯焯行不朽。顏舌段笏今有無，杏山鐵漢建昌守。

吴漢槎歸自塞外，邀同王阮亭祭酒、毛會侯太令、錢介維小集，作歌以贈，用東坡《海市》詩韻

塞外長白横長空，吴君廿載冰霜中。豈意玉關得生入，雲霄重望蓬萊宫。哀笳聽罷鬢毛改，

縱横老筆偏能工。魚皮之衣捕貂鼠，曾披榛莽尋黄龍。甫草計寓書感生别，題詩慘絶梅村翁。歸來兩公已宿草，惟君懷抱猶豪雄。時平好獻《大禮賦》，少陵遇合無終窮。相逢一笑快今日，俯仰況復當春融。談詩命酒皆老輩，何惜傾倒玻瓈鍾。楛矢石砮誇創見，君之所得亦已豐。夜闌醉眼望天漢，恍惚鴨緑磨青銅。世間萬事一海市，且看梅萼開春風。

數月來，聞汪鈍翁、王勤中、惲正叔、劉山尉相繼謝世，灑淚賦此

遠道頻傳《薤露歌》，人琴此日奈愁何？宋中耆舊傷心盡，吴下風流逝水多。塵篋秖憐餘翰墨，荒墳欲拜阻關河。黄昏鈴閣題詩處，忍見空梁夜月過。

讀高念東先生瓊花觀詩，因懷廣陵舊遊，即席聯句同念東先生、施愚山、王阮亭、謝方山。

瓊花何意也愁人，念東。且遣當杯酒入唇。萬事揚州成舊夢，愚山。三生杜牧失前身。念東。雷塘螢火猶侵夜，牧仲。官閣寒梅待放春。阮亭。吟罷新詩轉惆悵，愚山。二分明月竹西塵。方山。

烏江

落日烏江繫小船，拔山氣勢想當年。一間古廟荒煙外，野鼠銜髭上几筵。即『一間茅屋祭昭王』意。

邯鄲道上

邯鄲道上起秋聲，古木荒祠野潦清。多少往來名利客，滿身塵土拜盧生。

訪葉已畦不值

別浦幽幽境愈奇，春風籃轝爾何之？小山叢桂清陰下，想見蒼茫獨立時。神韻自遠。

高士奇

字澹人，浙江錢塘人。欽賜翰林，官至詹事府詹事。著有《扈駕》《歸田》等集。◯宫詹長於應制，故還山後詩，亦以應制體行之。卷中采録，特近於疎散者。

題盧徵君嵩山草堂圖

神髻在水不入筴，仙禽在野不受籠。達人泥土視軒冕，林巒剗跡偕洪濛。嵩山徵君巢許蹤，高柯百尺龍門桐。召拜諫官卧不起，草堂僻徑臨巃嵸。巖姿壑籟有神會，自寫不假丹青工。墨痕迴出濃淡外，絶境直與虚無通。手書十志字健勁，藤枝薤葉紛相蒙。在昔右丞妙詩畫，輞川舊本留清風。徵君絶藝亦兼擅，藍田少室將無同。弘農好古愜真賞，跋尾小印蟠絲紅。筆法獨啓元祐派，胚渾坡老兼涪翁。開運下迄淳熙代，五閲丁未雲流空。神物不隨陵谷變，浩歎者誰周益公。慶元到今復幾世，暗中呵護煩蒼穹。自注：五代楊少師凝式跋中，止書丁未歲前七月。宋周益公必大跋，以爲丁未乃石晉開運四年。是歲漢祖起於太原，復稱天福七年，又閏七月，故曰前七月。自開運丁未至宋淳熙已歷五丁未，周益公跋於慶元己未，蓋寧宗五年也。黯然之光久愈發，何啻寶玉搖晴虹。我在修門昔曾見，愛此疊巘藏瓏瓏。歸田五載親抱甕，柘湖拓地芟蒿蓬。石廓洞户頗幽雅，十指媿未嫻皴烘。重來那免猿鶴怨，故園青碧孤芳叢。雲煙一卷快入手，槐根欹枕遊高嵩。因披畫而作夢遊也。

天馬行

蒲梢天馬本無種，渥洼小落神龍湧。旋風八尺雪花飛，玉削雙蹄高耳竦。千里萬里纔須臾，津津細汗流紅珠。天生此馬豈無意，要與皇路供馳驅。瀚海遥遥難自致，絶域荒沙身蹔寄。驕嘶圓月蹴層冰，閶闔門前思一試。我皇神武古絶倫，犂庭掃穴來西巡。旄頭迸落狐鼠竄，陣前奪得生騏驎。太僕牽來當帳殿，將士盡驚光若練。寶鞍金勒繡障泥，猛氣驍騰掣飛電。横行到處勢莫當，塞門面縛看來王。功成偃武海宇泰，會須歸放華山陽。

送孫愷似孝廉

沁園詞客舊知名，曾在楊花渡口行。佳句已傳箕子國，歸心又向闔閭城。白蘋風細扁舟穩，青桂香濃小苑清。吾亦有廬江上好，秋來鱸鱠不勝情。愷似曾使高麗采詩，故有第三句。

吴興祚

字伯成，遼東清河籍，舊本浙江山陰人。官至大司馬。著有《留村詩稿》。

電白縣觀海

揚帆同縱轡，咫尺辨滄溟。沙向日邊暖，春從島外青。鯨鯢今不見，樓櫓昔曾經。海若知王化，年年效百靈。

舟次潯州

行盡粵東路，粵西又一天。是山皆瘴氣，無樹不蠻烟。幻語聞獠洞，歌聲出蜑船。遐荒風景異，化俗倚前賢。連上章，總制兩廣時作。

謝重輝

字方山，山東德州人。官刑部郎中。著有《杏村詩》。○比部學陶公，未極自然，而旨趣已高，擺脱塵坌，真樸處殊近儲太祝。漁洋謂『去膚存骨，去枝葉存老幹，真賞甚稀，存之篋中，以待元次山、杜清碧其人，定相賞於絃指之外』，傾倒至矣。

覘士

洛居三十載，田事久生踈。今日值農祥，荷鍤出吾廬。陽回散餘沍，土膏脈發初。活活野泉響，曖曖林光舒。緬維少壯時，終墢力有餘。於今雙鬢改，未墾先躊躇。欲省躬耕勞，又慮廩空虚。先王省風土，布施遍里閭。此政久已息，周覽多荒蕪。安得還古昔，家家恒裕如。玩末段，志在家給人足，豈徒老於農事者。

東皋

投種須及時，大率穀雨前。良農知時節，夙駕來中田。倉庚鳴向我，翔集立南阡。似謂耕耨苦，勸我暫息肩。浮雲從北來，細雨潤前川。富足雖未期，飽食庶終年。

桑

我昔聞諸葛，園林遍種桑。吾宅纔五畝，牆下亦成行。不愛椹子垂，愛此遠枝揚。濃陰日夕佳，常在吾廬旁。五嶽老難遊，對此可徜徉。鳴鳩忽高飛，三嗅入斜陽。

萱草

老去恒内省，不懼兼不憂。閒種萱草花，時得覽芳柔。曉看迎露放，暮看逐風收。纔兹旦暮間，已如四運周。孰云忘憂草，遇目轉添愁。不如忘形骸，任彼歲月流。四運猶旦暮，即百年猶四運也。感傷實多。末又付修短於大造，而任天以遊，則又進於達觀之識矣。

適野

適野聽鳴禽，輕裝冒朝旭。怡然接春暉，遂縱千里目。迢迢東皋田，葱葱北林木。黄鳥忽中出，交交相追逐。側耳慰好音，輕風吹初服。迴顧田舍人，農書老猶讀。無怪沮溺輩，經年事耕牧。我欲叩其端，白雲掩茅屋。

春來

春來何所事，依然耽琴書。親昵稀來往，人事欣無餘。我身既暇嬾，我性日益踈。時從池上酌，往往臨清渠。春山到眼前，好風遍庭除。碧柳漸覆井，蒼松鬱不舒。時鳥解人憐，相向各自如。因之坐松下，日暮傾一壺。淡然無意，自足品流，此境最是難到。

過大木宅有感

風掩蓬門舊宅荒，就中何處最淒涼？停車不見吟紅藥，駐馬惟看種白楊。棟宇凋殘嗟向秀，圖書零落感文昌。可憐滿篋雕龍賦，未得生前動漢皇。大木終於舍人，故才名雖高，無由達之當宁，去相如、子雲遠矣，所感在此。

孔傳鐸

字振路，襲封衍聖公。著有《申椒集》。

半塘弔五人墓

直是殲凶閹，千秋氣共伸。由來殉義客，何必讀書人。勝國山河改，巍墳俎豆新。三良空惴惴，殊讓爾精神。只十字，已爲五人吐氣。

秋日雜詠

玉露蕭森萬壑幽，淒清天氣獨登樓。三更鶴唳驚回夢，萬户砧聲送到愁。但使詩書充腹笥，莫悲身世似傳郵。浮生幾個成閒坐，且向花間判酒籌。

山中

山居盡日無膏沐，侍女牽蘿補茅屋。芳草春時深閉門，月明自伴梅花宿。

孔尚任

字季重，山東曲阜縣人。官户部郎中。

紅橋

紅橋垂柳裊煙村，隋代風流今尚存。酒旆時遮看竹路，畫船多繫種花門。曾逢粉黛當筵舞，未許笙歌避吏尊。可惜同遊無小杜，撲襟絲雨總銷魂。名句可采。

憶昔

憶昔春宵傍父兄，故園風景乍承平。城門吏放深更鑰，樓下人聽上界笙。珠履貪遊從雪涴，花燈不息任天明。誰知此夜來爲客，漁火江村照獨行。東塘風流自賞，即演《桃花扇》劇者。讀此二詩，想象其人於酒旗歌扇之間。

丁煒 字雁水，福建德化人。官按察使。

卧病酬林澹亭

輕寒腰帶減，窗竹漸離披。未得高眠早，常愁退食遲。青山秋後夢，黄葉雨中詩。酒熟東籬下，君閑可預期。

賈島峪

青山名傍古人存，賈島窮居有故村。客舍無煙成獨歎，秋風落葉向誰論？十霜幾墮并州淚，萬里空歸蜀道魂。煙月石樓寒寂寂，夜深疑叩老僧門。通體點化長江詩，便不浮泛。

新淦舟行

城下空江向北流，虔州西上正悠悠。柳邊過雨鷺窺網，花外夕陽人倚樓。漁笛數聲愁欲劇，篷窗孤枕夢偏幽。一川煙景頻來往，每對青山憶舊遊。人倚樓一層，夕陽一層，花外又一層，層折而略無痕迹，所以可貴。

吴秉謙 字鳴貞，遼東清河人。

過廬陵觀戰場有感

廬陵昔日建和門，風鶴驚心故壘存。白骨未銷春戰血，青燐空聚夜歸魂。斷煙匹馬迷荒寺，落日寒鴉返暮村。回首贛江三楚外，十年往事總難論。

孫元恒

字子常，福建永春人。官漢州知州。

瞿塘

白帝荒城帶雨昏，瞿塘高浪挾雷奔。雙崖積鐵封三峽，衆水排山争一門。魚腹浦懸魚鳥陣，虎鬚灘變虎狼村。卧龍躍馬空回首，壯士當關幾并吞。狀險峻之勢，補少陵所未言。

江闓

字辰六，江南歙縣人。官解州知州。著有《河汾集》。

喜吴天章至自蒲坂

相違冰雪後，相對兩蕭然。有榻留徐穉，無錢與鄭虔。更深重話舊，燭剪欲忘眠。不識千秋後，詩篇若箇傳？

哭外舅吴興公先生三首之一

解組歸來日下帷，拈毫輒與古人期。詩方范陸差相亞，詞擬周秦更勿疑。乏食恥炊同舍釜，罷官孰寄草堂貲？侍兒也爲先生惜，滿腹牢騷不合時。梅村形其好客輕官，就初去官時言之。此形其甘貧厲節，不合時宜，就已去官後言之。

戴梓

字文開，浙江仁和人。佐康親王平三逆有功，王假以監軍道職。後因能詩，聖祖命直南書房。剛直不阿，受其挫者共掎摭之，詔徙瀋陽。詩挺勁有力，謫戍後尤佳。

烽臺晚眺

獨立俯荒丘，清笳殷戍樓。萬山環塞險，一海抱天流。白骨何年戰，黄雲終古愁。憑高無限感，霜月滿征裘。

出獄口占

已解桁楊困，旋增離別傷。遥憑南去雁，不死慰高堂。

逢子先上人

鄉語忽驚聞，相看是故人。龍庭二十載，不識故園春。三詩風骨，皆不落貞元以下。

孫寶侗

字仲愚，山東益都人。官都察院經歷。著有《惇裕堂集》。

移寓

蕭然襆被澌江頭，高館移居更上樓。宅是謝公開宛上，人如王粲在荆州。西陵松柏三春樹，南部烟花五夜遊。但使群公能愛客，憑闌看盡越山秋。

國朝詩別裁集卷十四

長洲沈德潛歸愚纂評　男　種松校字
江陰翁　照霽堂　長洲周　準欽萊同輯

周　篔

字青士，浙江秀水人。著有《采山堂詩》。○青士隱於市，然能穿穴古今，尤工韻語。朱竹垞太史極推許之，嘗紀其軼事。有郡丞行署，與周爲鄰，周吟誦徹夜，丞聞其聲，亦達旦不寐，恚甚，遣吏勾捉，將撲抶，有士夫救援，得不辱。至今秀水人猶津津道之。

七歌集句

長吟遣愁，悲歌當哭，我思古人，實獲我心，集七歌。

十年失路誰知己，擾擾塵中猶未已。恒饑稚子色淒涼，病僕呻吟呼不起。當年意氣不肯平，昨日論交竟誰是？嗚呼一歌兮歌已哀，石田茅屋荒蒼苔。

園中有棗行人食，忍能對面爲盜賊。有時長歎獨移時，安知我有不平色。秋風落葉閉重門，白髮如絲歎何益。嗚呼二歌兮歌始放，江客不堪頻北望。

意中索莫與先異，春草青青新覆地。年年歲歲一床書，不忍見之益愁思。愁心反覆夢難成，天寒雁度堪垂淚。嗚呼三歌兮歌三發，中天夜久高明月。

北風微雨虛堂秋，昨日之日不可留。四時不得一日樂，朝夕催人自白頭。仰天大笑出門去，安得行歎復坐愁。嗚呼四歌兮歌四奏，傷心不忍問耆舊。

世情付與東流水，窮巷蒼苔絶知己。巖扉松徑長寂寥，東園幾樹桃花死。媿爾東西南北人，欲向何門趿珠履？嗚呼五歌兮歌正長，雌龍怨吟寒水光。

世人結交須黃金，郢中《白雪》且莫吟。桃花欲開不自覺，千里春色傷人心。眼前好惡那能定，隔葉黃鸝空好音。嗚呼六歌兮歌思遲，一沉一浮會有時。

天寒野陰風景暮，落日踈鐘小槐雨。寂寂寥寥揚子居，惟有幽人自來去。何用年年空讀書，井底看星夢中語。嗚呼七歌兮悄終曲，空庭細雨莓苔緑。以己意驅遣成語，故無湊集之痕。第七句仍用杜陵原本，因無可集也。存此以備詩中一格。

懷張考夫

契闊張夫子，平生實典型。立言惟布粟，爲政在家庭。上下論千古，東西有二《銘》。閒階帶草色，幾日又青青。老杜『吾宗老孫子』一章，鎔入十字中，猶書家之有縮本。

送查三容攜家入楚便往滇中

念爾攜妻子，圖書共一船。此行將萬里，爲别動經年。春草迷江渚，秋風落瘴煙。故人崔李在，相望碧雞前。

俞　瑒

字犀月，江南吴江人。○犀月精心獵古。秀野顧太史選《元詩初集》，兩人共商榷者也。評點《文選》、杜詩，流傳吴下。詩稿無從尋覓，故所收止此。

田居

仕宦非吾分，力農恒苦饑。閉門多感懷，出門又何之？散慮南林下，徘徊傍清池。芳春二三月，草木含華滋。澤蘭被幽渚，桑柘低柔枝。輕風颺微薰，坐久不知疲。遥見荷鋤者，行行向東菑。良時既云爾，人事亦有宜。會須各努力，勤惰當自知。行思耦耕計，無令悔失時。歸來陌頭路，草露方沾衣。

顧有孝

字茂倫，江南吴江人。縣學生。○茂倫居釣雪灘，以選詩爲事，唐律及本朝近體，皆有選本。詩稿亦未及見。

寄贈沈留侯偕小阮北上

春風楊柳拂行舟，有美聯翩共遠遊。入洛陸機新作賦，依劉王粲故多愁。舊京珠履三千客，荒塚冬青一十秋。湖上好山無恙在，獨持卮酒對群鷗。

顧　樵

字樵水，江南吴江人。◯樵水工畫，亦有詩名。

秋夜柬顧茂倫

秋聲無深淺，深淺在人心。但使聞者悲，不辨鳴者音。月落林影翻，夜半驚棲禽。入秋畏夢短，起坐還披襟。遇物悲在昔，事往情更深。安知來日愁，追念不及今。我有萬種恨，并入秋風吟。哀樂境所遇，豈必雍門琴。境無哀樂，惟在所感，起十字道盡。

周　肇

字子俶，江南太倉人。著有《東岡集》。◯梅村選《婁東十子詩》，十子爲周肇子俶、顧湄伊人、王揆端士、許旭九日、黄與堅庭表、王撰異公、王攄虹友、王昊惟夏、王忭懌民、王曜升次谷。一時風流文采，稱極盛焉。

贈陸翼王

君是左徒門下士，朅來相對哭途窮。遺孤袁粲纍囚日，亡命王成賃保中。書館三餘淹夜雨，客顔一瘦怯秋風。結交世上黄金滿，四海何曾識此公。翼王爲黄陶庵高弟，當日有保全遺孤事，故專及之。

病中元夕有感

夢入京華怪獨醒，孤舟病客鬢星星。逢年漫媿《天人策》，涉世寧諳《長短經》。秃筆賣文差可活，庸醫乞藥總無靈。上元燈火蕭條甚，纔説宣和已淚零。

顧　湄

字伊人，江南太倉人。著有《水鄉集》。○伊人係麟士長子，克承經學，梅村稱爲「麟士有子」。

感懷

石城笳鼓不堪聽，烈士天涯散曉星。伏闕陳東還痛哭，登樓王粲獨飄零。奔濤夜立魚龍怒，戰血春迴草木腥。莫説長江限南北，建康原是小朝廷。福王時，馬、阮秉政，誅戮名流，長江不守。作者感慨言之，知小朝廷之必亡也。

閱江樓

萬里長江一望收，高皇親建閱江樓。雲開蓬島星河曙，月出盧龍天地秋。碧草自生宮寢路，青山仍繞帝王州。憑君莫問當年事，禾黍同歸六代愁。樓在師子山，又名盧龍山。明高皇有詩，又命宋濂作記。

許旭

字九日，江南太倉人。著有《秋水集》。

淮雲寺

石徑斜開路幾層，扶笻攜屐共攀登。花逢九日思兄弟，病阻文園念友朋。南渡白雲悲古寺，西風黃葉哭昭陵。三年遥觸傷心淚，欲訊滄洲媿未能。

過廢園有感

落日蒼茫滿客心，無端興廢愧登臨。到公死後空存石，謝傅亡來久廢琴。一代詞人歸蔓草，百年名苑化祇林。芙蓉金粟知何處，野水瀰瀰自古今。

過弘濟寺

中流遥見雁飛斜，一水蒼蒼起暮鴉。崖罅插江懸棧閣，洞門鑿石走平沙。幾年北望成荒戍，憶昔南巡待翠華。乘興獨來尋蘚壁，空階開徧海棠花。懸棧閣一言，能狀難寫之景。

王　撰

字異公，江南太倉人。著有《三餘集》。

哭外舅鹿城顧大宗伯

自注：丙戌死難温州江心寺。

閩嶺衣冠擁殿墀，偏安猶見漢威儀。驅車海嶠看傳檄，拜表江關始出師。萬里弓刀空報主，一船棺槨僅從兒。靈旗夜雨歸何處，指點文山異代祠。自注：寺有文丞相祠，宗伯致命，恰在其地。

贈杜于皇

憶自分攜歷變更，訪君曾過石頭城。人驚夔府貧來句，世重樊川亂後名。此地溪山千里夢，今宵尊酒廿年情。西陵放櫂乘秋漲，好待荒郊泛月明。

王抃 字懌民，江南太倉人。

送友還蜀中

山塘緑酒浮芳菲，楊花作團如雪飛。花前沽酒送君别，别淚簌簌沾我衣。蘭橈欲發鼉鼓急，感君握手須臾立。把盞長歌曲未終，月光如水鬢眉濕。君今掉頭萬里行，縈紆蜀道多不平。石鏡銅梁連劍閣，況復江山阻甲兵。願君努力長途去，舊住岷江發源處。岷山雪消岷水清，望見錦官城裏樹。錦城花落更愁人，杜宇啼殘灩澦春。武侯廟下苔如繡，先主祠前草似茵。君不見，遼東華表歸來鶴，城郭人民盡非昨。回首江南千萬重，夢裏寒雞村月落。應是亂後還蜀，流賊雖平，人民未靖，送者多悲歌感慨之音。

揚州次梅村師韻

牙門置酒宴公卿，錦韉雕鞍命北征。縛袴健兒誰轉戰，借籌策士總虛名。百年洛蜀關時運，六代烟花兆甲兵。擊楫中流無限恨，夜闌欹枕聽江聲。福王南渡時事，閣部分鎮，廟堂水火，四鎮交争，喪亡之兆顯然，而彼昏不知，詩人所以歎也。

王攄

字虹友，江南太倉人。著有《蘆中集》。○太原王氏昆季多才，不啻過江王、謝，而《蘆中》一集尤爲矯矯。

謁睢陽廟

禄山陷兩京，唐室勢如沸。玄元廟一哭，義聲震天地。誓死守孤城，非云事必濟。自覆潼關師，乘輿久奔避。賊議圖江淮，憑兹一旅制。不然鼓而南，誰斷其右臂？惜乎四百戰，食盡終顛躓。城陷逾三日，援師鎬始至。殺賊雖無成，藉以衛神器。從此朔方兵，收京功乃遂。赫赫精忠祠，允宜祀百世。黄巾徧郊坰，明季遭傾毁。吕侯還舊觀，匪曰窮奇麗。偶客梁宋間，摳衣拜階陛。冕旒坐中央，左右南雷侍。動我忠義心，一消疲苶氣。剔蘚讀殘碑，峴山同墮淚。力表其蔽遮江、淮之功，發揮昌黎意，尤爲透切。

黄海歌

我所居兮在海濱，未登高丘望遠海。行入深山盡是山，銀臺金闕瞻安在？昨投湯院雨翻盆，電激雷轟衆壑奔。兹山雨後當鋪海，旋因觀海登天門。天門削成去天尺，歷盡危梯上絶壁。彌勒龕中一宿留，曉起白雲千里積。非煙非霧鋪虚空，時爲車蓋時爲龍。諸峰没趾漸及頂，初由膚寸彌寰中。天吴髣髴舞其下，萬里無際連蒼穹。是時罡風吹蓬蓬，聽如擊鼓馮夷宫。更疑射蛟海水赤，一輪照曜扶桑東。須臾解駮浪紋静，玉池開放千芙蓉。人間萬事皆桑田，惟斯亘古無變遷。塵寰跼蹐真可憐，胡弗蹈海如魯連。三山驅走置眼前，對之欲往心悠然。長願採藥山中眠，朝朝來往蓬萊巔。帝鄉未遂平生志，從此浮槎天漢邊。庚午歲，予遊黄山，親見其景，吐詞未能工也。讀此實獲我心，如重觀雲海一次。

謁伍相國祠

蕭條古堞樹栖烏，載拜祠門落日孤。報父有心終覆楚，殺身無計可存吴。英雄忠孝留天壤，山水蒼涼失霸圖。回首荒臺麋鹿地，屬鏤遺恨滿姑蘇。作手，無一泛語，亦無一剩語。

聞漢槎謫戍寧古塔

欲叩君門萬里賒，驚聞遠戍度龍沙。文章只道金難鑠，謡諑翻成玉有瑕。減死蔡邕方出塞，哀時庾信未還家。可憐交棗歸來日，豈有明珠載一車。

喜吴弘人聞夏南還

相逢只道此生休，解網歸來話昔遊。倖免無家投朔漠，那堪有弟作纍囚。雲山漸慰思鄉夢，風雪仍含出塞愁。不覺喜深悲轉集，潺湲雙淚爲君流。『有弟作纍囚』，時漢槎未還，故有是語。

懷許九日

聞君纔上摘星樓，又到濡須塢口遊。勝地山川曾百戰，故人烟雨只孤舟。蒼蒼楚水蒹葭晚，漠漠江田秔稻秋。應有陳蕃懸榻待，免悲王粲滯荆州。自注：九日與楊仲延、家阮亭二公倡和最合。

呂城病歸

掛席西風桂槳輕，扁舟又次呂蒙城。身如枯葉方愁落，心似殘潮未肯平。宿雨河橋橫酒旆，晚煙村店聚雞聲。故園歸去無多路，每念勞勞重愴情。

重陽前一日登鎮海樓

無端來作五羊遊，節近登高上此樓。海氣溟濛山繞郭，天風浩蕩客悲秋。飄蓬且喜雲生屐，簪菊應羞雪滿頭。鄉國茫茫何處是，珠江一片夕陽愁。

張文獻公祠

祠堂突兀倚江開，瞻拜空餘海燕哀。只道主由金鏡致，豈知兵爲玉環來。文章自昔傳徐碣，香火常新傍舜臺。風度依然憑想像，停舟一薦渚蘋回。元人詠太白有『承恩金馬詔，失意玉環詞』句，人以爲工，此更説得關係。

王曜升 字次谷，江南太倉人。

登北固山

雄峰高枕瓮城斜，有客登臨送晚霞。水氣暗吞山頂寺，江雲遥護海門沙。天低雁鶩來千里，地迴星河落萬家。指點舊朝形勝在，吹愁何處起悲笳？

端午先忌

餘生十載恨蹉跎，令節閒門掩薜蘿。剩有蛟龍蟠大澤，空聞簫鼓發層波。三閭怨在餘香草，九地恩深廢《蓼莪》。慙愧王修能罷社，葛衣檢點淚痕多。端午與先忌並列，而主意尤重先忌。

王曾斌

字弘導，江南太倉人。

錢王祠

錢塘亦是興龍地，王氣依然據上游。鐵箭舊傳唐歲月，璽書曾拜宋春秋。江潮出没三千里，風雨淒涼十四州。剩有湖山供廟貌，坐看錦繡欲生愁。無一語一字輕下，自是到家。

袁啓旭

字士旦，江南宣城人。著有《中江紀年詩》。

循煙霞洞下嶺至石屋洞

晨興涉亂山，亭午憩修畛。巖高哀狖吟，樹密春禽隱。交藤路漸披，獨鶴徑徐引。石竇閟玄冥，巨靈吝真境。開鑿自何年，潛虬遯虛牝。海氣通平遠，寒煙錮深迥。雕鎪非一壑，險仄有孤嶺。仙室越陰涼，人世異朝冥。渴欲漱乳泉，饑將摘松菌。於此託賞心，無勞慕張邴。遊山之詩，允宜步武二謝，未造幽微，已合榘度。

李良年

字武曾，浙江秀水人。太學生，康熙己未，應博學鴻辭，放歸。著有《秋錦山房集》。○徐尚書健庵開史局於洞庭西山，武曾任分修，應亦邃於古者。

九嶺

昨者暑氣清，嵐瘴喜初散。幕府有程期，鳴鏦戒宵半。殘月不到地，松梢耿河漢。冥冥列炬移，灼灼螢火亂。空山悟無始，静裏閲昏旦。九嶺争一隅，徑窄中每斷。我行尚層岡，僕夫復深澗。浮生付飄忽，肩腋楚人慣。不墜良偶然，履危豈無歎。轉苦東日遲，坐待火雲爛。稍稍荆扉開，人語出沙畔。前途方迢遥，平明且須飯。殘月山行，自夜及旦，歷歷如繪。

宣府人日

烽臺石戍曉煙平，人日逢人載酒行。客久漸多新歲感，邊方倍起故園情。圍鑪小伎兼箏笛，出郭諸山半雨晴。騎馬不愁歸路晚，江鄉猶及聽啼鶯。

栗子關十六韻

峻極重關勢，艱難獨客經。梯航原梗絶，中外劃郊坰。天作西南障，山開大小屏。路應莊蹻始，地自伏波寧。遺廟崇新祀，殘碑失舊銘。土田紛犬俗，樵採怯鳩形。往事聞開國，殊方久不庭。王師頻越歲，使節幾銜星。鬼斧横飛棧，神功直建瓴。虚無雲漢逼，縹緲渌江渟。鳥道層巔接，猿聲下界聽。半肩欹絶壁，一髮上空冥。石到諸蠻黑，楓過二西青。炎風高瘴癘，晴日俯雷霆。豈有神明護，真疑虎豹扃。杖藜無恙在，珍重别山靈。

聞鷓鴣

花間飛上竹枝啼，才過黄絲又冷溪。蠻鳥亦知行不得，行人那向夜郎西。

憶方虎客宛温

牂牁秋緑晚萋萋，五十郵亭到越溪。不敢更嗟鄉國遠，有人還在萬峰西。因己遊歷之遠，而念更有遠者，懷人之情自深。

黄始 字静御，江南吴縣人。舉鴻博，不遇，歸。

溪西

溪西人家秋水生，孤舟常自三更行。一聲啼鳥半江月，纔到兩山天欲明。

葉世佺 字雲期，江南吴江人。郡諸生。

謁劉公祠

世運凌夷日，中流荷大賢。反經斯起敝，往蹇自來連。濂洛開新緒，河汾具薄田。懸弓忘巧拙，食蜜自中邊。帝簡徵文在，薪存續火傳。人心方復古，天意不扶顛。遠塞唯迎盜，長江誰著鞭？鼎湖上龍馭，赤縣徧狼煙。涕淚包胥血，饑寒蘇武氈。偏逢苟安主，虛憶中興年。精衛勞填海，媧皇莫補天。去留關廟社，生死合經權，此道荒千古，何人障百川？祠堂拜遺像，風雨暗靈筵。傳寫念臺先生，兼思宗朝及南渡言之，凜凜有生氣。

惲格

初字壽平，後以字行，更字正叔，江南武進人。著有《南田集》。○南田工畫，山水花卉兼擅，比之天仙化人，詩亦超逸。毗陵六逸中，以南田爲上。

月夜從愚庵大師、陳際叔、徐世臣湖干閒步

披衣攬夜色，遂適湖干趾。喧籟息近聽，林巒斂遥視。千峰寒月中，萬壑疏鐘裏。三潭弄浮烟，因風蕩爲水。浮汀漁唱入，過浦簫聲起。佳遊領支公，雅調及高士。霜月滿歸塗，宵深情未已。『三潭』十字，微妙可思。

贈莫十三

君家西湖濱，厭看湖上山。身依海鷗宿，心與天雲閒。口吟《五噫》西出關，脱帽自掛蒼梧

間。偶然登燕臺，洗足御溝水。緼袍蒙茸一草履，金貂紫騮君勿喜。倒誦蟲書三萬言，侏儒笑擲番王璽。重譯曾驚外國使，諸侯盡倒蘭臺屣。既綴上林羽，又轉桑乾路。囊破惟留五嶽雲，鶴飛還想三珠樹。滿腹皆象緯，纏衣悉烟霧。握尺量舜管，執杓考天步。流霞未肯酌，熊蹯亦不茹。聊將槲葉補秋雲，椰𣗥橫空萬山去。莫君嗜古，精于天文，能驚外國使，能考璇璣玉衡，而終于不遇，故作詩贈之。

送滕子還閩

滕子閩人。自閩入燕，沉身絶域者九年。後其姊致書薊門，物色得之。知老母尚在，遂以計脱，間關南還。

別後春風染杜鵑，驪歌聲斷緑楊烟。身沉絶塞思千里，心死穹廬客九年。吴苑離觴寒食後，梨園歸夢落花前。閩南別去能相憶，倘有雙魚海上傳。

春城戰血冷悲笳，廢壘傷心舊炮車。雪窖生還猶有母，玉門歸去已無家。同騎塞馬眠燕月，獨向河源上漢槎。我有離魂招未得，劫灰天畔哭黄華。南田與兄相失於黄華山，故感及之。

贈笪在辛侍御

墨苑風流屬老成，白雲舊秘待先生。正平無地容疎放，北海猶慙問姓名。自辨銀鉤收蠆尾，尚留瑶草付龍耕。東來蠟屐窺松子，自注：侍御有松子閣。如向青霞望五城。

曉起

連夜深山雨，春光應未多。曉看洲上草，緑到洞庭波。

遠眺

暮雲千里亂吴峰，落葉微聞遠寺鐘。目盡長江秋草外，美人何處採芙蓉？

寄虞山王石谷

東望停雲結暮愁，千林黄葉劍門秋。最憐霜月懷人夜，鴻雁聲中獨倚樓。虞山亦有劍門。

佟世臨 字醒園，江南上元人。諸生。

戊寅秋拜先王父墓下 自注：奸璫以熊廷弼事及難。

鬱鬱松楸蔭墓田，愴懷往事淚潸然。請纓慷慨終童志，賦鵩沉淪賈傅年。鉤黨竟成三字獄，招魂欲叩九重天。孤忠未返遼東鶴，俎豆聊分江夏賢。

陳維岳 字緯雲，江南宜興人。

贈閻古古

相逢一笑看吴鈎，燕市悲歌上酒樓。地有大風連沛澤，人餘奇氣動幽州。天低古戍金笳冷，月墜嚴城玉笛愁。此處舊傳多俠客，荆高去後水悠悠。

鍾映淵

字廣漢，浙江嘉興人。○廣漢援據古昔，元元本本，遇虚聲之士，相對不交一言，有勝己者，執禮甚恭，因是好惡之者各半。惜中年摧折，未底老成。

送羅比部暫歸西川

白帝孤城落照懸，鄉愁迢遞武功天。將歸故國無鴻雁，行過空山有杜鵑。劍閣風雲開五丈，笻關烽火隔三川。明年巫峽生春水，好上東吴萬里船。

馬世傑

字萬長，江南溧陽人。貢生。

秦宫

阿房周閣百重環，美女充庭盡日閒。頻望翠華終杳渺，亦如天子望三山。即『有不得見者三十六年』意，印合秦皇求仙，便覺詞意俱新。

金侃

字亦陶，江南吴縣人。

雨泛湖上觀梅

細雨春波遠浸天，梅花爛漫滿溪灣。烟中人語前村樹，雪裏雞聲隔岸山。畫槳每侵疎影瘦，芳尊渾帶冷香還。絶勝雪夜尋安道，歸路漁燈照醉顔。

寄家祖生大兄郡中

誰道湖山尚近家，出門回首即天涯。寒深笠澤愁中雨，春老吴宫夢裏花。客久艱難悲世路，病餘憔悴感年華。不堪孤館懷人處，歸雁蕭蕭度遠沙。

徐夜

字東癡，山東新城人。縣學生。○《池北偶談》云：『東癡年二十九，即棄諸生，掘門土室，絶跡城市，有朱桃椎、杜子春之風。』舉博學鴻辭，以老病辭。○詩格清瘦自然者近韋左司，刻削者近孟東野。

初夏田園

朱夏輒復變，深緑日以肥。感彼生物勤，節候曾不違。清晨荷鋤出，田間人尚稀。觀物適自然，時見朝雉飛。不惜筋力疲，但恐坐食非。作勞有時息，高舂行來歸。端坐撫素琴，可以理朝饑。

詠意

凡骨難遽化，仙藥不可求。一身爲物役。未可輕王侯。曠士洞達心，無爲生遠遊。遠遊亦有方，九州非一州。常恐血氣軀，車馬生墳丘。試聽蟪蛄聲，語默成春秋。山嶽自終古，江海日夜流。漁洋云：『「車馬生墳丘」，與大梁土中所得古石刻「日月逝酒漿」五字相類，似仙靈語。』

九日得顧寧人書

故國千年恨，他鄉九日心。山陵餘涕淚，風雨罷登臨。異縣傳書遠，經時怨別深。陶潛籬下意，誰復繼高吟？寧人先生遠辭故國，常拜山陵，起四語一氣鑄成，杜陵遺法。

和秋柳

摇落江天倍黯然，隋隄鴉噪夕陽邊。誰家樓角當霜杵，幾處關程送晚蟬。爲計使人西去日，不堪流涕北征年。孤生蕉萃應相似，怕見殘枝帶暮烟。蕭瑟之音，不粘不脱，遠勝漁洋名作。

經嚴陵釣臺

突兀高臺入望平，下臨百尺大江清。足消文叔真人氣，直得狂奴故態名。天位幾移仍舊祚，客星千載屬先生。不從七里灘頭過，誰信巢由無世情。太史公於許由猶作疑詞。有嚴陵，始信巢、由真有洗耳、牽牛之事矣。

富春山中弔謝皋羽

晞髮吟成未了身，可憐無地著斯人。生爲信國流離客，死結嚴陵寂莫鄰。疑向西臺猶慟哭，思當南宋合酸辛。我來憑弔荒山曲，朱鳥魂歸若有神。落句即用皋羽所歌。

坐放鶴亭

巋然一嶼水回環，想見高風物外閒。墓上梅開春又老，亭邊鶴去客空還。書無禪草逢當世，祠有名賢擅此山。占斷西湖皆宋土，羨他生死太平間。三、四用梅鶴，未能避熟。結意言外見南渡之西湖，不堪棲隱也。

丁耀亢 字西生，山東諸城人。由貢生官惠安知縣。

老將

老將愁衰落，幽燕氣尚雄。虬鬚猶挂劍，猿臂已傷弓。帝寵嫖姚少，人知頗牧忠。低頭憐戰馬，落日大江東。結尤悲壯。

再答山陰王玉映并宗弟睿子

海上仙人挽鹿車，五噫歌就出關初。黔婁偕隱稱良友，班女工文續《漢書》。玉笈家藏空粉黛，青箱世業伴樵漁。又聞宮壺徵閨範，不去翻來問索居。玉映，山陰王季仲女。工著述，故以班大家為比。

久客浦城臺使屢檄不放夜坐達旦

山城風雨夜寒侵，攲枕燈殘耐苦吟。故國青山萬里夢，老親白髮五更心。微官求劾身仍繫，薄俗依人病轉深。自擁孤衾愁達旦，卧聽童僕有哀音。

張實居

字賓公，山東鄒平人。著有《蕭亭集》。○蕭亭為漁洋内兄，嘗序其詩，謂生席華膴，鳴鐘列鼎，其所固有，一旦棄之如屣，甘就隱約，豈時命使然與？抑有託而逃焉者與？

巫山高

巫山高，不可步。湘水深，不可渡。水有汹湧溯湃之波，山有屈曲崎嶇之路。我欲攀緣狼虎來，我欲徒涉蛟龍怒。相思不相見，沾裳淚如雨。巫山高，空自高。湘水深，空自深。舟車非所願，但願人一心。

雨後

雨歇山欲暝，夕陽在鳥背。孤亭淡清秋，花木有餘態。凉風四面吹，長空蕩殘靄。更望西南峰，窈窕秀如黛。山樹互幽映，流泉春雲碓。獨坐酌芳巵，明月來相對。起寫晚晴入神，與高廷禮『夕陽雁邊下』同妙。

贈宜雨

聞道衡門下，洋洋可樂饑。今茲歷貧賤，斯言若我欺。蘭菊雖可餐，不如藿與藜。芰荷雖可服，不如絺與綌。湘江無快語，監河有哀辭。人生苟困窮，自謀策難奇。北望望北斗，南望望南箕。祇有空倉雀，與我同所悲。『苟非其時，聖賢低眉』，即『自謀策難奇』之謂。

又贈宜雨

世人片言合，杯酒盟新歡。生死輕相許，酒寒盟亦寒。所以古君子，與人愧醴甘。雖言淡如水，水尚生波瀾。末語翻進一層，勉人敦古道交。

九日王秀才攜酒至

繽紛籬下菊，幾枝帶霜妍。物苟有至性，造化亦無權。故人攜酒過，斟酌坐花前。狂歌無宮商，破琴不必弦。粗語桑麻事，稍稍及詩篇。愛兹重九名，不覺已陶然。志節之士與造物争，爲夷、齊一輩人寫照。

落葉

西風吹落葉，解作淒涼聲。一朝辭故枝，飄飄難爲情。坐觀此凋喪，我心亦不平。轉盼陽春至，落者又復生。葉葉還如舊，妍緑映日明。始知天下事，待時貴無争。得失如循環，消長無定形。窮冬時生機將轉，貞下復起元也。示人待時，正宜少安毋躁。

山中即景

兩鬢鬖鬆曳葛裙，閒身許入野樵群。衆禽見慣皆相識，五穀生成半不分。肌骨春來癯似鶴，心情病後懶如雲。琴殘奕罷先生醉，一枕高眠到日曛。與物無忤，機智不生，山中猶有太古之風。

大遊仙

姑射仙人綽約形，初承帝命入天庭。霜清玉斧催修月，水冷銀河看種星。漢女驂鸞雲作旆，湘妃騰鯉霧爲軿。金泥祕籙新讎罷，詔錫長生億萬齡。修月、種星，工絶。

王秀才將卜居象山問風土因答

休將風土問山翁，欲習山翁莫憚窮。有徑皆穿紅樹裏，無人不在白雲中。花香鳥語隨時變，水色嵐光到處同。夜半柴門常不閉，南村頗有太平風。

寄懷王秀才

如君莫歎少知音，萬古文章一寸心。賤至侏儒猶有粟，人能澼絖亦多金。魂銷別路梅初發，眼看閒窗草漸深。冀水燕山何處是，蘧蘧好向夢中尋。見庸下之材偏遇合也。

桃花谷

小徑穿深樹，臨崖四五家。泉聲天半落，滿澗濺桃花。

初秋偶題

颯颯西風吹薜蘿，炎天伏枕一時過。山中事事秋來好，只恐浮雲變態多。

夜雪

斗室香添小篆煙，一燈静對似枯禪。忽驚夜半寒侵骨，流水無聲山皓然。不明點雪，讀末句，神於賦雪矣。左司『門對寒流』之後，復見此詩。

張篤慶

字歷友，山東淄川人。拔貢生。著有《崑崙山房集》。○歷友學殖淹博，揮灑千言，同時諸前輩稱爲冠世之才，不虚也。試輒冠曹，時宫定山中丞爲學使，以明經薦山左第一人，就京兆試不遇，歸而處崑崙山，不復出矣。杜門著書，有《八代詩選》《班范肪截》《五代史肪截》《兩漢高士贊》等書，卓然可傳，豈以名位之有無爲輕重耶？詩古今體兼善，宋、元習氣不能染其筆端。

鸚鵡洲哀辭

炎精滅，龍爲鼠。群雄囂，烈士忤。懷刺獨行徧九州，誰其識者孔文舉。薦士既不成，翻與死爲伍。鄴下小兒競學語，許昌庸奴安足數，監厨借面良堪侮。禰生禰生氣如虎，漁陽按節三撾鼓。岑牟單絞目無覩，睥睨阿瞞相爾汝。借刀殺人向荆浦，江夏豺狼曰黄祖。當筵落筆賦《鸚鵡》，生平謾罵膺碪俎。不可一世横千古，乾坤跼蹐歸黄土。芳洲何蒼蒼，衰草何茫茫！爲君一招魂，魂兮歸故鄉。楚國山川蘭蕙芳，江聲浩宕風悲涼。風悲涼，芳洲涸，乘白雲兮駕黄鶴。嗟嗟百鷙鳥，不如一鶚鶚。哀世舉足妖氛惡，至今血照晴川閣。鄴下七子，人艷稱之，此目以許昌庸奴，真蟻觀曹氏也。爲才人吐氣中，仍見其以才貫禍，兩層並到。

杖頭錢

富莫富於杖頭錢，貧莫貧於嚴道之銅山。銅山鑄錢萬萬千，到頭不得名一錢。杖頭百錢真我有，取自杖頭且沽酒。今日百錢今日醉，得錢沽酒常酣睡。君不見，何曾一日食萬錢，便欲下箸心茫然。洛陽離亂救不得，縱饒沽酒無顏色。眼看荊棘埋銅駝，錢乎錢乎奈若何？爲守財虜棒喝也。後半所見尤大。

宋趙千里《海天落照圖》千里名伯駒，畫爲北宗中高品。

南渡以後推丹青，入妙首數天水生。光堯皇帝重毫素，集英殿裏揮御屏。賞賜一時頒内府，珊瑚碧玉黄金繒。雲麾將軍有遺響，夏圭馬遠同馳聲。怪石盤繪世所貴，浮巒煖翠千人驚。零紈斷素久磨滅，譬如孤鶴遺修翎。今兹之圖何處得，海天落照臨蓬瀛。蒼茫島嶼在雲際，居然蜃市紛縱横。貝闕瓊樓互隱現，溟渤浩蕩朝玉京。金芝瑶草安可數，時有仙侶飄華纓。方壺員嶠生筆底，又如霞起連赤城。鯨濤贔屭走寸腕，依稀噴沫蛟龍腥。手招徐福呼不起，三山縹緲開金庭。海堧洲渚勢迢遞，芥舟葉葉飛蜻蜓。碧嵐翠靄千萬疊，畫工得匆勞經營。一峰忽起冠雲杪，遥睇衆嶺猶列星。空齋卧遊到懸圃，便欲擊汰還揚舲。琉璃萬頃海烟滅，濯錦錦江如練明。枕碧亭邊啓緗篋，枕碧亭，焦簡庵亭名。耳畔但覺天風鳴。庭隅落日杳無際，搔首海天何限情。浩氣淩空，近信陽、北地一派。

大梁城東南弔信陵君墓

邯鄲應與賦同袍，公子翩翩氣自豪。不少衣冠歸趙勝，誰將戈甲走蒙驁？大梁上客揮孤劍，卧内兵符勝《六韜》。今日九京良可作，愧無杯酒奠蓬蒿。平原直豪舉耳，借作陪筆，乃見魏公子之高。

悼亡

當時和淚織璇璣，零落惟餘舊錦機。明月妝樓人寂寂，海棠庭院雨霏霏。葳蕤不閉黄金鎖，刀尺空裁白苧衣。恨殺春來雙燕子，畫梁同宿不同歸。

泠泠錦瑟向誰彈，曲裏瀟湘雁影寒。一任繁花自開落，從教明月下闌干。雲封貝帶香猶在，雨溼臙脂露未乾。寂寂空庭孤坐處，何人對案勸加餐？純用空寫，其情自深，安仁、子荆外，另標一格。

憶舊

廣寒宫裏盼飛仙，月色溶溶玉有煙。半臂偏憐宋學士，曉風争唱柳屯田。落花無語歸春水，弱絮多情上酒船。聽罷筵前《囉嗊曲》，不須更憶《想夫憐》。

述懷

天外層城近日邊，芙蓉爲苑玉爲田。夢迴瓊島三千里，心逐雲和廿五絃。薜荔風高悲楚客，蒹葭霜落對秦川。生憎緑鬢人將老，猶抱遺經亦可憐。悲己之不遇也，託以比興，令人思絃外之音。

碧城

王母西來曉露濃，碧城隱隱月溶溶。雲中懸圃三千里，天畔瓊樓十二重。手種桃花多歲月，自尋瑶草飼鸞龍。雙成已到人間否，海水枯時定一逢。冀賞音之終遇也。懸圃瓊樓雖有三千里、十二重之遠，而能手種桃花，自尋瑶草，則海枯石爛，自逢知己矣。與《述懷》一章兩兩相對。

秋葉

摇落懷人萬木丹，何堪青女怨凋殘。碧梧院落銀床静，紅柏橋頭玉露寒。南浦半林隨逝水，西風一夜滿長安。漢宫莫聽《哀蟬曲》，陣陣清霜下井欄。無一凡近語，五六尤賞其蕭疏。

明季詠史

倦勤當日説神宗，高卧深嚴秘九重。玉輦經時登漢闕，鸞章隔歲下堯封。千官補缺虚龍衮，四海軍儲廢大農。縱使養癰終必潰，乾坤無恙且從容。神宗晚歲，臣下奏章有二年不批答，軍儲有經年不發者，目以養癰，信然。

盈庭讜議積封章，宗嗣常深未雨防。鶴禁無人瞻少海，龍漦有釁在昭陽。漢高終不私如意，竇后由來愛孝王。辛苦江南王相國，重來北闕定儲皇。爲建儲不決而言，禍水始於鄭氏，後三案皆胎於此。

蜀洛當年黨議多，分曹日日競風波。顧厨品藻矜名字，牛李升沉密網羅。私忿漫勞登白簡，濁流真欲棄黃河。堪嗟此輩爭門户，國是調停奈若何！爲黨禍而言，沈一貫之陷郭正域，尤顯然者。

敕使當年出未央，紛紛礦税采諸方。山川絶少金銀氣，誅斂何殊花石綱。一任豎貂盤社鼠，誰將鹽鐵議弘羊？可憐國脈從兹喪，浪説朱提入太倉。此極言礦税四出之害。

遺詔何曾立九嬪，漢家傾國李夫人。龍髯此日方長痛，鶴籞經時未即真。長信宫中猶卻輦，朝元殿上已批鱗。深心終是資元老，免使垂簾溷紫宸。此言李選侍移宫始末。

雕鏤嘻戲擅熹皇，婦寺相連説趙張。北寺獄成傾俊及〔一〕，西園例在鬻冠裳。清流白馬空朝右，墨綬青衫去廟廊。郭泰當時憂殄瘁，漢家十葉已淪亡。時魏忠賢、客氏連結煬主，假子義孫競進，構東林之獄，戕虐士類，至臺山去國，而正士無噍類矣。人之云亡，邦國殄瘁，古今有同嘅焉。

同文黑獄少完膚，妖焰熏天萬事誣。酷吏憑添沉命法，奇刑盡隸執金吾。勾陳天遠浮雲蔽，貫索星明正氣孤。翻借封疆成鐵案，誰憐道濟血糢糊！時田爾耕、許顯純爲鎮撫司，特設極刑，謂楊、左諸公受熊廷弼金，因鍛煉成獄，殺廷弼以殺諸公也，視同文館獄禍尤烈矣。

思陵苛察誤宸聰，國計周章踐祚中。高棟已看傾大廈，神姦轉復認孤忠。論兵轇轕終無定，馭將寬嚴失至公。獨有儉勤關睿慮，年年水旱瘁深宫。思陵苛察與憂勞國計，一一見之，而温體

〔一〕 及，刻寫之誤，應爲「义」。

仁之大姦，倚爲腹心，尤其所短也。温死，謚以文忠，真不可解。

赤眉分道亂中原，海内征輸怨正繁。天子常虚大盈庫，軍儲折入小黄門。傷心陵墓樵蘇盡，回首乾坤戰氣昏。賴有范倪諸節烈，猶能一死答君恩。流寇四起，府庫空虚，而利權歸於宦寺，此亡國之徵也。范、倪諸公一死報國，自盡臣節而已。

潼關不守竟倉皇，遺恨中涓促喪亡。驍賊直聞趨洛下，行營又見潰河陽。將軍力戰捐軀脰，豎子迎降類犬羊。從此三關似刳竹，誰人決策守金湯？孫傳庭之敗，由於中人促戰，潼關破而大勢去矣。五語言周遇吉之死戰；六語言姜瓖、王承廕之迎降。

銅蹄誰見下襄陽，坐致鯨鯢入未央。秘殿遺音憐赤子，大荒披髮訴高皇。九原龍劍沉王氣，三月烏號哭國殤。死難紛紜酬養士，由來義烈重綱常。此言思陵不辱社稷，而殉難衆多，由三百年養士之報，從來史書所未有者。

坐使神州竟陸沉，秋江百丈莫言深。南遷不少黄潛善，留守空爲宗汝霖。下瀨將軍窺故國，太行忠義感雄心。望仙閣裏千迴醉，秖是難忘《玉樹》音。黄潛善指馬士英、阮大鋮言，宗汝霖指史可法言。見史之必不能勝馬、阮，猶宗之必不能勝黄、汪也。

羽書百道起黄塵，一馬臨江入紫宸。國恥不言教戰士，時危亟欲選才人。空餘跋扈桓宣武，豈有勤王温太真。燕雀巢堂朝夕計，延秋門外走踆踆。此見左良玉之起兵，並無勤王之志，比之桓温，極合。◯以韻語紀實事，所謂詩史也。秖從神宗起，由國家頹墮劇於神宗，故不及穆宗以上。

鄧艾廟

奇兵未阸一丸泥，綿竹懸軍萬仞梯。奄忽當塗更典午，翻嫌多事鄧征西。

錢柏齡 字介維，江南華亭人。

遊通天巖陽行先隱處

蘭楫亂奔流，筍輿出幽僻。澗路凌高寒，晴空恣雄眺。越彼停雲岡，石勢愈巉峭。仙源湛水木，萬古藏僻奧。鬼斧亦何工，玲瓏鑿一竅。碩人此盤礴，千秋儼遺廟。仰瞻媿後塵，冥搜託前導。更窮邃洞紆，忽訝懸崖倒。群山青濛濛，惟聞猨狖叫。既異少文遊，良慰康樂好。緬想開闢初，矯首發長嘯。待緝薜荔裳，來卧芙蓉嶠。爲問巖棲僧，荒蘿幾人掃？

吴　麐

字仁趾，江南新安人。〇仁趾與賓賢有『二吴』之目，而賓賢以性靈見，此以情韻見，幾於莫能相尚。

和宋秀才咏折花

今朝蝴蝶多，南園花發徧。佳人競攀折，新粧何婉孌。葉低防罥釵，枝高羞露釧。寧辭纖指勞，但恐牆東見。傳出美人折花之神，六朝風韻猶在。

舊遊

舊遊最憶三茅峰，往來采藥多仙蹤。菖蒲潭上花紫茸，勾漏井内丹砂紅。朱顔好駐不肯駐，是時只貪山水趣。誰知一別年向衰，幾日浮生悔虛度。逝將重訪煉金人，昨夢華陽洞中去。

哭汪三韓

送我南遊日，傳杯頗盡歡。那知成永别，猶記勸加餐。落木秋城暗，歸舟暮雨寒。依稀追餞處，到眼劇悲酸。

阿玉

阿玉殊堪憶，春來見面稀。去年方解語，臨别一牽衣。鹵井黄沙路，潮灘白板扉。昨逢鄰曲道，日日望予歸。詩之至者，不外一真，此直字字真矣。

酬朱穆公天台見懷四韻

遠媿遺榮客，深居桐柏山。有時駕鸞鶴，遊戲九峰間。見我題名處，巖花幾度斑。因風發高唱，千里慰離顔。八語一氣，風格自高。

懷吴野人先生

伯鸞居廡下，元亮老籬邊。隱矣吴夫子，高風齊二賢。賃春常作客，采菊始歸田。想見行吟處，溪流繞數椽。五、六仍用分頂，氣疎法密。

悼亡姬成去艷

春歸無復見蛾眉，漠漠流塵晝掩帷。鬬草尚憐扶病日，看花長記返魂時。自注：没一夕復甦，索桃花數枝，插枕畔，少頃而逝。香消翠袖籠猶在，影暗紅窗鏡未移。從此鏚樓愁獨上，去年同制《鵲橋》詩。

送陳射文出關省親

北望雲山氣早秋，煩將一語慰邊愁。時清屢見生還客，會有恩波到白頭。射文之親，應是遣戍關外者，故以生還望之。

展園次兄遺札

草緑池塘夢已殘，西堂無復共盤桓。空餘懷袖三年字，零落銀鈎忍淚看。

吴雯

字天章，山西蒲州人。應博學鴻詞，不遇。著有《蓮洋集》。○徵君詩清挺生新，趙秋谷宫贊謂『千頃之陂，不可清濁，天姿國色，粗服亂頭亦佳』，恰稱其詩之分量。○徵君詩名因新城尚書揄揚而重，然新城之詩牢籠衆有，鎔鑄群言，而徵君不使才，不逞博，不尚聲華，不求娟好，固各行其是者。而新城賞之，不啻口出，意所合者，在神理意味，而不在軌轍之同途者耶？

遥題王咸中石隝山房

積水浮九州，東南益蕩潏。人家半洲島，蘿篠互蒙密。具區我舊遊，石隝君栖逸。至今堯峰上，猶上堯時日。窗外一湖明，階前衆山出。春風散巖花，細雨溜崖蜜。仙靈每來往，真儒間儔四。表聖具生壙，維摩得丈室。泉聲四回抱，嶺勢百崒嵂。何日復簏糧，爲君訪衡泌。『堯峰』十字，新城尚書以此賞識。

黃湄先生游太華山，遂得結屋地賦贈

車箱谷口雲，白照松間路。誰能訪叔卿，巖竇一身度。黃門具奇情，振策御風步。萬仞入洪濛，理勝境無怖。壑轉晦明錯，樹老丹青誤。俯見蒼蒼原，明河正東注。驟雨忽翻瀑，肘腋蛟螭怒。須臾亘長虹，關陝半呈露。徑側修竹倒，石迸垂藤護。相逢紫煙客，目擊道皆寓。齋房肉芝香，石困松花聚。卜居志已得，探幽坐成趣。嗟我生勞勞，入世每多懼。夢繫毛女壇，身遠將軍樹。日月對晴蓮，塵容自生妒。何年便結鄰，同住雲生處。十字奇警，寫長虹從未到此。

羊山

落日山風吹，長松亂清影。白雲逗殘雪，忽見前峰暝。野鳥下寒竹，孤僧汲修綆。聊欲遂幽尋，理策度西嶺。左司。

雜咏

樓居有何好，仙人苦留戀。金銀雜玉階，終是世俗見。王頭與士壟，達者兩不羨。富貴不可求，況復貧與賤。嗟我果何從，一愚了千萬。即韓子『歸愚識夷途』意，寫來生辣。

次青縣題壁

去年九月長安來，鯉魚風起船旗開。本年三月舊山去，馬上綠楊掠飛絮。舊山風景復何如，昨日家人有報書。當門萬里崑崙水，千點桃花尺半魚。

東方曼倩

避世依金馬，浮沉豹尾中。借車心自壯，割肉氣何雄！學豈干時富，財因取婦空。堂堂責董偃，真有大臣風。結有特識，彼以神仙詼諧目之者，真肉眼也。

憶栖巖寺

最憶栖巖寺，招涼有舊亭。河流週郡白，山勢入關青。崖斷蜂留蜜，松高鶴墜翎。盧師吾有約，許共一函經。新城欲以『山入百蠻青』句敵之。

望華山

蓮花五千仞，靈孕自洪濛。每變風雲色，能參造化功。陰將連太白，氣自滿關中。欲問真源在，仙人住蘂宫。『氣自滿關中』，五字千古。

雲中寺

天半雲中寺，四山皆白雲。我來雲際宿，卻憶雲中君。塔影當晴出，濤聲入夜聞。此中有猿鶴，莫勒《北山文》。起四語，盛唐人有此風骨。

寄向書友

曾聞向始平，能注《南華經》。之子真苗裔，江山發性靈。寒蛟終謝餌，老鶴不梳翎。載酒鶯花節，長吟入洞庭。

古意柬徐勝力

美人豔南國，顔色如朝霞。昨來耶溪上，妬殺芙蓉花。秦珠隨月滿，越練逐風斜。獨慕孤高義，今年尚浣紗。太白。

宿吴山寺樓簡嚴灝亭先生

蕭蕭暮雨急寒榛，獨倚高樓少四鄰。江上鼉鼉悲鼓角，下方燈火散星辰。《梅花》何處三更笛，寒食無家萬里人。不是相逢嚴僕射，天涯誰念草堂貧。一句含三層意，從『萬里悲秋長作客』一聯悟出。

明妃

不把黄金買畫工，進身羞與自媒同。始知絶代佳人意，即有千秋國士風。環珮幾曾歸夜月，琵琶惟許託賓鴻。天心特爲留青塚，春草年年似漢宮。弔明妃并寫懷抱，方脱前人束縛。

吴門初春

聞道江干冰漸消，眼看芳草坐無聊。酒杯總使愁中得，春色終難客裏銷。山鳥漫吟泥滑滑，吴孃偏唱雨瀟瀟。歸時借問金陵路，桃葉新添幾尺潮？秀絶。

齋居

瓠落何須慮大樽，蕭然無客款柴門。《春秋》未習嚴彭祖，《紀傳》常輕褚少孫。下澤幾曾驅款段，長河終擬溯崑崙。雷聲太白連朝急，次第牆東過雨痕。

文中子舊居

汾水湯湯繞舊居，白牛溪畔雁飛初。早知道不關窮達，應悔金門輕上書。上書於隋文，非其時也。如此持論，文中亦應首肯。

題雲林《秋山圖》爲查德尹

經營慘澹意如何，渺渺秋山遠遠波。豈但穠華謝桃李，空林黄葉亦無多。石田翁倣雲林畫，其師杜瓊從旁觀之，曰：『又過矣，又過矣。』解得此意，方得此詩之妙。

贈少年

二十少年望麟閣，盤馬彎弓氣磅礴。眼前都尉知是誰，雲中但看雙鵰落。

戲贈李武曾

沉醉東風盧女絃，泥人佳句滿題箋。預愁長夜無春色，偏種桃花作墓田。猶有未忘生死者在。

馮檝 字个臣，江南松江人。

過陳留

天邊鵲影客心傷，落日驅車過外黄。誰具草蔬邀郭泰，自慚名姓賞中郎。巴河風起荒烟黑，博浪雲開遠樹蒼。明發梁園舊遊地，十年潦倒愧行藏。典切處有自己身分。

楊岱 字東子，四川彭縣人。

棧道

鳥道與天齊，盤雲萬壑低。層巒飛瀑下，空木亂猿啼。山勢危巴郡，邊聲隔隴西。可憐存輦路，烟雨草萋萋。起步有聲有勢。

夜泊

夜船將泊棹歌齊，芳草萋萋野路迷。只有斷猿無宿處，最高枝上徹明啼。

劉淑頤 字百年，湖廣麻城人。

四時詞

雲母空窗曉煙薄，温庭筠。池邊雨過飄帷幕。許渾。日長風暖柳青青，賈至。銀線千條度虛閣。韓偓。捲簾巢燕羨雙飛，羅隱。芳草王孫歸不歸？韋莊。曾寄錦書無限意，劉兼。篋香消盡别時衣。錢珝。

午睡醒來愁未醒，張子野。煩襟乍觸冰臺冷。韓偓。白蓮池畔送清香，皮日休。樓角漸移當路影。白居易。臨風興歎落花頻，魚玄機。又喜幽亭蕙草新。杜牧。永日迢迢無一事，韋莊。雙雙鬬雀動階塵。元稹。

水映輕苔猶隱緑，馬懷素。夜牕颯颯摇寒竹。劉惠。井邊疎影落高梧，羅隱。鳥啄風箏碎珠玉。元稹。覺來紅樹背銀屏，韋莊。露濕叢蘭月滿庭。孫氏。扃閉朱門人不到，魚玄機。輕羅小扇撲流螢。杜牧。

城上暮雲凝鼓角，許渾。狐裘不煖錦衾薄。岑參。樓寒院冷接平明，李商隱。簷外霜花染羅幕。陸龜蒙。烟生密竹早歸鴉，郎士元。向鏡輕勻襯臉霞。韓偓。遲日未能消野雪，皇甫冉。故穿庭樹作飛花。韓愈。〇音節悠揚，無集句痕迹，與周青士七歌集句，可云異曲同工。

贈宋牧仲方伯

曾入甘泉侍武皇，李郢。暫隨紅旆佐藩方。韋莊。長承密旨歸家少，王建。出使星軺滿路光。錢起。謀略久參花府盛，韋渠牟。風流三接令公香。李頎。共言東閣招賢地，孫逖。肯爲詩篇問楚狂。周賀。

國朝詩別裁集卷十五

長洲沈德潛歸愚纂評　男　種松校字
江陰翁　照霽堂　長洲周　準欽萊同輯

邵長蘅

字子湘，江南武進人。十歲補弟子員，後爲奏銷案絓誤，以山人終其身。著有《青門集》。◯山人古文與侯朝宗、魏叔子稱鼎足。詩瀏灕頓挫，力追唐人。嘗選有明何信陽、李北地、王弇州、李滄溟四家之詩，矯錢牧齋持論偏駁，而以程孟陽詩爲纖佻，識者韙之。晚歲入宋商丘中丞幕府，乃變蘇、黄、范、陸之派，亦宋詩中矯矯者。然視從前如二手矣。兹所存者，皆《青門簏稿》《旅稿》中作，《賸稿》中秖略采云。

經彭蠡湖口望廬山

晨帆發馬當，景昃停湖匯。北渚摇清陰，南灣走蒼靄。迴眺極芊綿，群山争瑣碎。蒼然雲霧中，拔起匡嶽大。絳氣天闕縈，白雲山腰會。遠岑抱積雪，近巖屯霮䨴。倒景澄湖光，飛瀑溼天外。延佇情彌結，攀躋阻莫遂。五老空煙霞，九叠竟茫昧。慚愧夙心乖，臨風一長慨。連下《潯陽舟中作》，貽源小謝。

潯陽舟中作

羈心零雨悲，水宿風潮倦。兹晨廓澄霽，沿流愜佳玩。緑英媚芳洲，雜花覆春岸。青天鏡中流，浴凫沙際亂。落日碎江光，林巒采餘絢。靡霏遠煙生，霏霏夕暉眩。蒼然望廬山，山靄旦暮變。絳霞晨干霄，嵐氣夕冪巘。近巒或浮黛，遠瀑如縈練。賞奇得新歡，覽物有餘戀。山水憺娱人，客懷爲一遣。

雜詩

撫劍忽不懌，去上歌風臺。河流日夕迅，莽莽寒雲隤。帳殿下牛羊，贔屭空蒿萊。極目見芒碭，古人骨已灰。蕭曹自刀筆，樊灌奮駑駘。欻起附龍鳳，英風被八垓。途窮蹶駿足，運適伸庸材。擾擾路旁子，疇知衷所哀？起勢慨慷，『途窮』二語，括盡揚子《解嘲》中後一段意。

漁父

東湖有漁父，艇倚清溪瀨。垂竿秋雨中，櫂歌夕陽外。九月蘆花白，西風鯉魚大。釣亦未必得，得亦未必賣。扣之默無言，鼓枻悠然邁。覺非夷非惠，聊以忘憂，猶不免自道身分，此更超然。

熊經略

經略用，遼瀋完。經略罷，遼瀋殘。再起田間賜劍印，經撫日戰元黄分。六萬蕩平竟何有，撫臣主戰經主守。一夜廣寧風鶴驚，撫臣先走經亦走。撫臣庸愚何足齒，奈何經略也惜死？若使慷慨提孤軍，揞拄殘疆報天子。縱然馬革裹尸還，九尺昂藏一男子。奈何經略也惜死，不死西曹死西市。九邊傳首魂有知，目炯電光血裂眥。經略之誤，在廣寧之走，其實經理遼、瀋，具有將略，不應與王化貞同罪也。傳首九邊，群姦借經略以殺楊、左諸公耳，天下冤之。一結凛凛有生氣。

周將軍

欃槍狂驅萬猰貐，橫嚼九州無完土。丘成血骨盂成池，所過堅城孰抗拒。寧武一城如彈丸，誰與守者周將軍。將軍票鷂健絶倫，生駒攬陣刀截雲。見賊如蝟身逾輕，手挈髑髏茜袍腥。力竭罵賊血嚙齦，旗竿矢集怒益震。閨中紅顏能殺賊，十發十殪無虚鏑。崑山火焰紅玉爇，天壤寥寥兩全節。大同宣府真奴儕，兩鎮降書同日來。長驅京闕疾於矢，賊談寧武猶咋指。列鎮盡如周將軍，我輩那能飛至此？賊逼寧武，將軍血戰七晝夜，巷戰死。夫人劉善射，發一矢輒斃一賊。城陷，闔門自焚。末即用流賊語作結，健悍有力。◯大同、宣府謂姜瓖、王承廕之迎降也。詳見後李玉洲太史詩中。

城根婦

彼何者婦，椎髻蒙茸。朝拾馬通，暮拾馬通。衣單腹餓，拾不滿籠。路逢故鄉女伴，對泣訴苦音語同。夫壻官二千石，得罪長流口外，生死不得消息通。身籍王侯門，嬌兒略賣，安知西與東。今日跣脚垢面城根婦，當年侍女如花紅。

守城行 紀時事也，事在己亥六月。

明星爛爛高十丈，城樓雉堞屹相向。吏持府帖呼點丁，十家九家驅上城。黄昏麗譙鼓角鳴，城頭燈火争繁星。紫髯太守雄且豪，罽韝絳纓跨兩刀。馬蹄踏踏何其勞，貫三鞭七聲嗷嘈。昨日傳聞羽書至，長江六月無行估。戰艦還防揚子渡，遊兵已圍太平府。縱令消息未必真，杞人憂天獨苦辛。即防此輩易激變，盜賊往往皆良民。星沉雞唱太守至，慎莫偶語行棄市。可逼少陵新樂府。

解仲長畫《十八學士圖》歌

秦王虬髯一尺鐵，提槊親摑中原血。晝開天策群龍趨，諸公袞袞皆英傑。當時立本傳畫圖，千載想像猶能識。我家此障解翁筆，宣和院體工設色。臺榭渲染輝丹青，宫殿瓌瓏麗金碧。頗工人物良苦思，舊本摹拓開鬚眉。宫袍緋紫雜青緑，腰帶撻尾紛帨垂。髣髴銅龍散講後，晝遲行樂分曹偶。房公微笑杜公坐，投壺散帙無不有。就中一人落筆酣，細看恐是虞世南。其餘學士貌各異，峨峨列坐彯華襜。即論畫馬亦殊絶，奚駒十八森成列。銀鞍金鍐音晚高纏鍐，三匹翹足五匹齧。太液淡淡春風波，黄鬚奚官白罽韉。牽來十匹池上浴，丹鬃剪刷噴桃花。可憐人馬争輝寵，憑軒坐久神逾竦。憶昔風塵際會初，君臣契合水與魚。功成開府追清暇，春容翰墨非荒娱。只今朝野仍艱虞，時危整頓英雄需。撫圖懷古心鬱紆，書生豈有封侯顱。慷慨擊碎玉唾壺，高吟《梁父》浮雲徂。十八人豈能悉數，點房、杜、虞三人，其餘以虚筆該之，可悟繁簡虚實之法。

五人墓行

春光澹淹山塘路，遊絲晴絮嬌芳樹。路旁剥落三尺碑，云是前朝五人墓。借問五人誰，中間突兀顔佩韋。東西四塚排纍纍。墓門晝鎖松風迴。書生曾讀前朝史，依稀能説前朝事。天啓年間歲在寅，緹騎四出驚狂猘。此時一舸飛吴閶，罽韡繡褉來昂藏。吏部短衣出就逮，自注：周忠介順昌。觀者擁塞如堵牆。轟豗萬口那可辨，哭聲震天日色黄。五人大呼奮臂起，形勢欻忽紛羹螗。誰何一校先横尸，中丞卻避御史忙。詔收棄市罪激變，至今死骨傳芬芳。憶昔逆閹恣塗炭，鍈斧銅甕衣冠殃。諸公駢首填牢户，東林首指左與楊。篂輿就考備五毒，尸蟲嚙肌不得葬。叶茲郎切。委鬼更灼爇天焰，穹祠金榜蛟龍翔。鳳闕敢僭至尊埒，黿趺忍立成均旁。往往嵩呼九千歲，冕旒衮玉争輝煌。寧知勢歇頓翻覆，阜城自絶閹奴吭。生祠處處毁斥盡，木石估值充邊防。豈惟閹祠旋毁撤，廿年變故那能説。鼎湖髯雁飛滿天，鍾山天壽狐狸穴。玉匣珠襦夜不扃，皇陵白骨愁冬青。眼前寂寞一抔土，參天檜柏蒼虯鱗。年年寒食山橋畔，指點飛花説五人。順敘魏奄之流毒，勢便平直，此從擊緹騎後，用『憶昔』二字追敘，自得順逆相生之法。末幅蒼涼激壯，一往神來。

沛縣官舍留别楊簡庵表兄

我騎白黿浮江來，連濤倒蹴群山開。黄河咆哮黑浪惡，一月始及歌風臺。骨肉五年不相見，風塵欻覩吾兄面。我昔弱齡今有鬚，君亦蹉跎四十餘。薄宦千里不快意，一官仍擁青氈居。感君意氣與君好，流連累月開懷抱。夜飲酣呼玉屈卮，晝遊連騎金腰裹。高秋九月天氣凉，吕母塚上塵沙黄。出騎快馬風比捷，從少年輩逐兩麞。弓弦拓作礔礰響，餓鴟飛去噭空桑。割鮮野飲氣益壯，肯作新婦車中藏。歸去歡宴不知夕，羌樂琵琶鼓箏笛。明河欲没斗西斜，主人稱壽客離席。吁嗟遊子如轉蓬，作客未幾行窮冬。忽憶故鄉行樂好，黄雞正肥新篘紅。明日驪駒更東首，馬上别君但揮手。北風觱發短後衣，蕭條中野行人稀。廣陵驛前暮潮落，京峴山頭雪片飛。河水遥遥接江水，别淚與之誰是非。超然而入，中射獵一段，排宕飛揚，神似太白。

雪後登滕王閣放歌

我攜鐵篴羅浮回，豫章城頭吹落梅。羅浮仙人太狡獪，蜚廉滕六供呵撝。亂灑梅花遍原隰，千峰一夜争皚皚。曉披白鶴氅，獨上滕王閣。九疊屏風失青翠，瓊樓十二垂珠箔。長江淼淼迷孤篷，漁舟藏浦高桅泊。團團萬頃水晶盤，一片寒光冪寥廓。初疑海上浮神山，蓬壺縹緲不可攀。其物禽獸皆白色，自注：用《封禪書》語。銀爲宫闕虚無間。又疑誤跨玉虹入月府，玉兔抱杵凍不舉。霓裳對對舞仙姝，清虚高處寒如許。回頭雉堞堆璨瑳，簷冰拄地鐸鈴語。鱗鱗萬瓦濕煙浮，旋覺此身尚塵土。忽憶滕閣今千年，滕王蛺蝶隨荒烟。子安退之骨已朽，何況珠簾歌舞當時妍。惟有西山只如舊，此中棲隱多神仙。洪崖丹竈流銀汞，蕭史茅龍耕石田。我欲左攜葛勾漏、右挽梅子真，徑呼玉虯騎上天，雲中縞鶴紛翩躚。或言神仙之説竟茫昧，且飲美酒酡朱顔。向晚江山轉清絶，逸興拏雲坐超忽。夜深蹋雪還上來，揮手寒窗招海月。茫洋渾涵，千變萬狀，極才人之能事。

江急

江急雨冥冥，江豚吹浪腥。濤奔遠岸白，峰逐去帆青。野戍春低樹，灘舟火聚星。長年趁風便，向晚更揚舲。

九江

吴楚一江共，波濤九派分。湖光寒自白，廬嶽曉常雲。虎鬬荒村跡，猿啼落日聞。琵琶亭廢久，楓葉正紛紛。

哭亡兒士騄

遺編繙不忍，轉憶課經時。過愛翻成薄，求全屢受笞。一燈寒夜影，十載膝前兒。辛苦成何事，酸心我不慈。即『鞭扑過多憐較少』意，一經烹鍊，便覺不凡。

盥櫛經旬嬾，衣衫漬淚痕。伶俜餘此日，門户且誰論。痛我無兄弟，憐渠是冢孫。昨朝寒食奠，隻立黯銷魂。直白語，悲痛彌深，一結即柳州《寄許孟容書》中『顧盼無後繼者』意。

登歌風臺懷古

芒碭真人乘赤龍，故鄉行幸有遺宫。壁埋蝌蚪荒碑在，木落牛羊寢殿空。湯沐百年歡父老，衣冠十日擁兒童。淮陰已族黥彭醢，慷慨何須悲《大風》？歌《風》時，韓、彭、黥俱已族矣，思猛士何心耶？

望鍾山

陪京雉堞迴蒼然，重憶高皇逐鹿年。汗馬北騰穿碣石，長虹南倚劃吴天。鼎湖龍去離宫鎖，複道花繁紫禁偏。悵望寢園今寂寞，牧人秋卧孝陵烟。

和楊陶雲感懷，時左遷新建少府

汝從移疾卧烟蘿，幾載麻衣廢《蓼莪》。海内君親餘痛哭，天南魑魅答悲歌。潮吞章貢江聲急，翠削匡廬郡閣多。想見元嬰遺蹟在，珠簾畫棟近如何？詩成於世祖初賓天時，故有第三語。

登吴城望湖亭

鄱湖湖合贛江流，倚檻江湖望轉幽。湖勢北摇匡嶽動，江聲西擁豫章浮。魚龍晝嘯千艘雨，日月晴懸一鏡秋。回首戰争曾此地，荻花蕭瑟隱漁舟。

題冀渭公所藏楊忠愍《梅花詩卷》

渭公大父梅軒，故官比部郎，忠愍頌繫時，先生傾身橐饘，忠愍高其誼，爲作此卷。同時周旋詔獄，霸州王繼津、太倉王元美及應生最著，先生事世鮮知者。康熙丙辰，渭公來吴閶，出卷示余，蓋百二十餘年物矣。展卷肅然，敬題其後。

黯淡緗綈墨影寒，那能展卷不汍瀾？當關虎豹麋軀易，畏路風波仗友難。濺血九原仍化碧，批鱗一疏獨留丹。文山詩句眉山筆，古瘦清香再拜看。自注：忠愍有『古瘦清香原太始』之句。

○重忠愍及周旋詔獄畫梅意，只用一點已足。

登太湖西峰

山色蒼蒼積翠迴，沿緣仄徑入莓苔。嶺邊風葉藏僧寺，樹杪飛泉灑客杯。清磬一聲松子落，白雲萬頃太湖來。三高惆悵俱陳蹟，落日山空樵唱回。

張宮

字處中，江南華亭人。

飲沈鷩生池館

嘉樹俯城陰，居然爽氣深。非秋常落葉，不夜有歸禽。丘壑容芝草，冰霜耐竹林。主人山水志，誰與共清音？

送李素心之岳陽

畫舫中流芳草齊，臨風張樂洞庭西。從官諭蜀通三峽，大將平蠻下五溪。衡嶽雲開鴻雁度，巴陵月落鷓鴣啼。好憑羽扇成雄鎮，荒服於今靖鼓鼙。初平三楚之後，故有頷聯。

陸次雲

字雲士，浙江錢塘人。官江陰知縣。著有《澄江集》。○雲士詩本真性情出之，故語多沈著，而所選詩轉在宋、元，以之怡情，不以之爲宗法也。

雜感

雷霆能擊人，獨畏操莽威。鬼神能福人，獨於孔孟遺。今古無鑒戒，禍亂相乘除。問天天不言，屈平空著書。四十字中，可抵一篇《天問》。

北地每苦寒，狐貉出天山。南地每苦熱，絺葛生於越。人之所欲須，天意預爲設。大哉造化功，於世何所闕。天道自然，君子亦因其自然而已。

芝蘭出穢壤，芙蕖生淤泥。賦性自芳潔，於此徵神奇。君子處濁世，師惠以全夷。何必登首陽，高歌懷《采薇》。見嗷嗷易汙，嶢嶢易缺也。師惠、全夷，指出持身處世之道。

出門

堂上有慈親，身外無昆季。承歡賴妻賢，委之以爲弟。弱女方四齡，初知離別意。恐其牽袂啼，深傷遊子緒。乘彼睡未醒，温存加絮被。拜母不能言，揖妻交重寄。此際心若摧，出門方隕涕。字字真至，『出門方隕涕』，前人未經道過。

回首望家山，漸遠山漸低。側聽岸旁語，鄉音已漸移。放舟入大河，煙水無端倪。偶逢相識人，遥呼心依依。無如交行舟，倏忽已遠離。

泛洞庭湖

大浸數五湖，莫大於洞庭。時當春夏交，雪融水氣蒸。仰視但有天，與波同一青。茫茫六合中，不見大塊形。三老弄洪濤，澎湃意所輕。至此乃敬慎，風正始揚舲。同舟色俱静，半帆容與行。此中有楠木，千載成英靈。出没每不時，異響令人驚。舟婦散紙錢，徐徐乃就平。死生呼吸間，宴坐猶兢兢。吁嗟縹緲中，難測鬼神情。或問傳書事，心知不敢應。是賦洞庭別於賦海，『楠木』數言，寫來恍忽變幻，疑鬼疑神。

君馬黄

君馬黄，臣馬白。君執珪，臣執璧。君意皇皇臣翼翼，四海會同來有繹。和在鑣，鸞在軾。驕驕八駿不齊色，馳驅不向崑崙陟。馬之良，良以德。

誌感

人生當貴顯，每淡布衣交。誰肯居臺閣，猶能念草茅。朱輪來北闕，土室訪西郊。古道今還在，淳風近有巢。

登岱

得過三觀下，因上岱宗巔。海吸長河遠，天包大地圓。五更先見日，九點半升煙。孰謂方隅廣，迴環睥睨前。『天包大地圓』，形天地之全也。五字極寫岱宗之高。

白溝河

道出白溝河，沈吟喚奈何。古今陵谷變，高下戰場多。厲鬼依殘骨，畊人拾斷戈。烽煙嗟又甚，搔首一悲歌。

五溪雜詠

崎嶇幽谷裏，盡是碧雲阿。祖每尊盤瓠，祠皆祀伏波。峒民參漢俗，溪女唱苗歌。溉種漁樵暇，悠然卧薜蘿。

掛帆將匝月，猶在亂流中。野豕能飛箭，江豚善拜風。安危憑激浪，行止信孤篷。影落南天外，飄零望斷鴻。

天下大師墓

水關西出隱浮屠，燕子飛來半月孤。病虎無心看北固，潛龍有恨遜南都。十三陵外餘抔土，二百年來失鼎湖。一自桑田成海後，總啼鵑血灑平蕪。天下大師，係元僧人墓。建文無出亡之事，前人辨之詳矣。此仍舊説而賦之。○『病虎』謂道衍也，道衍有『北固青青眼倦看』句。

疑塚

疑塚纍纍漳水頭，如山七十二高丘。正平只有墳三尺，千古安眠鸚鵡洲。大爲文人吐氣。

詠史

儒冠儒服委丘墟，文采風流化土苴。尚有陸生坑不盡，留他馬上説《詩》《書》。

題荆山石壁

寄語山靈聽嘯歌，連城再刖歎如何？人間碧眼應難遇，莫産瓊瑶誤卞和。七言絶每能用意，不減《缶鳴》。

章静宜

字湘御，江南長洲人。諸生。○湘御爲素文、鶴書之弟，九儀之兄，四先生並擅才華，名滿大江南北間。湘御尤工於詩，近人尠有知者。

劉太尉傷亂

宗社覯厄運，夷夏亂皇綱。神州盡糾紛，腥羶逼晉陽。余本炎精裔，投職事危疆。思將南山石，一補天柱荒。妖氛煽四野，中道罹崑岡。上慙楚包胥，請師救國殃。下愧漢竇融，保境拒强梁。遺軌寧不仰，微志竟莫償。身同南冠囚，撫膺涕泗滂。心如高懸旌，因風尚飛揚。吹篪悽我懷，鳴笳斷我腸。孝行既已虧，忠名徒自傷。功勳付逝水，意氣亦何常。寫出越石心事，詩格亦幾如唐臨晉帖。

汴梁行

汴州城内風鶴驚，汴州城外連軍營。一夜金隄雷電起，千年玉殿波濤聲。大梁自古繁華地，三市風光最明麗。西連伊闕作屏藩，北控成皋如帶礪。高帝當年闢草萊，分封萬騎自天來。蘭窗仍起飛雲殿，樹寢還通造字臺。子孫奕祀承青社，議親常得君王赦。傳來樂府勝河間，製就新聲誇鄴下。東風十里覆長隄，萬樹千條各向西。珠履盡知公子客，寶釵時見舍人妻。金梁明月空中度，玉津芳草迷歸路。園内雙雙蛺蝶飛，橋邊隊隊驊騮駐。雙雙隊隊更如何，紫陌朱城拂逝波。自言百歲來歌舞，自謂三時競綺羅。綺羅歌舞無窮極，炎天烽火嗟何及！北地誰知青犢鳴，東門忽見黄虬入。飄零雉堞少人行，牙旗大纛自縱横。波翻夏后前朝廟，潮打梁王舊日城。故侯冷落悲徒步，新鬼荒荒泣煙霧。鸛雀高棲敖氏倉，鴛鴦虚抱相思樹。至今榛棘尚成行，落日寒沙古戰場。無忌已知新去魏，相如不復遠遊梁。遊人對此空嗟悼，胡笳蘆管聲中老。牧馬常過屠肆旁，射鵰每向彝山道。淒涼今古不須哀，極目秋風萬里開。試向東都更長眺，銅駝金谷半荒垓。此感流寇決河灌城而作也。前寫汴梁之盛，後形汴梁之衰，宛轉悠揚，初唐風調。

晚泊京口

舟行易日暮，旅泊背孤城。酒力當秋勝，鄉心逐夜生。人烟都會地，風雨大江聲。明發空南望，蒼然北固横。

夏日雜感

蕪城柳色緑成陰，詔遣賢王羽騎臨。風急雙鵰辭塞口，天清萬馬浴江心。虛傳此地繁華久，誰念當年戰伐深。歌吹竹西如尚在，休教笳管漫相侵。

金陵

雞鳴山上滿青莎，玄武湖邊空碧波。草滿故陵埋石馬，月明荒徑泣銅駝。六宫夜雨棠梨落，萬里秋江葦荻多。猶有南朝城堞在，景陽遺恨獨悲歌。聖祖南巡後，修葺孝陵，御書『治隆唐宋』碑額，非復向時園寢矣。詩成於未巡幸時，故有第三語。

京口作

鐵甕城西鼓角催，扁舟遥自秣陵迴。天清瓜步中流見，風起長江動地來。楚蜀帆檣千里集，金銀山寺兩峰開。秋光潦倒南遊客，落日魚龍夜夜哀。七律沈雄蒼老，信陽、北地之間。○銀山，俗名，對金山而言，實即蒜山也。

顧景星 字黄公，湖廣蘄州人。著有《白茆堂集》。

題内府所藏唐人百馬卷子

開元厩馬四十萬，天寶從龍誰最健？夜讌火鼓延秋門，晝争豆萁咸陽店。萬里橋頭百存一，騎去東宫還幾匹？當時芻秣盡凡才，急難何曾見騰逸。此圖蒲稍僅百馬，毋乃樂坊教成者？細看不是臨陣姿，可惜登床汗流赭。黄衫奚官三五人，鏤花玉帶繡抹巾。羈前寶絡墜金鐸，覆以羅帕承錦茵。可憐賊破西京後，此馬全爲承嗣有。鼓聲應節反見妖，血碎桃花死猶吼。圖藏内府已千年，相傳畫手南唐前。畫師有意惜奇駿，不遣驅馳供舞筵。君看老驥還遭放，儘有騂騮氣凋喪。苜蓿難逢大宛種，蓯蓉屢濕邊庭瘴。俶儻何須四百蹄，壯觀争多真畫師。轉思腰裹不世出，天子獨乘何所之？『芻秣盡凡才』二語，比當時豢養庸流，臨難退避，如陳希烈、張垍之輩，而顔真卿之忠直，不識爲何如人也。借題發揮，乃見作手。

汪徵遠 字扶晨，江南徽州人。

天平矼入師子林

深松寒白石，僻路到人稀。仰見高峰頂，孤僧采藥歸。雲多從杖起，鳥不上山飛。薄暮一聲磬，猿公來款扉。向遊師子林，雲滿幾席，半山即無鳥聲，讀此詩，知真寫得景出。

上蓮花庵

秋山鐘梵寂，蘿徑上崔嵬。意想不到處，峰巒忽盡開。石床平落葉，古壁滿荒苔。更羨孤雲逸，松顛自往來。頂有到者，方知『豈有此理』題額，三、四語即是此意。

坐狎浪閣

高閣臨溪水，薄暮軒窗開。不見庵中僧，微雨潭上來。『不見庵中僧』二語，王漁洋謂其不媿古人。

汪洪度

字于鼎，江南歙縣人。諸生。著有《餘事集》。○于鼎詩，漁洋定其全集，歌行中賞其《建文鐘》篇，云『中有史筆，非苟作者』，今集中不見此詩，可惜也。

次街口

萬山落飛瀑，競向清溪會。瀠洄穿松杉，葱蒨紛映帶。積石竦劍鋩，百里無靜瀨。篙師慣歌嘯，險絶了不礙。攢霄排巉巒，幽異此中最。轉惜崄巇中，蒼黄出煙靄。漁火半明滅，海月上山背。家鄉送別人，已隔青峰外。遇險而驚，出險轉惜，無情人不知是語之妙。

七里瀨

日照丹霞西，雨來青嶂東。船頭氣澄碧，船尾陰溟濛。峰交路疑盡，溪迴趣無窮。渚清水禽悦，徑碧巖花穠。束髮志沈冥，思躡客星蹤。囊遊已十載，老大仍飄蓬。山頂石乳滴，服食使顏紅。丹梯不可上，神仙杳難逢。何日謝塵緣，煙波從釣翁。起四語，即所謂『朝隮於西，崇朝其雨』也。弔嚴陵意，只於隱躍見之。

蘗庵大師自注：侍御熊公，諱開元。

九尺老比丘，骨立石崖松。《楞伽》把一卷，兀坐西南峰。舉頭近帝座，低頭睨寰中。批鱗丹陛前，驅鱷滄海東。昔懷寧易平，托鉢降毒龍。陽靈大地匿，雨雪春山空。樵徑白雲迷，何處尋孤蹤？

蘆中老人自注：禮部郎王公諱泰徵。

蘆中人易老，不復刺漁船。悲歌采薇蕨，歸卧西山巔。山路幸嶮巇，足音少人傳。氣衰築難擊，不如弄雲煙。骨瘦薪難卧，不如枕清泉。清泉滌塵襟，雲烟幻眼前。憂思能傷人，誰禁遲暮年！

鼠渡江

江北鼠，口銜尾，結伴成群滿沙觜。飛塵滿野，烈日在天。江北農人，憂心如煎。江南稻秧齊，沃土不須雨。同類渡江，適此樂土。楚豫稻粱，堪足天下。今年不雨春復夏，估不開倉穀添價。鼠乎鼠乎，勿食禾黍。禾黍食盡，及爾同死。由江北而及江南，兩地之禾同盡也。鼠俱餓死，其人可知矣。此種詩從變《雅》中來。

翁履冰

翁挈稚孫暮歸，履冰上，中流值冰裂，落水死。

東家粟紅，西家粲白。借貸空歸，羞見河伯。河伯羞尚可，一家待我舉烟火。河水生骨膠渡船，攜孫傴僂行難前，誰知河心冰不堅。狐狸隔岸看墮水，枯桑樕樕酸風起，綏綏欲渡愁其尾。狐愁濡尾，翁與孫尚能履耶？愁慘之音，幾不忍讀。

紀歲珠

鄉鄰某，娶婦甫一月，即行賈。婦刺繡易食，以其餘積，歲置一珠，用綵絲繫焉，曰紀歲珠。夫歸，婦没已三載。啓篋得珠，已積二十餘顆矣。

鴛鴦瀏鶒鳧雁鴇，柔荑慣繡雙雙逐，幾度拋鍼背人哭。一歲眼淚成一珠，莫愛珠多眼易枯。小時繡得合歡被，線斷重緣結未解。珠纍纍，天涯歸未歸？老杜《新婚别》，爲王家守河陽也。此爲行賈而别，倘所云重利輕别離者耶？結意不用説盡，婉約可悲。

懷黄扶孟

從來經易水，誰不念荆軻。有客自驅馬，秋風正渡河。回頭山色遠，直北角聲多。日暮思鄉井，踟蹰發浩歌。憑空而下，千鈞筆力。

汪洋度 字文治，江南歙縣人。

臂痛

那能扛筆氣如虹，自笑千鈞一握中。乍可偏枯猶半士，誰堪全折到三公。斜騫卻似垂翎鶴，孑立還疑欲痒桐。天意佚吾吾正嬾，紙窗晏卧罷書空。大雅之音，可配曹倦圃贈徐子能《跛足詩》。

吴江舟夜

水驛迢遥望不分，愁心落葉共紛紛。扁舟一夜摇江月，入夢吴歌斷續聞。吴歌以吴江爲最，用來獨切。○予留日下六年，歸過望亭，半夜聞吴歌聲，知家鄉已近。讀此覺情景逼真。

彭始奮 字中郎，河南鄧州人。

滇南

久客愁攀廢苑松，舉家天末盡相從。蠻兒乘象同牛馬，僰道看花無夏冬。近接漏天常作雨，倒流滇水不朝宗。獨期攬勝遐荒外，恨未曾登雞足峰。

寄隴西觀察趙韞退先生

新分采邑陜西偏，上奏仍屯塞下田。部傍先零氈作帳，道通西域雪爲泉。陰山控馭六千里，河套因循三百年。會見殊勳陵海外，那煩班固勒燕然？

陶窳

字苦子，廣東順德人。○陶氏世襲錦衣，至苦子，刻苦如寒素，肆力於詩，誓不襲牙慧語，亦南粤錚錚士也。詩無鐫本，被其戚竊爲己作，恐久而混真，故特表而明之。

古鏡

先秦遺篆在，想像出深宫。明月不生處，清光時與同。有形隨自應，無相本來空。白盡人間髮，全歸一照中。賦鏡者未曾道及，第六句可以證禪，亦以明虚靈之體，仍儒家語也。

冬草

三徑經冬掩，飄零對汝時。未充君子珮，徒結美人思。世態看蓬轉，孤心感髩絲。平生抱微尚，不與衆芳期。藉以自況，非尋常著題體。

送張超然

閩粤無多路，思君見面難。高文朋輩重，落葉客程寒。殘臘惠相訪，素絲勞共彈。重華不可作，幽思更無端。

望零丁洋寄懷友人

兩年九月此經過，極目滄茫感逝波。窮島漢槎無限路，秋風禾黍自成歌。忠臣淚帶寒潮長，楚客悲逢落葉多。欲寄相思憑去雁，故人歸夢杳星河。因信國孤忠，懷及友人，不拋擲零丁洋意。

喜屈翁山遠歸

傳書聞汝滯邊城，此日歸來感慨增。數冒嚴霜行萬里，獨尋荒草拜諸陵。相逢客舍難爲淚，自歎河山不共憑。欲把離憂付流水，高樓同醉酒三升。

秋望

數聲離雁下寒汀，世事相看散野萍。入水苦匏思共濟，望秋蒲柳感先零。憂心滿似將圓月，旅鬢疎同避曉星。獨潔稰粻候槎影，美人空自隔滄溟。

有志濟時，而撫躬已老，豈尋常棲隱士耶？老杜有感於『聖朝無棄物，多病已成翁』也。

查容

字韜荒，浙江海寧人。

送武曾之宣府

由拳城頭月華白，張燈置酒宴征客。由拳城外柳條青，平明相送出津亭。羡君意氣真無比，此去幽州幾千里。攬轡遥看冀北雲，掛帆徑渡淮南水。太行山高日欲斜，邊風颯颯飛塵沙。候騎千屯吹觱篥，明駝一隊奏琵琶。上谷使者與君厚，轅門揖客論故舊。伐鼓鳴笳部曲前，錦筵紅燭軍麾後。觥籌交錯坐忘疲，玉缸瀉酒醉難辭。壯士横刀看草檄，美人挾瑟請題詩。丈夫三十猶未遇，走馬窮邊那復顧。野狐嶺下白草枯，卧龍岡上黄雲暮。客中行樂不知年，但看月出幾回圓。沙場忽聽思歸曲，應使鄉關望眼穿。得力於岑嘉州。

贈别少典

嗚榔伐鼓不曾停，月落津樓見曉星。芳草自分南北路，垂楊相送短長亭。歌殘銀燭愁難别，勸盡金壺醉未醒。豈爲燕臺師郭隗，一時客去感飄零。

潘　鏐 字雙南，江南吴江人。

金山

孤嶼中流峙，横空勢欲吞。天清江作帶，地闊海爲門。塔影魚龍静，潮聲日月奔。茫茫千古意，釃酒共誰論？造句奇警。

揚州秋感

光岳英靈河雒分，尚餘寒焰射青冥。將軍閫外空專鉞，丞相營前竟墜星。鬼哭郊原淒曉角，鶴歸華表泣新亭。秋風萬里荒林下，手折黄花當薦馨。拜史閣部墓而作，見四鎮跋扈無功，而閣部惟鞠躬盡瘁，死而後已也。比以忠武，許之者深。

寄顧茂倫先生

十載江城久未過，美人幽夢近如何？著書歲月窮愁老，對酒湖山感慨多。誼重延陵貽縞帶，節高元亮卧煙蘿。還期鼓楫成良會，聽取尊前《白石歌》。

彭　桂

字爰琴，江南溧陽人。◯陳子山學士攜爰琴詩見示，係鈔本，屬予選定，删存四卷。催取甚促，因節録九章，終以不能多取爲憾也。

出宣州，過箬嶺，入歙州界，遇雨

遊子倦行役，攀折畏險阻。宣歙盡山城，峰巒互撐拄。叢箐裹郡縣，仄澗跨垣堵。兹嶺何岧嶤，懸道通一縷。峭壁插天門，裂石界地户。泉奔脚下雷，風嘯空中虎。朗日眩神魂，旅人怯亭午。況乎我獨行，縹緲入雲雨。

揚州鹺署爲董江都故居，署後有祠，遺井尚在，丁巳秋瞻謁感賦

鄒魯儒風湮，嬴秦强力逞。蘇張舌肆矛，申韓智設穽。典籍付劫灰，仁義棄荒梗。亭長馬上來，功成亦僥倖。苟且由蕭曹，因循及文景。卓哉江都相，晁賈非可並。三策本《春秋》，反覆誠修省。正誼與明道，功利所亟屏。至今兩廡祀，千秋日星炳。管子霸者佐，思以富强騁。官海始熬波，國用因不窘。後世桑孔輩，錙銖收幾盡。淮南百萬租，設使俾專領。趨羶如蟻蠅，處濁同鼃黽。誰令先生居，一朝作金礦。我兹瞻荒祠，三歎中耿耿。幸有遺井存，悠然自清冷。獨來剩寒泉，對之滌心影。前以蘇、張、申、韓諸人引起，見道術久裂，得董子而始正也。後又從管子之熬波，説到桑、孔盡利，淮、揚之間，蠅屯蟻聚，而董子之居，竟爲堆積金錢所矣。幸有遺井存，可

以洗心鑒影，猶極炎熱時服清涼散也。此種詩不同風雲月露之作，而又不入於腐，所以爲高。

夜飲閻再彭席上聽孫良侯撾鼓歌

空堂昨暮聞疎雨，颯颯秋聲滿庭户。可憐今夜露華中，明河碧漢還如許。堂中燒燭夜讌客，有客酒闌起離席。自言撾鼓聲最豪，奮袖操槌將欲擊。欲擊未擊手徐低，坐上先教衆樂齊。衆聲雜作一聲下，倏如蟄雷動春谿。鼓聲如雷手如電，須臾迸激飄飛霰。管音何亮磬何幽，忽卷諸音聯作串。初聽緩，襞裂一聲迴抱腕。乍聞急，百萬軍中單騎入。急復散，蘆荻蕭蕭徧鳴雁。散終促，懸崖萬點亂噴瀑。有時宫，海濤洶湧紅日中。有時商，鳳皇九子鳴鏘鏘。有時角，擲地兜鍪起舞槊。有時徵，有時羽，徵如嗚咽灘流水，羽如間關鶯滑語。五聲都會鼓聲中，低時能辨高能融。直教上拂星斗亂，直教下徹井泉空。仰看缺月銀牆上，邊風露草吹相向。鼓聲闌出畫堂中，只覺天清與野曠。於中能識鼓中神，揚桴擊節旁無人。淵淵沈沈有妙理，能動高雲不動塵。聽君擊鼓悲無那，好歇鼓槌來入坐。自從驚起漁陽鼙，多少江山都入破。二十年前日夜聞，野花沙草弔殘軍。到今凝碧池頭問，祇有雷生曾報君。客聞此言神欲奪，兩手忽落雙槌歇。鼓聲一止截衆聲，空裏餘音猶恍惚。耳邊尚覺來闐闐，與君盡醉酒杯前。開顔但爲主人飲，今年歡會知何年。勸君打鼓莫輕下，世無曹瞞安足罵？主人縱有岑牟衣，不遇禰生未許借。迤邐而來，備極音節，後半借漁陽鼙鼓寫流寇之亂，悲壯淋漓。末又結到不輕擊鼓，真覺四座無人，目空一世。

建初弟來都省視，喜極有感

相持莫下拜，拭淚認分明。訝爾顔何瘦，令余痛失聲。饑寒留剩骨，患難得餘生。乍見渾無語，那堪悲喜并。

爲致慈親語，殷勤勸早歸。歎余違井邑，況汝別庭闈。每念尸饔苦，深慙彈鋏非。向來多少淚，都染手縫衣。弟傳親語勸歸而已。與弟轉並滯客途，倚閭之思愈切矣。此種是真杜詩。

更傳兒女意，盡解憶長安。索飯啼堪念，牽衣別自難。兩人今旅次，八口在江干。此際愁何似，秋風暮更寒。比『不解憶長安』，更覺可悲。不解，憫其無知；盡解，又憐其聰慧也。

同蒼符過王勤中怡老堂自注：堂爲文恪公歸沐之所，勤中，其七世孫。

宰相當年怡老堂，雲仍七葉守青緗。成弘盛世思元老，晉宋新亭滿夕陽。蕉葉雨斜侵硯几，藤花風細落書床。推君逸少兼摩詰，文藻東吴獨擅場。

和楚人李子鵠寄閻古古先生

千秋身在固非輕，肯任他年青史評。空想《大風》歌沛邑，只餘落日弔彭城。巢由豈尚高人節，楚漢徒成孺子名。寄謝北山猿鶴侶，不煩泉畔滌塵纓。都從沛縣起意，音節高亮，琅琅有聲。

答懷閻再彭

記別淮陰擲釣竿，楚天雲樹竟漫漫。徒勞回答皆《賓戲》，始信文章果《説難》。肥馬塵中孤客賤，嚴霜夢裏故鄉寒。自慙未得酬知己，腰下吴鉤怕解看。

彭　極

字則泖，江南溧陽人。

得爰琴兄都門信

床頭寶劍泣魚腸，賦就《三都》價未償。絶不待人惟歲月，最難爲客是風霜。春山自灑啼鵑淚，慈母曾縫遊子裳。今夜挑燈應獨寐，好將歸夢繞高堂。

吴之振

字孟舉，浙江石門人。○宋代詩，前此無選本。孟舉刻《宋詩鈔》，共百數十家。己所成詩，亦俱近宋人。

疊韻送葉星期歲暮還山

空山鸞嘯激清音，鑿斷雲連咫尺尋。老去貧交難聚首，眼前生客怕輸心。長鑱劚處霜苗短，柔櫓聲中落葉深。萬頃菰蘆堆碧海，星星漁火入香林。中有佳句。

李　載

字子谷，湖廣黄州人。

遥贈閻古古先輩

涪水瀾空劍影殘，睢陽日落馬烽寒。鞠躬詎肯輸諸葛，斷指終期報賀蘭。笑我從軍紅抹額，憐君送客白衣冠。生平慷慨無人識，醉後高歌《行路難》。壯其義勇，亦當羽聲，慷慨歌之。

崔岱齊

字青峙，江南江都人。諸生。

燕來巢爲李秋水作

去國懷鄉莽自哀，舊時庭院鎖莓苔。塵凝風幔人初至，梁落春泥燕又來。紫海路深音信斷，紅顏年遠雪霜催。營巢哺子依君屋，也自逢秋未忍迴。

歲暮送戴衣聞還苕溪

荒郊晴雪映行裝，送客江亭恨淼茫。鳥近黃昏皆繞樹，人當歲暮定思鄉。經年文酒情相似，異地雲山夢不忘。最愛苕溪好風月，明年我欲櫂輕航。高青丘『清明無客不思家』，推天然名句，此亦不讓前人。

龐　鳴　字逵公，江南嘉定人。

吴宫詞

屧廊移得苧蘿春，沉醉君王夜宴頻。臺畔卧薪臺上舞，可知同是不眠人。吴宫之女采香，越王夫人采葛，猶此意也。一用并説，垂戒悚然。

周穉廉　字冰持，江南婁縣人。○冰持爲宿來之孫，鷹垂之子，少以《錢唐觀潮賦》得名，因不永年，故詩傳絶少。

送馮寶初

木末花開柿葉稀，旗亭分手淚沾衣。憐君身似江南燕，又逐秋風望北飛。不落送人窠臼。

洪　昇

字昉思，浙江錢塘人。上舍生。著有《稗村集》。〇昉思名滿京洛，因演所著《長生殿傳奇》，至於斥革受辱。又遭家難，坎壈終身。五十餘，墮水而没。天之厄之，爲已極矣。而其詩流瀶成家。漁洋及門中，在吴天章下、餘子之上，應以可傳許之。

石門

先賢逝已久，予亦宿石門。天寒鳥自歸，林表斜陽昏。吏隱計難得，詎知憂世屯。棲棲終短褐，此意向誰言？玩詩意，乃魯地之石門也。憑弔晨門，亦自抒懷抱。

征途曉發

夜發薊丘道，馬蹄踏霜華。月照千里白，不辨冰與沙。行行三十里，始聞啼曙鴉。朔風起何處，隱隱鳴悲笳。徒侶慘不樂，從者咸咨嗟。揚鞭强笑語，前村有酒家。

送吴位三歸宣城

宋家丞相後，喬木到如今。之子獨古處，對人無俗心。偶來京洛道，旋反敬亭陰。芳草白雲外，春山深復深。

雪望

寒色孤村暮，悲風四野聞。溪深難受雪，山凍不流雲。鷗鷺飛難辨，汀沙望莫分。野橋梅幾樹，併是白紛紛。『山凍不流雲』五字，寫盡『雪望』。

蒙山道中

亂石繞東蒙，崎嶇古道通。一身千里外，匹馬萬山中。密樹遥遮日，輕花細逐風。望雲雙淚落，豈是爲途窮！

寒食

七度逢寒食，何曾掃墓田。他鄉長兒女，故國隔山川。明月飛烏鵲，空山叫杜鵑。高堂添白髮，朝夕淚如泉。

柬李東琪

聞君昨日到長安，驛路風塵乍解鞍。古寺樓臺高避暑，晴天松柏晝生寒。親知把臂他鄉少，貧賤論交此地難。我自飄零歸未得，秋江勸爾弄漁竿。貧賤論交，到處皆難，長安尤甚。此身親閱歷之言。

衢州雜感

巑岏嶺勢矗仙霞，阻遏妖氛建虎牙。障日叢篁劣容騎〔一〕，連雲列戟不通鴉。居人亂後惟荒

〔一〕 劣，《稗畦集》作『寧』。

壘，巢燕歸來止數家。一片夕陽横白骨，江楓紅作戰場花。鳥飛者伏也，此爲下有伏兵而言。若連雲列戟，則鳥不敢飛矣。體貼入微。下半寫亂後景象，如置身古戰場間。

將遊大梁

匹馬嘶荒野，群山擁亂雲。迢迢二千里，去哭信陵君。

公子行

春明門外酒樓高，稱體新裁蜀錦袍。花裏一聲歌《子夜》，當筵脱與鄭櫻桃。

釣臺

逃卻高名遠俗塵，披裘澤畔獨垂綸。千秋一箇劉文叔，記得微時有故人。非表光武，正慨在貴忘賤者之古今皆然也。

答友人

君問西泠陸講山，飄然一盍竟忘還。乘雲或化孤飛鶴，來往天臺雁宕間。陸講山，謂麗京也。

麗京或傳仙去，或傳爲僧，或傳相遇於天臺石梁，故有此詩。

毛師柱 字亦史，江南太倉人。

兵過

寧夏三邊要，防秋萬里屯。營移千帳白，馬飲一河渾。但覺旌麾静，真看節鉞尊。軍容同細柳，知不負君恩。沉雄。

舟中兩夢亡婦，詩以志感

落月篷窻照水濱，音容疑假又疑真。境分生死傷心切，愁繞關河入夢頻。酒醒乍驚身在客，涙殘猶道汝爲人。廿年舊事從頭記，荆布相依最苦辛。切舟中，切夢，并切兩夢，别於尋常悼亡。

喜雲間徐合素至自甘州幕府話舊有贈

挾策攜琴絶塞行，將軍長揖重書生。題詩好徧雲中戍，射獵應過雪外城。緑酒黄羊晨草檄，黑貂紅燭夜談兵。歸來萬里雄心在，莫惜離懷醉後傾。

二鸚鵡

緑襟緗翼赤欄東，雙立雙棲入畫中。縱炫羽毛休見妒，爲能言語卻争工。堂前報客聲相應，隴首思鄉夢不同。枉自含愁頻對舞，何須玉粒戀雕籠。語語從雙意著筆，妙能渾然無痕。第六語用同床各夢意，真匪夷所思矣。

朱仙鎮拜岳武穆王廟

破竹真能復兩京，十年功績痛垂成。但知金幣堅和議，忍使香盆聚哭聲。手挽山河心未死，身騎箕尾氣猶生。經過當日班師地，千古令人涕淚横。

追感杜茶村先生

一生心事向誰陳，道路皇皇老更貧。白髮幾人懷故苑，青山何地葬遺民！狂來自合歌衰鳳，絶處猶堪紀獲麟。名並少陵身客死，自注：先生没於維揚旅寓。空餘書卷照千春。陳北溟守江寧時，始葬茶村於聚寶門外，此時猶未葬也。或云紀獲麟措語太重，此言誠然，然太白《古風》云：『希聖時有作，絶筆於獲麟』，詩人之辭，不必過於執著。

方山阻風

征帆早喜到江東，凝望鄉關咫尺通。豈謂三朝又三暮，依然愁水復愁風。空餘山色煙波外，枉却秋光道路中。但得快哉旗脚轉，更何分别問雌雄。

無名氏

題壁

橫篴何人夜倚樓，小庭月色近中秋。涼風吹墮雙梧影，滿地碧雲如水流。渺渺孤城白水環，舳艫人語夕霏間。林梢一抹青如畫，應是淮流轉處山。此商丘宋冢宰於郵亭壁間録出者，詩近中唐，傳其詩，不必傳其人。

國朝詩別裁集卷十六

長洲沈德潛歸愚纂評　男　種松校字
江陰翁　照霽堂　長洲周　準欽萊同輯

陳學洙

字左原，江南長洲人。康熙甲子舉人。○左原先生與弟右原爲孿生兄弟，形體、性情，學問、志節，無不相同，不止如『雙丁二到』已也。詩品雅潔，並追唐人，尤悔庵太史謂陳氏兄弟昔稱『二難』，今日『二難』復見陳氏，其言洵然。

君子行

君子畏幽獨，大廷乃敢言。小人讐稠衆，衾影不可捫。繩尺君子心，之死靡所奪。脂韋小人態，臨難思苟活。譬如丹山鳳，煌煌世之儀。虵蝎藏陰房，白日難逞威。又如青松枝，經霜不渝色。厭彼荆棘繁，剪伐何足恤。緇素既異染，碔瑜僅同形。瀉水一器中，當辨渭與涇。《漢樂府》

祇説君子避嫌，此則君子小人之分，判如冰炭白黑矣。末歸到人君之能辨，尤爲得要。

閲省試録，見璋兒名，喜而作此

羈人百憂集，煩亂不能理。觀空息群妄，澹泊對流水。簷端噪乾鵲，何事聒吾耳？南國賢書來，郵騎持片紙。解額六十三，有汝名在裏。大江亘南北，鎖闈萬餘士。高才動淪落，老至常拊髀。流年爍筋骨，飲恨積塊壘。汝年弱冠餘，腹未飽經史。不遇何足歎，得之亦偶爾。憶汝周歲時，呱呱而索乳。汝母躬撫育，一夜常數起。抱置大母前，呼名輒唯唯。姑婦相視笑，吾宗有孫子。安得若長成，讀書取青紫。斯言宛昨日，逝者已如彼。傷哉泉下人，不及親見此。吾衰久於役，蹙蹙靡所止。膝下無他兒，舉目惟在汝。幸汝名稍成，使我心竊喜。會須覽皇都，貽書趣行李。前見遇合之偶然，失不足悲，得不足喜。後見大母與母氏之屬望，而冀其成名，不及親見，深足感也。詩到布帛菽粟，纔是真詩。

憂旱謡

去年夏雨，淫淫不息。今年無雨，赤日如炙。日如炙，旦至晡。土既裂，苗皆枯。去年食米，今年食麥。麥賤米貴，五斗换石。食麥猶可，無麥則那。東田西田戽水歸，筋酸骨痛腹更饑。天不雨，田無水。禾不生，儂亦死。

别弟

不敢垂雙淚，孤懷自黯然。恐添慈母念，那免病妻憐。書札從人寄，家庭賴汝賢。歸心倘可遂，應得在春前。少陵與諸弟詩，字字從心坎流出，所以獨絶。作者直如面語，忘乎其爲韻語矣。

行次滕縣

望裏煙生雉堞低，滕陽城外草萋迷。井田舊業安征税，淳朴遺風厭鼓鼙。青杏園林禽上下，緑楊村舍水東西。此中鄉土殊堪樂，莫惜從容駐馬蹄。井田淳朴，能舉滕縣之大，前輩『滕縣花開色似銀』，舉其瑣細而已。

燕京雜詠

萬里風煙古北平，蕭蕭牧馬遍龍城。旌旗曉接長楊苑，刁斗宵催細柳營。輦下公卿多結客，市中屠狗亦成名。儒冠拓落知何事，自笑江東一步兵。

帝城高接太微垣，龍虎蟠迴勢欲騫。關鎮居庸當北面，河流滄海抱中原。葡萄翠色來安邑，騄駬花鬘出大宛。正是金輿巡幸後，九重無事只臨軒。

一從丹詔下明光，封事朝朝獻未央。聖世保衡商左相，金門待詔漢東方。碧雞久説通邛僰，白雉初聞貢越裳。自此萬方歸有道，扶餘海外不稱王。時三藩海氛俱靖，故有是篇。

與繆天自夜話

牢落蕭齋病後身，燈前欵欵話相親。寒暄世態吾偏拙，貧賤交情爾最真。縱酒莫辭今夜月，悲秋俱是異鄉人。明朝便作河梁別，天末涼風起白蘋。惟貧賤交，故其情乃真，感慨係之。

茉莉

玉骨冰肌耐暑天，移根遠自過江船。山塘日日花成市，園客家家雪滿田。新浴最宜纖手摘，半開偏得美人憐。銀床夢醒香何處，只在釵橫髻鬢邊。花取半開，留餘韻也，於此花尤宜。西樵考功後，又添名作矣。

哭外舅劉西翰先生

西臺慟哭血沾巾，百結麻衣剩一身。地北天南抛骨月，魂來夢往傍君親。孔融收繫無完卵，張儉流亡少故人。支遁峰前聊寄跡，此生長作宋遺民。尊人公旦公全首陽高節，西翰先生讀書砥行，年九十餘終，故以宋遺民況之。

獨行踽然老布衣，耄期不特古來稀。立錐無地能安道，抱甕何心但息機。愛女早歸泉壤去，遺孤尚作斷蓬飛。山頽木壞人嗟歎，星象於今暗少微。

送倬雲南還

滿地風塵急暮笳，歸程好覓渡江艖。故園兄弟如相問，只道征夫不憶家。征夫憶家，人人能道語耳，此轉云『不憶家』，以憶家之語不能盡傳也。

紙窗矮屋似僧龕，春去春來總不堪。忽見桃花紅映面，一時回首望江南。

悼内

簇蝶金泥杳不存，空箱顛倒月黄昏。牛衣一掛渾無恙，猶有當時對泣痕。牛衣對泣，尋常引用，此以追憶出之，其情便深。

紗窗曾弄管斑斑，剩粉殘脂次第删。略記紅箋留片語，一鈎新月照愁顔。自注：内子幼好吟詠，繼以非婦事盡毁之。頃檢廢簏，於紙尾得此句，爲之一慟。

李國宋

字湯孫，江南興化人。康熙甲子舉人。著有《螺隱居詩》。

牛首山

獨上藏龍窟，遥瞻踞虎邦。四天圍碧嶂，一氣滚寒江。浄貝安禪悦，香燈冷法幢。頓令塵思盡，高倚白雲窗。渾然而來，大氣大力。

朝天宫感懷

冶城山色帶殘暉，絳節中天渺翠微。自昔鼎成龍已去，只今松老鶴還飛。齋宫寂寞聞金磬，泉海蒼茫想玉衣。唯有步虛諸羽士，秋風時禮白雲歸。

望國山

岳麓銅峰面面分，雨中遥望國山雲。紫宫秘記金函册，青嶂殘碑《石鼓文》。虎踞幾年瞻王氣，龍驤他日駐新軍。九岑環繞荆溪水，留得司徒半畝墳。國山有《皇象篆碑》，此孫皓《封禪文》也。國運將殄，猶侈對天鴻休之詞，頸聯殊見譏刺。

李　馥

字汝嘉，福建閩縣人。康熙甲子舉人，官至浙江巡撫。著有《鹿山詩鈔》。

○鹿山公虚己受益，有指其詩瑕纇者，應時改定。詩多見道語，因未寄鐫本，祇録其曩時記誦一章。

過司空表聖墓

古道瞻遺墓，豐碑紀有唐。榮華辭黻冕，泉石殉君王。詩品卑元相，清風慕首陽。如何長樂老，黄髮耐興亡！表聖評元相詩，比之都市豪估。○表聖處危亂之朝，無宗社之寄，隱居王官谷。被召，陽爲衰耄，丐歸。後聞哀帝被弒而卒，跡近隱淪，心實忠良也。『泉石殉君王』，移入他人不得。結以馮道反襯，倍覺有力。

史騏生

字千里，江南溧陽人。康熙甲子舉人。

寫懷

覽鏡何顔面，江東一腐儒。父書空滿篋，母線尚縈繻。窮巷慚南阮，騷壇厠小邾。世人憎愛錯，不賣櫝中珠。胸中有物，目中無人。

藍啓肅

字恭元，山東即墨人。康熙甲子舉人。

送郭華野總制湖廣

中旨才傳出漢宮，直教歡喜到兒童。如聞元祐徵司馬，未許東山卧謝公。列郡應多投墨綬，當朝誰不避青驄。澄清豈但荆襄路，佇見訏謨沃聖衷。華野，名琇，彈劾要人，直聲震朝野，後以報復摧折。聖祖南巡，問吴江士民誰爲廉吏，衆以琇對，聖祖命總制湖廣。華野舊令吴江，湯文正公斌薦爲侍御者也。

馬之鵬

字文淵，湖廣蒲圻人。康熙乙丑進士，歷官户科給事中。

别毛姬黄陳相宜

薄遊至西江，東南逢二妙。本是同門友，同心復同調。樂奏金玉聲，情深知仁樂。去。清風披素襟，明月朗餘照。已見投膠漆，無庸判紵縞。胡然忽分張，殊方理征棹。越俗斂文華，楚風戒輕剽。安驅赴中和，研精歸道要。江湖暫分流，終焉合廊廟。矢心展大猷，毋爲戀蓬藿。毛與陳皆越人，己爲楚人，勖以化風氣之偏而歸於中和，措詞何温厚也！末望其策名清時，所見尤大。

除夕得廬字

臘雪初消歲又除，鑪灰徐撥定更餘。親闈此夜思遊子，客路經冬阻尺書。卷軸隨身成故友，乾坤何處是吾廬？添年便惜年華減，飲罷屠蘇轉欷歔。

徐元正

字静園，浙江德清人。康熙乙丑進士，官至工部尚書。

廣陵懷古

閑追舊迹檢殘編，繡柱珠簾盡惘然。東閣詩成何水部，揚州夢覺杜樊川。尋春易過佳風月，送老難忘好墓田。莫怪無人能跨鶴，誰齎十萬作腰纏。

汪　灝

字文潸，山東臨清人。康熙乙丑進士，由翰林官至河南巡撫。著有《倚雲閣集》。

拜楊伯起墓

蟠龍關塞近，大鳥墓門深。萬古長河水，千秋暮夜心。衣冠朝嶽麓，蘋藻薦桃林。夫子應知己，囊無陸賈金。無剩語，便是作家。

送謝方山郎中告歸

孤心霜月迴秋清，三十年來翫世情。真得意時惟嘯詠，不如人處是功名。三臺後輩多迴席，五字偏師盡卻兵。舒卷從心難繫緤，白雲天際任縱橫。五、六承三、四言之，唐人中每有此格。

施何牧

字贊虞，江南崇明人。康熙乙丑進士，官吏部稽勛司員外。著有《一山詩鈔》。○一山先生中歲歸田，守正履道。詩學斷斷唐宋之分，不肯隨時趨嚮。今没世三十餘年，詩卷零落幾盡矣。兹録其向日所鈔五篇，聊志風概云爾。

效諸將三首

萬疊雲山山外城，登陴一望氣峥嶸。渠搜西去新傳箭，弱水東來盡列營。有俟絃歌工化俗，且將韓帕學論兵。鬼方親見高宗伐，奇績無須三載成。

關河日夕羽書傳，億萬芻茭悉帑錢。不爲陳師來紫塞，何緣轉粟上青天。至尊減膳龍庭外，諸將忘身虎旅先。自古足兵謀足食，四方顒祝屢豐年。

天山八月朔風吹，兩道飛符並出師。突騎全憑白馬將，彎弓已斃射鵰兒。金城舊日屯充國，瀚海今朝斬郅支。蠢爾西戎稽顙後，還祈干羽格諸夷。味詩意應是聖祖討噶爾丹時事。時出師既遠，轉粟甚艱，故聖祖因其服罪而赦之。今國有弑逆，皇上聲罪致討，部落投誠，罪人斯得，兵不血刃而已奏蕩平，從古王師所未有也。録考功詩，因恭紀聖人神武，俾後之覽者有所考云。

九日放舟山塘

老去登臨興未删，便乘小艇放溪灣。高原水淺苗初出，密樹霜濃葉漸斑。半世功名隨旅雁，百年心跡對秋山。黄花此日何岑寂，一笑層臺懶更攀。

贈焦山人

泠泠秋閣大江臨，中有幽人㦬玉琴。一自《霓裳》檀板歇，幾回鐵甕戟枝沈。孤鐘斷續迷寒雨，冷焰高低起暮陰。此日孝然如可作，白頭肯負紫芝心。此贈焦山冷秋江作，嘉其高隱，勉其不負初心，得古人贈言之意。

黄　庭

字蕺山，江南長洲人。康熙丁卯舉人。

延川道中

水似瞿塘險，山如劍閣雄。奔濤時齧岸，盤磴半臨空。馬踏雲頭上，人行石腹中。那知巫峽雨，翻作塞門風。能作奇語。

寧夏渡河

峽口回波繞塞流，自注：峽口，山名，兩山相夾，河流其中。黄河利獨擅邊州。千屯得水成膏壤，兩壩分渠據上游，自注：漢渠、唐渠，今名大壩、小壩，蓄水溉田，獨受河利。雞犬人家紅稻岸，魚鹽賈舶白蘋洲。那知澤國隄防急，百萬金錢擲浪頭。

正月既望，自錢塘進艇新安江，行十日，達紫陽門，即事寫懷，得船字

吳榜停時櫂越船，溯原浙水出山泉。一千里近新安路，三百灘齊天目巔。自注：新安平地與天目山齊。軒後臺前神獨往，羲皇卦外歲初遷。自注：予今年六十一。衰年興待名山助，擬向雲端采石蓮。予遊黃山，年七十有八，視作者多十有七年，『興待名山助』，其言果然。

送陸翼王徵君南歸

天際冥鴻不可求，高飛豈爲稻粱謀。山中大隱徵弘景，海内奇書問鄴侯。風雪五年留上谷，鶯花三月下長洲。吳宫春色應如舊，眺望先登開府樓。

馬嵬

方士鈿釵何處得，農夫羅襪此間收。蒙塵莫漫尤傾國，猶剩唐家土半丘。本禍水也，偏説爲

唐家生色，見文人筆舌之巧。

梁佩蘭

字芝五，廣東南海人。康熙戊辰進士，官翰林院庶吉士。著有《六瑩堂集》。

○藥亭中順治丁酉鄉試第一，至成進士時，年六十餘矣。未一歲，即乞假歸，同榜中俱以前輩事之。○嶺南三家，翁山以五言律擅場，元孝以七言律擅場，而七言古體獨推藥亭，集中如《養馬行》《日本刀歌》諸作，光怪陸離中，律令極細，措辭極妥，真可作萬人敵也。間亦多英雄欺人及過於恢張處，而《木瓜上人打鼓歌》，爲欺人之尤者。閱者勿因其名高，一概追逐，斯善學藥亭者矣。近體略存，志其大概。

養馬行

庚寅冬，耿、尚兩王入粤，廣州城居民，流離竄徙於鄉，城内外三十里，所有廬舍墳墓，悉令官軍築廐養馬，梁子見而哀焉，作《養馬行》。

賢王愛馬如愛人，人與馬並分王仁。王樂養馬忘苦辛，供給王馬王之民。馬日齕水草百斤，大麥小麥十斗勻。小豆大豆驛遞頻，馬夜齕豆仍數巡。馬肥王喜王不嗔，馬瘦王怒王扑人。東山教場地廣闊，築廄養馬凡千群。北城馬廄先鬼墳，馬廄養馬王官軍。城南馬廄近大海，馬愛飲水海水清。西關馬廄在城下，城下放馬馬散行。城下空地多草生，馬頭食草馬尾橫。王諭養馬要得馬性情，馬來自邊塞馬不輕。人有齒馬，服以上刑。白馬王絡以珠勒，黑馬王絡以紫纓，紫騮馬以桃花名。斑馬綴玉鑣，紅馬綴金鈴。王日數馬，點養馬丁，一馬不見，王心不寧。百姓乞爲王馬王不應。以讚頌之筆，寫風刺之旨，貴畜賤人如此，其敗亡也必然矣。此種詩前無所承，後無所繼，應是獨開生面之作。○「城南馬廄近大海」以上，用真、文通韻，以下用庚、青、蒸通韻，莫認作一韻到底看。

日本刀歌

市中寶刀五尺許，市中賈人向予語。紅毛鬼子來大洋，此刀得自日本王。王使紅毛預齋戒，三日授刀向刀拜。龍形虎視生氣驕，抽出天上星搖搖。黄虵之珠嵌刀首，百寶刀環未曾有。有時黑夜白照人，殺人血漬紫繡新。陰晴不定刀氣色，風雷閃怪吼牆壁。相傳國王初鑄時，金生火尅合日期。鑄成魑魅魍魎伏，通國髑髏作人哭。人頭落地飛紙輕，水光在水鋪欲平。國王恃刀好戰伐，把刀一指震一國。紅毛得刀來廣州，大船經過海若愁。攜出市中人不識，價取千金售不得。我聞此語空歎呼，兵者兇器胡爲乎！中國之寶不在刀，請以此刀歸紅毛。字字鋒鋩逼人，駭膽慄魄，未見中國所寶在明德不在武事，尤得尊崇之體。

易水行

易水悲歌動天地，荆卿入秦爲燕使。秦王尊禮設九賓，殿間顧笑旁無人。於期之頭奉上殿，血光直射秦王面。取持《督亢》色倉皇，咄哉年少秦舞陽！圖窮不覺見匕首，秦王睨之環柱走。荆卿不得刺秦王，無且在殿提藥囊。爲謀不成實天意，祖龍膽落荆卿死。一死可以報太子，君不見，沙丘之椎亦如此。荆軻刺秦王，一係生劫之謬，一係劍術之踈，然秦王之魄已爲之奪矣。以沙丘狙擊作結，倒襯有力。

惠州王紫詮太守築羅浮子日亭落成，作歌寄之

登山不到羅浮巔，舉足萬里真徒然。瑶房璇室七十二，群真笙鶴長喧闐。況支蓬萊一左股，金陵地肺遥相連。風雲雷雨出其下，上界漭沆涵澄鮮。夜來星宿照分野，有若榆樹垂金錢。齊州九點盡可數，中原一縷摇輕煙。就中飛雲更奇絶，天門詄蕩雲聯綿。銀河屈注倒在背，帝座豁

落平當前。神霄斧鑿施不下，鳥道豈有藤蘿牽。何人築亭在其下，循州太守今豪賢。爲亭命名曰子日，意象直探鴻濛先。世間萬事起根本，黄鐘子氣無不全。静爲動本太極理，循還迭運非言詮。陰陽旋轉推晝夜，陽明玉燭光回天。紫微垣中日杲杲，太陰蝃蝀安能纏。此山三更坐見日，高與泰岱齊比肩。天雞大叫海水動，海中湧出金盤圓。羲和整轡升若木，神人枉用迴秦鞭。太守名亭復爲記，二樓伐石爲碑鐫。大書年月人某某，千秋萬世名山傳。附書仙人海瓊子，倡和共掣雲霞箋。平生濟勝仗筋力，匡廬白岳隨攀緣。羅浮家山望咫尺，反似往昔遊幽燕。山靈待我謝招手，不久黄鵠來高騫。洞門借騎蝴蝶入，峰頂或就桂父眠。煩君劚取龍葱七尺遺贈我，相酬先寄《飛龍篇》。波瀾層疊，中就『子日』二字闡明動静互根全理，而仍不入於腐，筆故超、氣故達也。『仙人海瓊子』，作者自謂。

秋夜宿陳元孝獨漉堂讀其先大司馬遺集感賦

至今亡國淚，灑作粤江流。黑夜時聞哭，悲風不待秋。海填精衛恨，天墜杞人憂。一片匡山月，空來照白頭。以中間語作起步，倍見其超，此祕唐人後罕尋得者。

次京口

繞郭盡江水，長虹跨不來。地形山勢截，天塹海門開。白晝黿鼉出，中宵鼓角哀。往時征戰處，臨汎重徘徊。

沛中

黄河西出南徐路，馬首經過識沛中。一代帝王還故里，幾家雞犬入新豐。天垂芒碭雲疑在，山擁彭城氣已空。湯沐昔時諸父老，相逢誰爲述歌風？

閣夜

百尋古閣郡城東，簾捲前山一角風。哀壑有光星在底，明河無影月臨空。群生静息鴻濛裏，秋氣森歸耳目中。不是夜深能獨醒，海門誰見日初紅？

湯右曾

字西厓，浙江仁和人。康熙戊辰進士，官至吏部侍郎。著有《懷清堂集》。○浙中詩派，前推竹垞，後推西厓。竹垞學博，每能變化；西厓才大，每能恢張，變化者較耐尋味也。後有作者，幾莫越兩家之外。

相見坡

清風生山巔，微雨在山脚。後山路始窮，前山壁又削。飛龍中忽斷，奔馬勢旋卻。兩山鬱嵬峨，一水相互絡。洩雲天光漏，仄壁石氣錯。俯逐飲澗猿，仰睇投林雀。高低總鼿䡄，下上殊苦樂。彼途俄復經，此路邈如昨。相見難相從，青冥倚寥廓。極形兩山之險。而末以『相見難相從』五字括之，可云經營心苦。

澄海樓

大海東迴水波惡，如山浪打長城脚。千年萬年鬼夜哭，冶鐵銷沈石崩落。王公設險古制存，屹立重關嚴鎖鑰。干戈相尋遠不數，六十年前事如昨。大盜移國明社墟，澒洞煙塵昏六幕。是時關門臨賊壘，白日旌竿莽蕭索。奸凶滿盈人鬼怒，世運艱屯神聖作。飛龍首出在九天，熊虎戎衣只一着。石河西南破賊處，父老猶言戰時樂。《後漢書》：『今見其戰，樂可言耶？』不聞人聲聞刃聲，霹靂摧枯風掃籜。只今車書通萬里，天下一家無厚薄。名都貨貝街喧闐，屬國賮琛驛交錯。承平暇日展遊眺，賓客閒情寄觴酌。兹樓我到亦偶爾，萬古心胸忽開拓。更喜天容海色清，側身東望蓬萊閣。自注：土人言天氣晴明，往往見登、萊也。○蟻賊毒亂，興朝戰功，於登樓時揮灑出之，豈同苟然之作！

登雲麓峰望南嶽歌

我聞三神山，遠在東海東。神仙怳惚路難到，世上五嶽蟠胸中。憶臨滄溟倚日觀，九萬曾踏扶摇風。昨辭蓬萊建羽節，陽景一翳迷高嵩。西南萬里入羅鬼，似墮幽井窺圓穹。東還雲夢吞八九，張樂已在軒轅宫。七十二峰青聯屬，蒼梧天外雲濛濛。清湘水流環九面，南嶽神鎮齊三公。靈妖物怪藪藏納，丹蕤赤幕光曈曨。峰峰低昂宛相次，獨有紫蓋争祝融。雷泓風穴互開闔，似玉書金簡留穹窿。岣嶁山尖蝌蚪字，人跡欲到路已窮。使者虚亭花藥繞，山人仙骨雲霞通。似聞緑髮有毛女，不少翠羽來青童。離宫福地入縹緲，目所眺矚攀躋同。衡陽縣前昔騁望，壓陣巕嶂雲排空。仙山咫尺俗緣誤，況今百病中交訌。升高視遠腰脚軟，左右扶掖如衰翁。道人鐵瓦緬遺構，拜嶽之石高巃嵸。九疑清猿怨遥夜，洞庭落日浮孤篷。漢女幽蘭冉冉翠，楚妃淚竹斑斑紅。振衣周覽窮上下，忽與意思增清雄。人間擾擾等蠛蠓，慎勿變化隨沙蟲。君不見，迴雁峰來八百里，揮手欲駕冥飛鴻。前從使滇回説入，便有波折。次寫望衡嶽處，淋漓飽滿言之。後憶往日經衡陽而未登，益見今茲將老，不能更登也。於『望』字更添一倍襯托，作長篇，須解此法。

放舟至下鐘山

空濛一片雲滿湖，西南風起吹檣烏。淵淵且止發船鼓，秀絶下鐘山色無。褰裳直上捷猿狖，樂哉一幅寒林圖。絶頂飄飄目四豁，左右江湖渺空闊。煙波盡處洲渚微，彷彿扶桑見窮髮。天旋地轉不少留，迴看星氣忽已周。扁舟歲晚夢吴越，匡廬五老空船頭。銜艫如山萬商集，使者纓旌騎吹入。行人擾擾競錐刀，落日悠悠下城邑。前臨巨石紛盤陀，仰看絶壁青嵯峨。玲瓏窈窕萬竅出，安得漸汩生流波。風聲水聲奈爾何，只今埋没塵沙多。無絃之琴張素壁，歲久抑鬱恐不和。一歌如扣鐔，再歌哀知音。洞庭木脱水深深，天高月白風入林。或鼓或考聲欽欽，嶺猿江雁同夜吟。潛蛟出聽老龍泣，漁父滄浪知此心。《石鐘山記》，坡公透暢言之，遊下鐘者，不必更從鐘聲落想矣。作者别行一路，故語無雷同。

黑石渡

昨從邙山來，今從邙山去。邙山朽骨萬萬古，惟有行人朝復暮。黄金蝕盡白石爛，螻蟻三泉尚知處。我來欲酹酒一杯，落日荒荒下前渡。朝暮行人，即是邙山中人，末語欲盡不盡，黯然神傷。

山海關

東西誰界絶，封此一泥丸。地接長城險，天浮渤海寬。連山趨碣石，積水見辰韓。吹角關門出，邊風馬首寒。連下章，盛唐音節。

辰龍關

東馬懸厓險，關門鬱不開。居然横戟地，曾此掛弓回。浩蕩妖星落，蒼茫角吹哀。兵家争間道，爲語勒銘才。

上玉峰徐公

海岳英華蓋代人，由來絕業迴殊倫。《六經》屢折群儒角。九服齊扶大雅輪。無事心常愛《丘》《索》，有才誰不仰陶鈞。每看元老虛懷處，吐握風流一旦親。

春官玉尺手親持，科目光華此一時。嘗惜文辭傷篆刻，獨將經術作宗師。士當失意猶無恨，才苟懷奇定見知。只有公門慙小草，也滋化雨伴仙芝。健庵誓欲蒐羅天下英奇，『才苟懷奇定見知』一語，非虛譽也。少宰爲司寇特賞識人，故言之親切。

登峴山亭至甘泉寺

籃輿嶇軋傍城隈，積霧霾陰黯不開。一磴自穿雲氣入，萬峰争送雨聲來。山川浩蕩今如此，裘帶風流安在哉！千載牛山共揮涕，古苔秋井易心哀。

雲藏巖谷晝冥冥，忽聽天風響佛鈴。草際老僧迎客至，煙中修竹入門青。坐來瀛海茫茫地，盡失山川漠漠形。休問葡萄撥醅後，甘泉一酌自清泠。次章承『萬峰争送雨聲來』言之。

荊州

剩礎遺隍問舊疆，龍門馬牧總茫茫。接天波浪三江口，横地風雲百戰場。尚有帆檣下巴蜀，無多户口在耕桑。不堪原野蕭條地，吹角重城倚夕陽。

戎馬壬申逮甲申，萬家煙火幾家存。人如封豕屠羊慘，事異黄巾青犢論。妖樹禍生天北極，怪風寒卷郡南門，龍陂橋外坡陀血，誰洗忠臣九地魂？流寇之亂，於荆襄尤甚。篇中憑弔往事，故極形亂後蕭颯，今則爲天下重鎮矣。重熙累洽，歌詠者可忘所自耶！

黄尊古《上都秋色圖》

落日牛羊下遠村，平沙萬馬别開屯。君看鶻没鵰盤處，莽莽青山是塞垣。

唐孫華

字實君，江南太倉人。康熙戊辰進士，官吏部主事。著有《東江詩鈔》。○東江勤於學殖，不重紱冕。歸田後，與二三老友登臨讌飲，有香山洛下之風，至九十餘乃辭世，生平故天爵自尊者也。論詩謂詩必有爲作，每與史事相表裏，故其詩不趨高超，專崇質實，皆其言有物者。《咏門神詩》偶然戲筆，而外間傳誦，和者紛紛，毋乃探驪龍而專取鱗爪耶！

述古

讒口成鑠金，沉舟由積羽。蒼蠅正群飛，白璧無完素。臧倉沮孟軻，伯寮愬子路。正直枉者非，妍好醜者妒。芳蘭每見鉏，實以當門故。道義苟無訾，特立何足懼。由貪而跖廉，毁譽每錯互。孔光詆王嘉，馬融排李固。孔馬皆大儒，物情常嚮慕。一朝勢利奪，顛倒迷好惡。嗟爾名教人，毋令青史汙。孔光何足惜，以馬融之儒學而排擠正人，則名節盡喪矣。時有名人而讒湯文正者，意作者借古以況今人耶！

贈趙松一 趙曾著《讀史質疑》一書。

尼父著《春秋》，大義揭星漢。功罪無匿情，是非有定案。作史與論史，宜以經爲斷。後儒恣穿鑿，如絲各棼亂。收誇爾朱功，壽訾武侯短。蜀魏争正閏，島索互詆讕，馮道善變通，武媚宜郊祼。邪説既紛紜，大道日離畔。矯矯趙夫子，朱墨久研鑽。家貧出負米，賓席弄柔翰。《六經》貯巾箱，三史供點竄。上下數千年，一一如珠貫。筆挾董狐直，書過袁豹半。辯如懸河注，目如巖電爛。論準《過秦》覈，語陋《美新》謾。霍若雺霧披，涣若春冰泮。《明史》今未成，授簡多疑憚。白頭雖有期，山豈可移，先零何足按。示我兩卷書，明牕得吟玩。潛德有必彰，姦諛死無逭。南青竹何由汗？如君著作才，固宜參史館。説經常硜硜，陳史亦侃侃。形諸直如筆，千秋事可判。庶稟魯史程，得隨游夏贊。惜哉擅三長，無從置一算。抱書菰蘆中，慨然發永歎。概舉論事不平者，逐一披駁，而以『以經爲斷』一語該之，何等光明正大。

閒居寫懷

屈伸固有命，秋毫非人功。三世不徙官，執戟老揚雄。荀爽起布衣，百日至三公。猨臂終數奇，李蔡本下中。方壯既悼顔，皓首仍悲馮。世有巧而躓，亦或拙而通。憂喜塞翁馬。得失楚人弓。時命苟不諧，不如安固窮。巧拙躓通俱可不問，而一歸於安命固窮，君子褆躬，莫踰於此。

夏重談金陵舊事

金陵昔喪亂，炎運值摽季。忽從大梁城，倉皇走一騎。偶竊藩邸璋，自言某王嗣。貴陽一奸人，乘時思射利。奇貨此可居，何暇論真僞。卜者本王郎，矯誣據神器。遂修代來功，超踰登相位。權門輦金帛，掖庭陳秘戲。江表張黄旗，王氣銷赤幟。婾息僅一年，傳聞有二異。北來黄犢車，天表自英粹。雜問聚朝官，瞠目各相視。遥識講臣面，備言宫壺事。諸臣媚新君，誰肯辨儲貳。争效雋不疑，競指成方遂。梟鴆無主人，束縛乃就吏。復有故宫妃，飛蓬亂雙髮。自云喪亂時，仳離中道棄。生子已勝衣，壯髮猶可數。不望昭陽恩，不望金屋置。願一見大家，瞑目甘入地。上書欲自通，沉沉九閽閟。詔付掖庭獄，見者爲垂淚。不如厲王母，銜憤早自刺。衹緣當璧假，翻招故劍忌。誠恐相見非，泄此蹤跡秘。滅口計未忍，對面諒餘愧。鳥獸有伉儷，豺虎知乳孳。豈獨非人情，捐棄恩與義。嬴吕及馬牛，秦晉潛改置。皆從胎孕中，長養崇非類。未聞妄男子，僭盜出不意。龍種乞爲奴，狐假得暫恣。兹實衆口傳，曾見遺老記。疑事終闕如，庶聽來者議。北來黄犢猶或可疑，若童氏故妃，斷無無端冒認之理，此而不許入宫，加之以刑，恐泄其僞也。少時即聞此言，今以東江詩證之，益爲鑿鑿，存此詩以竢論定。

同宋葯州太史登滕王閣

平生想慕滕王閣，未能千里驅輪蹄。豈意雲山落吾手，飄然直上凌飛梯。天風浩蕩入懷袖，傾刻塵眼開金篦。畫棟朱欄照城郭，丹樓碧瓦纓虹霓。吐納江流九派小，平壓雉堞群峰低。落日倒射澄潭影，金波千頃浮玻瓈。上捫星辰若有路，下臨洞壑疑無蹊。賈客帆檣自來往，風濤出没如鳧鷖。跕鳶飛鶻不敢到，長空杳杳鳴天雞。憶昔驕王盛意氣，臨風歌舞飄華袿。不惜金錢構飛閣，巀嶪上與煙霄齊。子安文字當時體，縱横萬象誰端倪。如何俳語笑倉猝，潁濱一老猶相詆。自注：子由《滕王閣詩》云：『俳語笑倉猝。』江河萬古終不廢，少陵不敢輕排擠。人生遊跡過如掃，鴻爪一瞥飛東西。洪都勝地獨數此，偶然匹馬隨雙奚。閻公賓客今寂寞，幸有勝友能招攜。憑欄徙倚三歎息，山雲亂起煙悽迷。一代繁華有衰歇，三王文藻誰攀躋？我行自哂真孟浪，此遊聊可驕昌黎。落稾白題，須出以新意，中間子由之詆一段是也。昌黎作記，始終未到此閣，末以己之遊覽，驕昌黎之未遊，亦是別尋蹊徑。

鷹坊歌與夏重愷功同賦

水磨自注：地名。園亭清且幽，碧柳陰濃古木稠。偶然攜客避炎暑，腥風忽覺來颼颼。云作閒坊爲養鷹，名材不惜千金收。板屋羈棲拳鐵爪，浮雲仰視張金眸。就中海青獨稱最，傳聞出自青海頭。鋭頭猛腦特神俊，自矜恥與群鷗儔。杉雞竹兔不足取，氣吞乳虎欺犛牛。白山黑水出異産，在昔遼代曾窮搜。誅求因結女直怨，無端兩國興戈矛。愛鶴愛鷹皆速禍，羽物何事常招尤。頭鵝盛宴付逝水，晾鷹高臺成古丘。冰天朔漠餘殺氣，江山不改奇毛留。從來異物聚所好，攜籠走馬來荒陬。人間養鷹如養士，一時效用三時休。多畜馴鴿供喂飼，流血滲漉霑衿喉。填腸滿嗉意未已，一飽欲傲梁邊鶖。乃知惠養多倖竊，肉食未必皆能謀。虞人懸衡揣斤兩，軀骨輕重須相侔。自注：鷹必稱斤兩，以十八兩爲準。肥苦鈍遲瘦無力，上臂能辨劣與優。空倉饑雀日叫噪，一出往往逢罝罦。爾曹攫肉偏遠患，得食那敢辭籠囚。譬若猛士饗牛酒，投石奮欲償恩讎。觜距久閒求自試，常思一舉翻高秋。鷹乎鷹乎盍努力，霜天風緊將離韝。鳥中惡物正不少，早拉訓狐擒鵂鶹。功成山藪得清廓，願汝仍化林間鳩。勿戕胎卵驚鸞鳳，阿閣萬一重來遊。先説金、遼爭鷹，以致兩國起釁，次説養鷹不用，同於肉食謀國，後説搏擊惡鳥，分別梟鸞，而歸於仍化爲鳩，仁厚不殺，此通篇結穴處。

讀梅村先生《鹿樵紀聞》有感題長句

一旅誰知扼紫荆，蜩螗聒耳正紛爭。腹書競伏狐鳴火，手蔗頻驚鶴唳兵。直待臨危思翦牧，可應先事戮韓彭？石頭袁粲真堪惜，自壞邊關萬里城。自注：指東莞督師袁公崇焕。○誅袁崇焕，此我朝用間，而前明爲間所愚也。事後追悔，何益哉！

東山即事

湖風盡日響松杉，接席連床共一巖。文到無情真悔作，口除飲酒只宜緘。晚涼欲試蒲葵扇，暑汗頻嫌葛越衫。破硯生涯今更拙，謀身端合託長鑱。

永嘉令馬公死寇難，令嗣觀察公請於朝，賜謚忠勤，索詩

青袍白馬塞甌閩，一命官卑大義均。豈有兵符麾士卒，要將全節感臣鄰。君王未識真卿面，戰陣甘捐先軫身。尚念天恩未酬答，生兒留作報恩人。

諸葛武侯祠

卧龍潛下國，逐鹿走群雄。慷慨吟《梁父》，撝謙拜德公。管蕭才豈匹，伊吕望應同。漢廟靈

猶在，劉天姓未終。一犁耕隴畔，三顧出隆中。旒綴千年璽，絲懸九鼎銅。黄圖分社稷，赤壁掃艨艟。入蜀神基固，分荆陿路通。一噓火井焰，自注：蜀有火井，漢盛時火熾，漢末漸微，孔明一窺之，火乃復盛。再起沛鄉風。操懿真如鬼，關張並是熊。自注：周瑜謂關、張，熊虎之將。崎嶇箕谷路，流涕永安宫。定計收關隴，深期卜鎬豐。雜耕屯渭曲，籌筆洗荒戎。吞狢曾無芥，鞭狐欲折兇。自注：石勒謂操爲狐媚。風雲開絶業，日月照孤忠。委寄尋前諾，艱危誓鞠躬。三分非素志，八陣漸成功。炎景終移祚，流星忽隕空。宅桑仍索寞，廟柏自菁葱。異地留祠宇，靈旗捲暮虹。綜忠武平生而言，工整蒼鬱，胎原出於少陵。

田從典

字克五，山西陽城人。康熙戊辰進士，官至大學士。

擬七德九功舞歌效樂天體

《七德舞》，《九功舞》，武緯文經耀千古。朝廷干羽在兩階，天下車書盡九土。我皇御極垂衣裳，四方萬國來享王。自朝乃至日中昃，堯兢舜業不敢康。爲念斯民亦勞止，丹詔夕封馳萬里。咨爾强藩且載戈，釋甲歸來見天子。苞有三蘖方憑陵，一朝敢弄潢池兵。蕩摇滇黔連楚蜀，虔劉閩越驅鯢鯨。驛聞天子赫斯怒。皇言一宣天日午。誓將滅此後朝食，取彼兇殘畀豺虎。臨軒命將親推轂，中有天潢建牙纛。日射春旗萬馬鳴，雲開曉帳千官肅。一從荆鄂向三湘，一自江州下豫章。西指秦川臨劍閣，南經吳越度錢塘。王師所至如風雹，合圍掩群開一面。狼奔鼠竄皆倒戈，市肆不驚芸不變。王師所至多謡頌，行者願齎居者送。天語殷勤再四宣，無令南畝妨春種。一年轉戰雍梁間，二年克敵威荆蠻。三年掃清甌與越，一鼓遂進仙霞關。四年官軍收閩地，逆臣稽首歸藩位。五年賊渠死岳陽，六年百粤置胥吏。七年一舉入成都，夾擊東西疾度瀘。八年蕩掃昆明穴，普天率地歸皇圖。羽騎宵馳傳露布，從此江山復如故。侍臣拜手賀昇平，武士鳴鐃歌《大濩》。我皇恭己開明堂，木鳳銜書下八方。嘉與吾民共休息，欲偕斯世爲陶唐。思齊太任及太姒，翼子貽孫既受祉。恭上徽音萬國歡，再沛恩綸與更始。昔時民間苦被兵，烏烏聲樂多荒城。今日言旋復邦族，閭里不聞愁歎聲。昔時民間苦征役，男子輟耕婦休織。今日公家免踐更，鼓腹行歌仍作息。欃槍滅跡三階平，我皇宵旰猶未寧。手披目覽釐庶績，早朝晏罷勤蒼生。天縱聰明兼聖學，研精書史窮《丘》《索》。著述開天冠百王，四海文明生禮樂。舞《七德》、舞《九功》，五絃之琴歌《南風》。願令世世陳王業，王業艱難萬古同。康熙二十年十月，官軍收滇南，頒詔中外，示天下蕩平，允群臣請上太皇太后、皇太后徽號，恩逮臣庶。陽城因倣唐代《七德》《九功》之舞，作爲歌詩。中間三蘖之畔、三蘖之平，一一可考，當以詩史目之。詩之曲折頓挫，迤邐往復，得昌黎《平淮西碑》之體，不專學白樂天也。詩亦見翁司寇集中，豈翁爲大司成時，田爲太學生，代師長擬成稿本耶？唐人詩中兩見者有之。

趙俞

字文饒，江南嘉定人。康熙戊辰進士，官定陶知縣。○定陶以他人累，牽引對獄吏者再，後雖昭雪，然亦瀕於危矣。詩體靈敏之中，沖和自在，是爲正聲。

古風

弧矢用威敵，還爲奸宄利。蒼姬六典書，莽新實階厲。國息既藪慝，況乃肉刑議。後聖師前古，顓在行仁義。本同末則殊，沿革隨時世。孟軻今復起，亦不講井地。未聞書契作，仍可結繩治。聖人大法天，亦行所無事。介甫行《周禮》，適爲厲階，師法古人，在意不在迹也，安得此通達治體之言。

鴻纖列萬品，一一自稟賦，削觚使就規，涅縞忽失素。變本乃爲奇，矜新衆所騖。人於大塊中，果蓏一蟲蠹。吾欲追淳樸，各各安其故。因物付物間，斯理則已具。

斯螽夏切股，翰音晨引吭。彼豈能自主，時至乃翕張。測天憑儀器，俄已易躔次。測晷以刻漏，時亦乖啓閉。夫豈聖人作，而顧謝物智。任人斯有爲，任天故不二。任天而行，人力不與，欲還淳朴，而不流入老、莊，斯在有爲無爲之别。

踏車曲

杉樁作筒檀作軸，烏鴉銜尾聲歷鹿。赤露兩肘腹無粥，踏車辛苦歌如哭。前年井底泉脈枯，去年甌窶長茭蘆。旱年掘窩轉水入，潦年築堤翻水出。水入水出車欲裂，農夫那不筋骨折！無奈今年又苦旱，塘水少於衣上汗。往年車完人盡力，今年車破人無食。人無食，不足卹，努力踏車聲太息，伍伯催租秋賦迫，連年未報災傷册。歌聲如哭，水少於汗，皆十成奇警語。聖朝恤民，不啻父母之於赤子，而連年水旱，猶有未報災傷者，何知有官而不知有百姓耶？

射虎行

居人傳言郭有虎，白晝咆哮出林莽。將軍蝟毛鬚倒豎，遣使發卒悉所部。白羽長箭大黄弩，皮作車茵肉治脯。虎見千人若無覩，千人驚顧色如土，箭未脱弦弩折弣。虎起攫人如捕鼠，突出圍場公然去。當今四海樂昇平，軍士逍遥無什伍。將軍錦裘玉帶醉氍毹，胡爲輕料虎鬚攖虎怒〔一〕？從今軍府耀威武，只射兔麞莫射虎。

侶臺弟以悼妻哭子詩索和，憔悴婉篤，情有不能已者，余欲發乎情而裁之以義也，輒有是作

至痛君難割，前型我所師。延陵於禮合，奉倩太情癡。尚有君親重，休爲兒女悲。節哀宜引義，不敢再題詩。以義節情，情歸於義。若助之悲悼，不猶醉人扶醉耶？只一製題，便得儒者立言之體。

舟行晚過青浦

孤篷秋氣入，此夕客心驚。露白浩無際，蟲吟倂一聲。塔隨帆影走，潮湧月輪行。磔磔城烏起，譙樓已二更。『浩』字、『倂』字，錘鍊而得，『倂』字尤佳。

〔一〕 料，《紺寒亭詩集》作『捋』。

和查夏仲《敝裘》詩

無復如膏耀日輝，關河難禦雪霜威。配宜東郭先生履，煖勝西華公子衣。紽緎猶餘清節在，蒙戎轉覺旅情非。只應五月能忘暑，披上江鄉舊釣磯。典而雅。

岳忠武祠

檜樹枝生宋祚微，將軍那許總戎機。出師累捷身應死，與敵同讎事已非。脱幘收時光焰動，屬鏤賜後怒濤飛。孤忠願抱千秋恨，不共蘄王早見幾。以道濟、伍胥比之，冤抑相同，而關係尤大，此空際著題一法。

彭無山給諫自河工召復原官，喜而有作

三年薄宦卧江干，鳴鳳今朝刷羽翰。暫屈鄰侯參幕佐，忽宣唐介拜原官。重來寰海皆傾聽，一入朝廷便改觀。漢室淮陽終不召，須知納諫古今難。使事典切，結意反襯出聖朝納諫，工於立言。

督亢陂

提劍荆卿勇絶倫，浪將七尺殉强秦。燕讎未報韓讎復，狀貌原來似婦人。見重智而不重勇也。

王導

本無勛德濟艱危，儒雅風流事又虧。臣族早知三窟就，風塵休障庾元規。江左夷吾，何處生活。

溪聲

結廬何日住深山，竹月松風相對閒。卻笑溪聲忙底事，奔流偏欲到人間。

聞鷓鴣

月照霜華石磴危，鉤輈苦怨客歸遲。故鄉亦是驚魂地，只恐山禽尚未知。此作者驚弓之言，不覺愁苦乃爾。

陶元淳

字子師，江南常熟人。康熙戊辰進士，官昌化知縣。

暮歸僧寺和潘九儀韻

暝色城先到，人聲野更稀。山深難得月，水暗欲濺衣。魑魅憎人過，蟲沙得地飛。迷途知未遠，鐘起喚君歸。

臬司劉公枉書惠存，詩以志感

一官萬里尹蒿萊，幾個生前歸去來？況復勞心陽子拙，敢云流涕賈生才。晛消瘴霧千山净，春到蠻花滿地開。從此不愁風土異，生還終望我公哀。子師先生負曠世才，作吏蠻荒，視新、恩二州猶爲福地，則義同竄謫矣。可與東坡《表》並讀。

和唐張謂韻

道路非難作吏難，一洲鰲背立郊壇。人言瓊管曾開府，我道囚山合挂冠。萬里親知春夢斷，一生事業暮潮寒。新恩已是投荒處，卻望新恩福地看。

如此途窮欲進難，朝天漫上越王壇。踢高不合伸强項，逐裸何須岸大冠。徼外山河逢帝醉，心頭鐵石向人寒。長安日下猶言遠，窮海孤臣那得看。二章與《遺臬使劉公詩》同意。

史申義

字蕉飲，江南江都人。康熙戊辰進士，官翰林院編修。著有《蕪城集》。

由富陽至龍游

沙禽亦無數，格格野塘秋。孤棹有時泊，遠山相向愁。月明烏桕樹，人散白蘋洲。何處津樓上，無眠聽櫂謳。

南海雜詩

石壁猩猩語，驚心百粵東。四時山葉綠，五夜海霞紅。日月搖溟渤，星河浸祝融。鷓鴣飛不斷，只在荔支叢。三語言地氣之暖，四語言東土日出早也，即『海日生殘夜』意。

曉上越王臺，扶胥海色開。山連鰲闕近，潮射虎門迴。灑座荔奴雨，吹香椰子杯。崎嶇未朝漢，割據亦雄哉！此弔尉佗之霸。

海雨花陰候，春泥屐響聲。鴉鬟簪抹麗，紈扇過清明。瑇瑁潮通市，芭蕉綠上城。昌華鼓舞院，銷盡美人情。此狀風物之明麗。

南昌

吴楚中流勢未平，章江雄闊客心驚。芒寒牛斗雌雄氣，風偃魚龍日夜聲。黨錮人高徐穉宅，封侯事往灌嬰城。豫章樓閣猶堪賦，賓主東南異代情。

朝雲墓

散盡泥金蛺蝶裙，雲藍小袖劇憐君。傷心白鶴峰前路，一樹榕陰蓋古墳。一女子而死于萬里之外，亦可傷矣。『一樹榕陰』，其人如在，淺淺語，自有遠神。

吴暻

景字元朗，江南太倉人。康熙戊辰進士，官兵科給諫。有《西齋集》。○西齋爲梅村令嗣，工於詩筆，近體清穩，尤稱雅音。

和振西贈王將軍紫厓

九尺須眉七十身，眼中遺老更何人？將軍競病詩無敵，弟子丹青筆有神。談笑尚能開霹靂，太平不復畫麒麟。酒酣拔劍聽君語，爲感窮途意自親。

玉殿風流講席重，故山歸去拂塵容。門生爲致荒廚菜，禪客同尋舊院松。夢後莊周從笑鶡，書成揚子解嘲龍。歐陽筋力猶强健，不羨扶攜手一筇。揚子《解嘲》中云：『執蝘蜓而嘲龜龍。』去一『龜』字，古人每如此用。

著書不復爲窮愁，獨樂園林散百憂。人乍抛殘塵海夢，天教管領太湖秋。槎形東第奇章石，釣具南江魯望舟。從此終身巢許穩，風光真擬洛濱遊。將軍能詩，復能著書，管領名園，偕遊禪客，比少陵所詠『將軍不好武，稚子總能文』，尤得幽居之樂矣。太平盛事，於詩中遇之。

題徐太僕遺像

金璫禍國歎荆榛，只爲須眉不計身。四海清流真直節，五朝舊德老遺民。獨先元禮彈常侍，共幸林宗免黨人。畫像吴中前事在，團溪好寫白紗巾。自注：世傳《吴中先賢畫像》一卷。〇此劾魏奄而未被禍者，惜未詳其名。《吴中先賢畫像》，係張蟾筆，共三百餘人，今大半歸余家。

題顧亭林遺集和汪安公編修

野哭東風學采薇，纍臣白首尚單衣。江山有恨憂天醉，草木無情長地肥。避吏趙岐誰共語，離家王粲不思歸。衹餘帷蓋蘭臺舊，萬卷淒涼辨是非。

奉和座主東海公山居 存一首

東觀西垣按部居，牙籤萬軸載牛車。集賢手筆詞頭重，元祐文章叢目初。白髮乞湖狂道士，青山思潁老尚書。閉門碧草閑秋色，獨把遺編恣獵漁。時健庵尚書衆欲致之重辟，而聖祖許其書局自隨，保全舊臣者至也。擬以賀監、歐陽公，不言君恩，而君恩在言外矣，得立言之體。

贈張穉昭

相府蓮歌樂府春，清尊檀板話窮塵。誰傳天寶淒涼曲，柳市當年舊玉人。

花前月底奏新聲，夢斷昭華玉殿塵。記得雲間歌第一，貞元朝士已無人。此贈舊歌者，與劉夢得《贈歌者何戡》《聽舊宫人穆氏唱歌》二絶句，一種風神。

徐　賓

字虞門，江南華亭人。康熙戊辰進士，官給事中。

遊梁詩

雄都形勝古梁州，匹馬衝寒訪上遊。地控燕秦開闠域，天分南北鎖咽喉。平鋪白草千原曠，忽折黄河一線流。試上高臺還極目，城邊睥睨夕陽秋。

董思凝 字養齋，山東平原人。康熙戊辰進士，官觀察使。

擬古

楚人重萎葹，椒蘭爲荆杞。宋人寶燕石，安知球琳美。真僞詎難分，奈何徒貴耳。觸熱趨炎爞，浮名取青紫。豈不羡時榮，願言敦素履。黽勉以爲期，毋爲識者鄙。

聽周紫海先生話海外三山之勝

塵世難向蓬萊遊，空懷三山縹緲之銀樓。年光彈指如飛電，安能一室兀坐生煩憂。嬾雲先生負奇氣，青瞳緑髮仙人儔。與余素心授寶訣，人間何處無丹丘。更言曾厠仙人裏，天風颯颯雲霧起。左攜東王公，右攜赤松子。仙山迢迢高入雲，方壺員嶠氣氤氳。側身俯視小天地，鸞嘻鳳嗷空中聞。忽然駕岱輿，羽蓋斑麟車。琪花雜瑶草，六甲備行厨。於是振衣長嘯，躡足雲巔。滄海一掬，萬山如拳。白鶴翔兮凌厲，神龍下兮蟠旋。雙童醉舞兮婉轉，素女含笑兮翩躚。螺書薤篆人不識，赤文綠字誰與傳？我不知方丈之峰幾萬里，扶桑之木幾萬年？白眼悠悠誠下士，欲往從之道如咫。古來慧業多能仙，何必丹砂與玉髓。秦皇漢武非仙才，鞭山驅石何爲爾？詩成笑傲俯人寰，天驚石破開心顔。朱草紛披誰處所，白雲蒼莽何時還？識得『人間何處無丹丘』，則篇中所云俱作《夢遊天姥》觀可矣。詩境超逸，亦倣青蓮。

石爲崧

字五中，江南如皋人。康熙戊辰進士。

秋日坐秦淮水榭聞故老談金陵遺事

木落江南秋暮天，開元訴罷轉茫然。荆榛曾記從龍日，鼙鼓還傳失鹿年。夜月照殘樓十二，金風吹冷殿三千。憑誰坐説長江險，《玉樹》歌終亦可憐。